UNION GÉNÉRALE D'ÉDITIONS
8, rue Garancière - PARIS VIᵉ

**Du même auteur
dans la même série**

Assassins et poètes, nº 1715.
Le Collier de la princesse, nº 1688.
Meurtre à Canton, nº 1558.
Meurtre sur un bateau-de-fleurs, nº 1632.
Le Monastère hanté, nº 1633.
Le Motif du saule, nº 1591.
Le Mystère du labyrinthe, nº 1673.
Le Paravent de laque, nº 1620.
Le Pavillon rouge, nº 1579.
La Perle de l'Empereur, nº 1580.
Trafic d'or sous les T'ang, nº 1619.

LE SQUELETTE
SOUS CLOCHE

(Les enquêtes du Juge Ti)

PAR

ROBERT VAN GULIK

*Traduit de l'anglais
par Roger GUERBET*

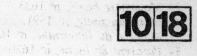

*Série « Grands Détectives »
dirigée par Jean-Claude Zylberstein*

La première édition en France de
« *The Chinese Bell Murders* » a paru en 1962
au Club du Livre Policier sous le titre :
« *les Enquêtes du Juge Ti* » dans cette
traduction de Roger Guerbet.

AVANT-PROPOS

(1962)

« Les Enquêtes du Juge Ti » est le premier de mes romans policiers à paraître en France. Il en a été déjà publié sept qui sont très populaires en Angleterre et aux États-Unis. En Extrême-Orient, ils ont été traduits successivement en chinois et en japonais.

Le personnage central de tous ces romans est le juge Ti qui a réellement vécu au septième siècle de notre ère et fut l'un des plus fameux parmi les grands détectives de l'ancienne Chine.

Le but de cette série d'ouvrages est de présenter au lecteur des romans policiers de style chinois montrant les habitants du Céleste Empire comme ils se décrivent volontiers eux-mêmes dans leur propre littérature policière – genre déjà florissant chez eux il y a de nombreux siècles. Cette entreprise nous semble venir d'autant plus à propos qu'une déplorable tradition remontant au siècle dernier s'acharne à peupler les romans policiers occidentaux de mandarins aux longues nattes, fumeurs d'opium et dépravés. Nous espérons que le lecteur ne trouvera pas nos mandarins à nous moins attrayants dans leurs authentiques atours (sans nattes ni pipes d'opium), mais fins psychologues, judicieux dans leurs raisonnements, et doués d'un profond sens du devoir.

L'action du présent ouvrage se passe à Pouyang, cité imaginaire de la Province de Kiangsou. On trouvera en postface divers renseignements sur l'enquête criminelle et le fonctionnement des tribunaux dans la Chine ancienne, ainsi que des indications sur les sources chinoises utilisées.

LES PERSONNAGES

En Chine, le nom de famille (imprimé ici en majuscules) précède toujours le nom personnel.

PERSONNAGES PRINCIPAUX :

TI Jen-tsie,
*magistrat nouvellement nommé à Pou-yang,
district de la Province de Kiang-sou.
Dans le présent ouvrage on l'appelle :
« le juge Ti » ou « le juge ».*

HONG Liang,
*ancien serviteur de la famille Ti, devenu conseiller
du juge et Sergent du tribunal. On l'appelle :
« Sergent Hong » ou « le Sergent ».*

MA Jong, TSIAO Taï, TAO Gan,
les trois lieutenants du juge Ti.

PERSONNAGES QUI APPARAISSENT DANS L'AFFAIRE
DU VIOL SUIVI D'ASSASSINAT RUE DE LA DEMI-LUNE :

SIAO Fou-han,
*boucher, père de la victime. On l'appelle :
« Boucher Siao ».*

Pureté-du-Jade, *sa fille.*

LONG, *tailleur.*

WANG Sien-tchoung,
étudiant, candidat aux Examens Littéraires.

YANG Pou, *son ami.*

GAO, *Surveillant Général du quartier sud.*

HOUANG San, *vagabond.*

PERSONNAGES QUI APPARAISSENT DANS L'AFFAIRE
DU TEMPLE BOUDDHISTE :

Vertu-Spirituelle,
Père Abbé du Temple de l'Infinie Miséricorde.

Complète-Compréhension,
ancien Supérieur du même temple.

BAO, *général en retraite.*

WAN, *ancien juge d'une Cour Provinciale.*

LING, *Maître de la Guilde des Orfèvres.*

WEN, *Maître de la Guilde des Charpentiers.*

PERSONNAGES QUI APPARAISSENT DANS L'AFFAIRE
DU SQUELETTE SOUS CLOCHE :

Madame LIANG, née NGOU-YANG,
veuve d'un riche négociant cantonais.

LIANG Hong, *son fils, assassiné par des brigands.*

Liang Ko-fa, *son petit-fils.*

LIN Fan, *riche négociant cantonais.*

AUTRES PERSONNAGES :

CHIENG Pa, *Conseiller de la Guilde
des Mendiants.*

PAN, *Magistrat du district de Wou-yi.*

LO, *Magistrat du district de Tchin-houa.*

Mademoiselle ABRICOT, *prostituée de Tchin-houa.*

Mademoiselle JADE-BLEU, *sœur de la précédente.*

Le juge doit être le père et la mère de tous,
Veillant sur les bons, aidant les faibles et les vieillards.
Mais s'il sait châtier avec vigueur tous les coupables,
Prévenir le mal sera toujours son soin principal.

I

Un amateur de curiosités est victime
d'une étrange aventure;
le juge Ti commence à remplir
ses devoirs de magistrat à Pou-yang.

Six années se sont enfuies depuis le jour où
j'abandonnai le prospère commerce de thé légué
par mon père pour venir habiter notre villa des
champs. Dans cette paisible retraite, je pus enfin
me consacrer à mon passe-temps favori : collectionner des pièces curieuses ayant joué un rôle
dans l'histoire du crime.

Mais notre glorieuse Dynastie Ming fait régner
l'ordre et la paix dans l'Empire et les actes de
violence sont à présent fort rares. Pour trouver de
mystérieux problèmes ingénieusement résolus par
des magistrats perspicaces, je dus me tourner vers
le passé. De passionnantes recherches me permirent de rassembler une remarquable collection
d'objets évoquant chacun une cause célèbre :
arme ayant servi à commettre quelque épouvantable assassinat, instrument employé par un cambrioleur de jadis et combien d'autres curiosités du
même genre.

L'un de mes grands trésors était un morceau
d'ébène de forme oblongue sur lequel se trouvait
gravé le quatrain susdit. De vieux documents
d'archives établissent que le juge Ti se servait de
ce martelet pour présider son tribunal, et le

13

poème lui rappelait constamment ses devoirs sacrés envers l'État et envers le peuple.

J'ai cité les vers de mémoire, car cette relique n'est plus en ma possession. La terrible aventure qui m'arriva cet été me fit définitivement abandonner mes études de criminologie, et je me défis de mon entière collection d'objets évoquant les sanglants forfaits du passé. Je collectionne à présent les porcelaines céladon, et ce calme passe-temps convient beaucoup mieux à ma nature pacifique.

Cependant, il est encore une chose que je dois faire avant de pouvoir vivre en paix : me débarrasser de tous les obsédants souvenirs qui continuent à troubler mon sommeil. Et le seul moyen de me libérer des cauchemars qui me poursuivent, c'est de mettre sur le papier les étranges secrets qui me furent révélés de façon si singulière. Alors seulement je pourrai oublier à jamais la désagréable aventure qui me conduisit au bord de la folie.

En cette matinée d'automne d'une si calme beauté, assis dans l'élégant kiosque qui orne mon jardin et admirant la grâce de mes deux concubines dont les doigts effilés s'affairent parmi les chrysanthèmes, j'ose enfin – dans un décor aussi paisible – me remémorer les incidents de la terrible journée.

*
* *

On était au neuvième jour de la huitième lune, date gravée à jamais dans ma mémoire. L'après-midi touchait à sa fin, et la chaleur, étouffante depuis midi, devenait franchement orageuse. Me sentant à la fois nerveux et déprimé, je décidai de faire une promenade en palanquin. Quand mes porteurs demandèrent où je désirais aller, sans seulement réfléchir je leur dis de me conduire au « Dragon d'Or ».

Ce nom altier est celui d'un magasin d'antiquités qui s'élève juste en face du Temple de Confucius. Son propriétaire, Liou, est un fripon avide, mais il connaît son métier et m'a souvent déniché d'intéressants bibelots ayant joué leur petit rôle dans de vieilles histoires criminelles. Que d'agréables heures j'ai passées dans sa boutique toujours pleine de trésors!

En entrant j'aperçus seulement un commis. Ce garçon me dit que son maître ne se sentait pas très bien et se tenait au premier, dans la salle où étaient exposés les objets les plus précieux.

Je montai donc. Liou, affligé d'une forte migraine, avait fermé les volets avec l'espoir d'empêcher l'accablante chaleur d'entrer, et dans cette demi-obscurité, la pièce familière me parut étrange... hostile même. Mon premier mouvement fut de repartir immédiatement, mais songeant au brasier qui m'attendait dehors, je décidai de m'asseoir un instant et de laisser le marchand me montrer quelques babioles curieuses. Je m'affalai dans un grand fauteuil et me mis à m'éventer vigoureusement avec mon éventail en plumes de grue.

« Mon humble boutique ne contient rien aujourd'hui qui soit digne d'être présenté à votre Seigneurie », déclara Liou en s'inclinant.

Cependant, après avoir jeté un rapide coup d'œil autour de lui, il prit dans un coin un miroir au pied laqué de noir et vint le placer devant moi.

Quand il eut fini d'épousseter l'objet, je vis qu'il s'agissait d'un miroir à coiffure. Ces miroirs en argent poli montés sur une boîte de forme carrée sont utilisés par les personnages officiels pour ajuster leur bonnet de soie noire. A en juger d'après les minuscules craquelures qui couvraient la partie laquée, ce miroir devait être assez ancien; il ne s'agissait cependant pas d'une rareté, et ces objets n'ont pas une valeur très grande aux yeux des connaisseurs.

Mais mon regard tomba soudain sur de petits caractères d'argent incrustés dans le cadre. Me penchant, je déchiffrai la phrase suivante :

« *Tribunal du Juge Ti, Pou-yang* ».

J'eus du mal à retenir une exclamation ravie : ce miroir avait appartenu à notre fameux juge Ti! Et, selon les archives nationales, lorsque le juge Ti était magistrat de Pou-yang – petit district de la région de Kiang-sou – il n'avait pas débrouillé moins de trois mystérieuses affaires criminelles avec une extraordinaire perspicacité. Le détail de ces exploits ne nous a malheureusement pas été conservé.

Ti n'étant pas un nom très répandu, ce miroir avait certainement appartenu au fameux juge. Je ne sentais plus du tout ma lassitude! Intérieurement, je me mis à bénir l'ignorance de Liou qui l'empêchait de reconnaître pour ce qu'elle était cette relique sans prix du plus grand des détectives ayant jamais vécu dans notre Empire Fleuri.

Prenant un air aussi détaché que possible, je me carrai dans mon fauteuil et demandai à Liou d'aller me chercher une tasse de thé. A peine fut-il descendu que je bondis vers le miroir et l'examinai fébrilement. Ouvrant le tiroir du pied, j'aperçus la coiffure de voile noir portée par les juges.

Je dépliai avec précaution la soie moisie. Un nuage de fine poussière tomba des coutures, mais, à part quelques trous de mites, la coiffure était intacte. Saisi de respect, je la tins devant moi dans mes mains tremblantes, me disant : voici le propre bonnet du grand juge Ti, celui qu'il portait pour présider le tribunal.

Seuls les Augustes Pouvoirs Célestes sauront jamais pourquoi l'absurde fantaisie me prit de placer cette précieuse relique sur ma tête indigne. Je jetai un coup d'œil au miroir pour juger de l'effet. Les années avaient terni l'argent poli et sa surface ne refléta tout d'abord qu'une ombre vague, mais, soudain, la forme de cette image se précisa et je distinguai un visage inconnu, aux traits tirés, qui fixait sur moi un regard brûlant.

A cet instant précis, je fus assourdi par un violent coup de tonnerre. La pièce devint complètement obscure. Il me sembla dégringoler dans un abîme sans fond et toute notion de temps et de lieu m'abandonna. Je me mis à flotter au milieu d'épais nuages qui, petit à petit, prirent des formes humaines. Je discernai vaguement une jeune fille nue qu'attaquait un homme dont je ne pus voir le visage. Malgré mon désir de voler au secours de la malheureuse, il m'était impossible de bouger. Je voulus appeler au secours : aucun son ne sortit de mes lèvres. Je fus alors précipité dans un nombre infini d'autres aventures plus effrayantes les unes que les autres, tantôt souffrant les pires tortures, tantôt simple spectateur impuissant.

Au moment où je m'enfonçais lentement dans une malodorante mare d'eau croupie, deux fraîches jeunes filles qui ressemblaient à mes concubines tentèrent de me secourir. Mais, à

17

l'instant où j'allais saisir leurs mains tendues, un courant violent m'entraîna. Je tournoyai sur moi-même dans un gouffre écumant, attiré peu à peu vers le centre de l'abîme où je m'enfonçai lentement, aspiré par l'horrible tourbillon. Puis, brusquement, je me trouvai enfermé dans un étroit espace obscur tandis qu'un poids énorme descendait lentement sur moi. Je luttais frénétiquement pour échapper à la masse implacable. En vain. Mes doigts tâtonnants ne rencontraient qu'une paroi de fer absolument lisse. Mais, à l'instant même où j'allais périr étouffé, la pression se relâcha et j'aspirai l'air frais avec avidité. Cependant, lorsque je voulus bouger, je m'aperçus à ma grande horreur que j'étais cloué au sol, bras et jambes écartés. De mes poignets et de mes chevilles partaient de grosses cordes dont l'extrémité disparaissait dans un brouillard grisâtre. Je sentis ces cordes se tendre... une douleur atroce envahit tous mes membres et une terreur indicible fit presque cesser mon cœur de battre : je venais de comprendre que j'allais être écartelé. Je poussai un hurlement qui me réveilla.

J'étais chez Liou, étendu sur le plancher et inondé de sueur froide. Agenouillé près de moi, l'antiquaire prononçait mon nom d'une voix effrayée. La vieille coiffure noire avait glissé de ma tête et gisait au milieu des morceaux du miroir brisé.

Avec l'aide du marchand je me relevai et m'assit en frissonnant dans le fauteuil. Mon infirmier bénévole porta une tasse de thé à mes lèvres.

A peine venait-il de descendre chercher la théière, m'expliqua-t-il, qu'un violent coup de tonnerre suivi d'une pluie torrentielle le fit remonter en hâte afin d'assujettir solidement la fermeture des volets, et c'est alors qu'il me trouva étendu sans connaissance sur le plancher.

Je gardai le silence un bon moment, avalant à petites gorgées le liquide parfumé, puis je racontai à Liou la première histoire qui me vint à l'esprit, prétendant être sujet à des étourdissements qui me prenaient à l'improviste. Je lui demandai d'appeler mon palanquin et les porteurs me ramenèrent chez moi sous une pluie battante. Bien qu'ils eussent pris soin de couvrir le palanquin d'une toile huilée, j'arrivai à la maison trempé jusqu'aux os.

Je me mis au lit immédiatement, en proie à une violente migraine. Très alarmée, ma Première Épouse fit venir notre médecin qui me trouva en train de délirer.

Pendant près de deux lunes, je restai entre la vie et la mort. Ma Première Épouse soutient que ma guérison finale est entièrement due à ses ferventes prières et à l'encens qu'elle brûla chaque jour au Temple du Dieu de la Médecine. Personnellement, je l'attribuerais plutôt au dévouement de mes deux concubines qui se relayèrent à mon chevet et me firent prendre les remèdes prescrits par notre savant médecin.

Ce dernier, quand j'eus enfin recouvré assez de force pour m'asseoir dans mon lit, voulut entendre de ma bouche ce qui s'était passé chez Liou. N'ayant nulle envie de raconter mon étrange aventure, je lui dis simplement que j'avais été pris d'un vertige soudain. Le docteur me jeta un regard incrédule mais se garda d'insister. En prenant congé de moi, il remarqua d'un air détaché que ce genre de fièvre cérébrale survient parfois lorsqu'on manie des objets ayant joué un rôle dans quelque vieille histoire de mort violente. Il se dégage de ces choses des effluves malfaisants, dangereux pour le cerveau de qui les touche.

Dès que ce perspicace médecin fut parti, je fis appeler mon intendant. Je lui ordonnai d'empaqueter ma collection criminologique dans quatre grandes caisses et de les envoyer à Monsieur Houang, l'oncle de ma Première Épouse. Bien que celle-ci ne soit jamais lasse de chanter ses louanges, Oncle Houang est en réalité un odieux bonhomme dont le plus grand plaisir est d'intenter des procès aux gens. Je composai, pour accompagner l'envoi, une lettre des plus aimables l'informant que je souhaitais lui offrir toute ma collection criminologique, ce présent étant une légère marque de mon profond respect pour sa science si complète du droit civil et pénal. Je dois confier au lecteur que je garde un chien de ma chienne à l'Oncle Houang depuis le jour où, grâce à un artifice de procédure, il m'a dépossédé d'une belle pièce de terre. Mon plus cher espoir est qu'en étudiant ma collection il tombera sur l'une de ces macabres reliques dont le contact lui vaudra une aventure aussi atroce que celle qui m'arriva dans le magasin de Liou.

Je vais m'efforcer maintenant de relater de façon cohérente l'histoire des événements vécus par moi pendant les brefs instants où j'eus sur la tête le bonnet du juge Ti. Je laisse à l'indulgent lecteur le soin de décider dans quelle mesure ce récit de trois vieux crimes rapporte des faits véridiques à moi révélés d'extraordinaire façon, ou s'il s'agit tout bonnement d'inventions de mon pauvre cerveau tourmenté par la fièvre. Je ne me suis pas donné la peine de consulter les archives historiques de l'Empire pour vérifier les faits; comme je l'ai dit plus haut, j'ai complètement abandonné ce genre de recherches. Ces pénibles

20

sujets ne me passionnent plus, agréablement occupé que je suis maintenant à collectionner les exquises porcelaines céladon de la Dynastie Song.

*
* *

Le juge Ti venait d'arriver le matin même à Pou-yang, son nouveau poste. Tard dans la soirée, il étudiait encore les archives du district, assis dans son cabinet, derrière la salle d'audience du tribunal. Deux grosses bougies piquées sur leur chandelier de bronze éclairaient sa table qui disparaissait sous des piles de registres et de documents divers. La vacillante lumière jouait sur sa robe de brocart vert et sur la brillante soie noire de son bonnet. De temps à autre il lissait sa belle barbe brune ou caressait ses longs favoris, mais son regard ne quittait jamais bien longtemps le papier posé devant lui.

Assis devant une table plus petite placée en face de celle du juge, Hong Liang (l'inséparable compagnon du magistrat) examinait les dossiers du tribunal. Hong Liang était un homme d'un certain âge, plutôt maigre. Il portait une barbiche et une moustache aux poils blancs clairsemés. Sa robe était d'un brun passé, et une petite calotte lui couvrait le crâne. « Bientôt minuit », pensait-il en jetant de furtifs regards à la haute silhouette du juge. Hong Liang avait fait un petit somme dans l'après-midi, mais son maître ne s'était pas reposé un seul instant de toute la journée. Bien qu'il connût la constitution de fer du juge, il n'en était pas moins soucieux.

Vieux serviteur de la famille Ti, Hong Liang avait souvent porté dans ses bras le futur juge quand celui-ci n'était encore qu'un bébé. Plus tard, lorsque son ancien « nourrisson » alla terminer ses études dans la capitale, Hong Liang l'y accompagna, et, quand Ti Jen-tsie fut nommé magistrat, il le suivit en province. Pou-yang était le troisième poste du juge Ti. Tout au long de ces années, Hong Liang avait été pour lui un conseiller autant qu'un ami sûr. Le juge lui parlait non seulement de ses affaires personnelles, mais aussi de ses préoccupations administratives et les avis de Hong Liang se montrèrent souvent fort utiles. Afin de lui donner un titre officiel, le juge l'avait nommé Sergent du tribunal, et c'est pourquoi chacun l'appelait « Sergent Hong ».

Tout en feuilletant une liasse de documents, le Sergent Hong pensait à la journée fatigante que venait de passer son maître. Le matin, quand le juge et sa suite – épouses, enfants, serviteurs – arrivèrent à Pou-yang, le juge s'était tout de suite rendu dans la salle de réception du tribunal tandis que sa suite gagnait la résidence officielle du magistrat, dans la partie nord du Yamen [1]. Là, assistée de l'intendant, la Première Épouse surveilla le déchargement des chariots à bagages et commença l'installation. Le juge Ti n'avait pas eu le temps d'aller examiner les nouveaux appartements, il lui fallait d'abord recevoir les sceaux du tribunal des mains du juge Fong, son prédécesseur. Cette cérémonie terminée, il passa en revue le personnel permanent du tribunal, depuis le Premier Scribe et le Chef des sbires jusqu'au geôlier et aux gardes. A midi, il présida un somptueux repas donné en l'honneur de l'ancien

1. Le Yamen est la résidence officielle du magistrat. Il comprend ses appartements privés, une salle de réception, la salle du tribunal, les archives, la prison, des bâtiments affectés aux sbires et aux gardes, et des jardins plus ou moins beaux suivant l'importance du poste. *(N.d.T.)*.

magistrat, après quoi il accompagna le juge Fong et sa suite jusqu'aux portes de la cité, comme le voulait la coutume. A son retour, le juge Ti reçut la visite des premiers citoyens de Pou-yang, venus lui souhaiter la bienvenue.

Puis il dîna sur le pouce dans son cabinet et s'y installa pour jeter un premier coup d'œil aux dossiers du tribunal. Les scribes s'empressaient autour de lui, apportant des archives les grandes boîtes de cuir. Au bout de deux heures il les renvoya sans paraître songer à gagner lui-même son lit.

Quand enfin il se renversa dans son fauteuil en repoussant le document qu'il venait de feuilleter, il lança, de sous ses épais sourcils, un regard amusé à son fidèle compagnon.

— Eh bien, Sergent, que dirais-tu d'une tasse de thé? dit-il en souriant.

Le Sergent Hong se hâta d'aller chercher la théière posée sur un guéridon. Pendant qu'il versait le thé à son maître, celui-ci déclara :

— Le Ciel a comblé de ses bénédictions le district de Pou-yang. Ces documents me révèlent que la terre y est fertile. La sécheresse et les inondations sont inconnues de ses habitants et ses fermiers sont tous prospères. Bâtie au bord du Grand Canal qui traverse notre Empire du nord au sud, la ville retire un grand bénéfice de sa situation privilégiée. Les bateaux du Gouvernement aussi bien que les jonques particulières ont coutume de s'abriter dans l'excellent port qui se trouve aux abords de la Porte de l'Ouest. Il y a une constante allée et venue de voyageurs et les affaires marchent on ne peut mieux. Le fleuve rejoignant ici le canal, le poisson abonde, source de profit pour les pauvres gens. La présence d'une garnison relativement importante fait marcher le commerce. La population est donc à son aise, satisfaite de son sort, et paie ses impôts en temps voulu.

» Enfin, mon prédécesseur, le juge Fong, est évidemment un homme capable et rempli de zèle : les archives sont à jour et tout est parfaitement en ordre.

Le visage du Sergent s'éclaira.

— Voilà qui est bien agréable à entendre, Noble Juge », répondit-il. Les difficultés que nous avons rencontrées dans notre dernier poste, à Han-yuan, m'ont souvent fait craindre pour la santé de Votre Excellence [1]!

Tirant sur sa maigre barbiche, il continua :

— En compulsant les minutes du tribunal, j'ai découvert que la criminalité n'est pas très élevée ici. Et les rares crimes commis ont été fort bien jugés. Une seule affaire est encore en instance devant le tribunal. C'est une abjecte histoire de viol suivi d'assassinat que Son Excellence le juge Fong a débrouillée en quelques jours. Quand vous prendrez connaissance du dossier, vous verrez qu'il reste seulement quelques menus détails à mettre au point.

Le juge Ti haussa les sourcils.

— Ces menus détails posent parfois de gros problèmes! Raconte-moi l'affaire. »

Le Sergent Hong leva les épaules.

— Ce n'est pas une histoire bien compliquée. On a trouvé la fille d'un petit commerçant (un boucher nommé Siao) assassinée dans sa chambre. L'examen du corps montra qu'il y avait eu viol. L'enquête révéla que la victime avait eu un

1. Allusion à un autre ouvrage de l'auteur, paru en anglais sous le titre de « *The Chinese Lake Murders* » traduit sous le titre *Meurtre sur un bateau-de-fleurs*, Coll. 10/18, n° 1632.

amant, un étudiant dégénéré du nom de Wang. Le boucher accusa ce garçon du meurtre. Quand le juge Fong eut vérifié ses déclarations et entendu les témoins, il devint évident que Wang était en effet l'assassin, mais il refusa d'avouer son crime. Le juge Fong le fit mettre alors à la question. Malheureusement, il perdit connaissance avant d'avoir rien confessé. L'imminent départ du juge Fong l'empêcha d'aller plus loin.

» Mais puisque le meurtrier est sous les verrous et que les preuves rassemblées contre lui sont suffisantes pour qu'on puisse le soumettre à la torture, l'affaire est pratiquement close.

Le juge Ti resta quelques instants silencieux, caressant sa barbe d'un air songeur, puis il dit :

— J'aimerais entendre l'affaire en détail, Sergent.

Le visage du brave Hong s'allongea.

— Il est bientôt minuit, Votre Excellence, répondit-il en hésitant. Ne feriez-vous pas mieux d'aller vous coucher pour prendre une bonne nuit de repos? Nous aurons tout le temps d'examiner cette affaire demain!

Le juge secoua la tête.

— Si succinct qu'il soit, ton récit fait déjà apparaître une curieuse contradiction. Après la lecture de tous ces documents administratifs, un problème policier est juste ce qu'il faut pour me nettoyer la cervelle! Bois une tasse de thé, installe-toi confortablement, et donne-moi un résumé des faits.

Le Sergent Hong connaissait son maître. D'un air résigné il consulta donc quelques papiers et commença :

— Il y a exactement dix jours, le dix-septième de la présente lune, un boucher nommé Siao

Fou-han vint se jeter en pleurant aux pieds du juge Fong pendant l'audience de midi. Cet homme possède une petite boutique rue de la Demi-Lune, dans le coin sud-ouest de la cité. Trois témoins l'accompagnaient : Monsieur Gao, le Surveillant général du Quartier Sud; Long, un tailleur qui habite en face de chez Siao, et le Maître de la Guilde des Bouchers.

Boucher Siao remit au juge Fong une accusation écrite contre Wang Sien-tchoung, Candidat aux Examens Littéraires [1]; ce Wang est un étudiant pauvre qui habite lui aussi près de la boucherie. Boucher Siao prétend que Wang a étranglé sa fille unique, Pureté-du-Jade, dans la chambre de celle-ci et a volé deux épingles de tête en or. Selon Boucher Siao, Candidat Wang était l'amant de sa fille depuis six mois. Le crime fut découvert lorsque la jeune fille ne descendit pas faire le ménage comme de coutume.

— Ce Siao, interrompit le Juge Ti, est soit un parfait imbécile, soit un coquin avide! Comment pouvait-il permettre à sa fille de recevoir un homme sous son propre toit, faisant ainsi de sa maison un mauvais lieu? Cela ne m'étonne pas qu'un meurtre ait été commis chez lui!

Le Sergent Hong secoua la tête.

— Non, Noble juge, répliqua-t-il. Les explications de Boucher Siao font apparaître les choses sous un tout autre jour.

1. Les fonctionnaires chinois étaient recrutés parmi les étudiants qui avaient passé avec succès des examens littéraires au cours desquels le Candidat devait montrer sa connaissance des Livres Classiques en composant un poème et en rédigeant des essais sur des thèmes donnés.
Il y avait toute une série d'examens, de plus en plus difficiles, qui permettaient à ceux qui allaient jusqu'au bout d'accéder successivement aux neuf degrés de la hiérarchie. Ce sont ces lettrés-fonctionnaires que les Européens appellent « Mandarins », terme d'origine indo-portugaise. (*N.d.T.*).

II

Le sergent Hong expose l'affaire
de la rue de la Demi-Lune au juge Ti;
celui-ci prononce des paroles surprenantes.

— Je t'écoute! dit le juge en croisant les mains dans ses longues manches.

— Ce fut seulement après le crime que Boucher Siao apprit l'inconduite de sa fille, poursuivit le Sergent Hong. Pureté-du-Jade couchait dans une soupente au-dessus de la resserre qui s'élève derrière la boutique. Cette soupente sert aussi de buanderie et de salle de couture. La famille Siao n'était pas assez riche pour s'offrir une servante, la femme et la fille du boucher s'occupaient de tout le travail domestique. Une vérification faite sur l'ordre du juge Fong démontra que l'on pouvait parler assez fort dans la soupente sans être entendu de la chambre du boucher ni des maisons voisines.

« Quant à Candidat Wang, il appartient à une bonne famille de la capitale, mais son père et sa mère sont morts tous deux et des querelles entre ses autres parents le privent de tout subside. Il prépare l'examen littéraire du second degré et vit tant mal que bien de leçons données aux enfants des boutiquiers voisins. Un vieux tailleur nommé Long lui loue une mansarde, au-dessus de son magasin, situé juste en face de la boucherie.

– Quand devint-il l'amant de cette fille?

– Il tomba amoureux d'elle il y a six mois environ et les deux jeunes gens décidèrent de se rencontrer clandestinement dans la chambre de Pureté-du-Jade. Candidat Wang arrivait un peu avant minuit, se glissait par la fenêtre, et regagnait furtivement son logement avant l'aube. Tailleur Long déclara qu'il avait vite découvert ce beau secret. Il réprimanda Wang avec sévérité, ajoutant qu'il allait mettre le boucher au courant de ces honteuses manigances.

Le juge hocha approbativement la tête.

– Ce tailleur raisonnait avec justesse! dit-il.

Le Sergent consulta un rouleau placé devant lui et continua :

– Ce Wang est évidemment un rusé coquin. Il se jeta aux pieds de Tailleur Long et l'assura que Pureté-du-Jade et lui s'aimaient de tout leur cœur, puis il jura d'épouser la belle dès qu'il aurait passé son examen du second degré. Sa position lui permettrait alors de remettre à Boucher Siao le cadeau de mariage requis et d'offrir à la nouvelle épousée une demeure convenable. Tandis que si son secret était découvert maintenant, on refuserait de l'admettre à l'examen et tout le monde perdrait la face.

« Tailleur Long savait que Wang était un jeune homme studieux, certain, à l'automne, de passer son examen avec succès. De plus, la pensée que le rejeton d'une noble famille – bientôt un fonctionnaire de l'Empire – ait choisi pour future la fille d'un de ses voisins, le remplissait de fierté. Aussi, après avoir apaisé sa conscience en se répétant que dans quelques semaines l'affaire serait honorablement conclue par une demande en mariage, il promit aux jeunes gens de ne pas trahir leur secret. Mais, afin de bien se convaincre que

28

Pureté-du-Jade n'était pas une fille sans mœurs, Tailleur Long garda l'œil sur elle, et il déclara sous serment qu'elle n'a pas connu d'autre garçon que Wang, celui-ci étant le seul homme qui pénétrât jamais dans sa chambre. »

Le Juge avala une petite gorgée de thé, puis dit d'un ton aigre :

— Cela se peut! Mais le fait demeure que Pureté-du-Jade, Candidat Wang et Tailleur Long se sont conduits de façon fort répréhensible!

— Le Juge Fong insista sur ce point, observa le Sergent. Il condamna hautement la complicité de Tailleur Long et le manque de surveillance exercé par Boucher Siao sur sa famille.

« Le matin du dix-septième jour, quand Tailleur Long apprit l'assassinat de Pureté-du-Jade, les bons sentiments qu'il éprouvait pour Wang se changèrent en haine violente. Il se précipita chez Boucher Siao et le mit au courant des amours de sa fille et de l'étudiant. Voici, textuellement, les paroles qu'il prononça : « Misérable que je suis d'avoir fermé les yeux sur leur infâme conduite! Ce chien de Wang en a profité pour satisfaire ses bas appétits sur Pureté-du-Jade, et quand celle-ci a insisté pour qu'il se marie avec elle, il l'a tuée et a volé ses épingles d'or afin de pouvoir s'acheter une riche épouse!

« Boucher Siao, fou de désespoir et de rage, envoya chercher le Surveillant du quartier — Monsieur Gao — et le Maître de sa Guilde. Les trois hommes tinrent conseil et ne furent pas longs à tomber d'accord : le coupable ne pouvait être que Wang. Une plainte écrite fut donc rédigée, accusant l'étudiant de l'ignoble crime, et tous trois vinrent la déposer au tribunal.

— Et Candidat Wang? demanda le juge Ti. S'était-il enfui?

– Non. Il se laissa prendre sans difficulté. Quand le juge Fong eut entendu Siao, il envoya quatre sbires arrêter le jeune homme. Ils le trouvèrent profondément endormi dans sa chambre, bien que midi fût passé depuis longtemps. Les policiers le traînèrent devant le tribunal où on le mit au courant de l'accusation de Boucher Siao.

Posant les deux coudes sur le bord de sa table, le juge Ti s'écria :

– Je suis curieux de connaître la défense de Candidat Wang!

Le Sergent choisit plusieurs papiers et les parcourut avant de répondre :

– Ce coquin a une explication pour tout. La principale...

Le juge Ti leva la main.

– Je préfère entendre ses propres paroles! Lis-moi le procès-verbal.

Le Sergent regarda son maître d'un air surpris et parut vouloir dire quelque chose, mais, se ravisant, il se contenta de lire d'une voix monocorde la déposition enregistrée par le scribe du tribunal :

« Le très ignorant étudiant qui se prosterne devant Votre Noble Seigneurie est accablé de honte. Je suis coupable de la plus répréhensible des fautes : j'ai séduit une vierge à la réputation sans tache et j'ai entretenu des rapports clandestins avec elle. Que Votre Excellence sache que la mansarde où j'étudie chaque jour donne sur la rue de la Demi-Lune. De mon logis je peux donc apercevoir la fenêtre de Pureté-du-Jade et souvent j'admirais la tendre plénitude de ses formes quand elle peignait sa longue chevelure. Bientôt je décidai dans mon cœur de n'avoir jamais d'autre épouse.

« Combien j'eusse été fortuné de m'en être tenu à cette résolution et d'avoir attendu l'heureux résultat de mes examens avant de tenter la moindre démarche. Ma position m'aurait alors permis d'employer les services d'une marieuse. Celle dont "la profession est de réunir les montagnes" aurait porté un cadeau au père de la jeune fille en lui présentant ma demande, comme le veut notre vieille et honorable coutume. Hélas, un jour je rencontrai Pureté-du-Jade en bas de chez elle. Je ne pus m'empêcher de lui adresser la parole, et, ingénument, elle me laissa entendre que mes sentiments trouvaient un écho dans son cœur. Alors, moi qui aurais dû guider cette innocente et pure enfant dans la Voie Droite, j'excitai sa propre passion par la chaleur de la mienne. J'obtins de la revoir et, bientôt, je la persuadai de me recevoir une fois dans sa chambre. Le jour convenu, très tard dans la soirée, je plaçai une échelle sous sa fenêtre et grimpai chez elle. Je dois l'avouer, Noble Juge, je pris entre ses bras un plaisir que le Ciel ne permet de goûter avec une fille honorable qu'après la solennelle cérémonie du mariage.

« Hélas, de même qu'un feu donne une plus haute flamme quand on vient d'y jeter du bois sec, de même ma coupable passion monta et me fit exiger un autre rendez-vous, puis d'autres, de plus en plus fréquents. Craignant que le veilleur de nuit ou quelque passant attardé ne remarquât l'échelle, je persuadai Pureté-du-Jade d'attacher une longue bande de tissu blanc au pied de son lit et de la faire pendre par la fenêtre. D'en bas, je donnais une secousse à l'étoffe, et, à ce signal, ma maîtresse ouvrait sa fenêtre et aidait mon ascension en tirant le tissu à elle. Toute personne non prévenue ne manquerait pas de prendre cette *étoffe blanche pour du linge mis à sécher et oublié la nuit venue. »*

Le juge Ti frappa son bureau d'un violent coup de poing, interrompant la lecture du Sergent :

— Le perfide coquin! s'écria-t-il avec colère. Un Candidat aux Examens Littéraires s'abaissant à emprunter aux voleurs et aux fripons leurs ignobles ruses, voilà qui est beau, en vérité!

— Comme je l'ai déjà dit, Votre Excellence, ce Wang est un bas criminel. Je reprends sa déposition :

« Un jour, cependant, Tailleur Long découvrit mon secret, et, en honnête homme qu'il est, menaça de tout raconter à Boucher Siao. Hélas, pauvre aveugle que je suis, je dédaignai cet avertissement envoyé sans aucun doute par le Ciel Miséricordieux et suppliai le tailleur de garder le silence. Il y consentit.

« Les choses continuèrent donc comme par le passé pendant près de six lunes. Puis les Augustes Pouvoirs d'En Haut décidèrent de ne plus tolérer cette violation des Commandements Sacrés, et, d'un seul coup, frappèrent à la fois l'innocente Pureté-du-Jade et le misérable pécheur que je suis. Je devais monter chez elle le soir du seizième jour, mais dans l'après-midi mon ami l'étudiant Yang Pou vint me voir et m'annonça que son père venait de lui envoyer cinq pièces d'argent à l'occasion de son anniversaire. Pour célébrer cet événement, il m'invita à souper avec lui à l'Auberge des Cinq Fantaisies, dans le quartier nord de la ville. Pendant le repas je bus plus de vin qu'il n'est bon pour moi et, quand je quittai Yang Pou, je me rendis compte, dans la fraîcheur de l'air nocturne, que j'étais complètement ivre. Je décidai donc de rentrer dormir une heure ou deux chez moi pour

aider les fumées de l'ivresse à se dissiper avant d'aller rejoindre Pureté-du-Jade, mais je me perdis en route. Ce matin, un peu avant le lever du jour, je me réveillai, dégrisé, au beau milieu d'un buisson d'épines dans les ruines d'une vieille demeure. Je me levai avec effort, car ma tête était encore lourde. Puis sans perdre mon temps à examiner le lieu où je me trouvais, je me mis péniblement en marche et finis par atteindre la grande rue sans trop savoir comment. Je regagnai alors la maison de Tailleur Long, montai droit dans ma chambre et m'endormis immédiatement. C'est seulement quand les sbires envoyés par Votre Excellence vinrent me chercher que j'appris l'horrible sort de ma pauvre fiancée. »

Le Sergent Hong s'arrêta un instant puis, regardant le juge, il dit d'une voix de mépris :

– Écoutez maintenant la péroraison de ce bon hypocrite! :

« Si Votre Excellence décide de m'infliger le châtiment suprême en punition de mon impardonnable conduite envers cette infortunée jeune fille, ou pour avoir été indirectement cause de sa mort, j'accueillerai avec joie ce verdict. Il me délivrera d'une existence intolérable, à jamais assombrie par les noirs nuages du désespoir. Mais afin que la mort de ma bien-aimée puisse être vengée – et en considération de l'honneur de ma famille – je suis obligé de crier de toutes mes forces que ce n'est pas moi l'assassin de Pureté-du-Jade. »

Le Sergent reposa son papier sur la table. Le tapotant de son index, il expliqua : « Le plan formé par Wang pour échapper au juste châtiment crève les yeux. Il s'appesantit sur sa culpabilité de séducteur, mais il nie fermement avoir tué la belle. Il sait très bien que la punition encourue pour avoir séduit une jeune fille dont le consentement est si clairement établi, est de cinquante coups de bambou, tandis que tout assassin est condamné à une mort publique igno-minieuse! »

Le Sergent Hong regarda son maître, attendant un commentaire de celui-ci. Le juge avala une nouvelle tasse de thé en silence puis demanda :

— Qu'a dit le juge Fong après avoir entendu cette déposition?

Le Sergent consulta un autre rouleau de papier.

— Le juge Fong ne posa pas de questions à Candidat Wang pendant cette séance du tribunal. Il commença tout de suite les investigations habituelles.

— Très sagement agi! approuva le magistrat. Peux-tu me trouver le rapport de sa visite rue de la Demi-Lune et les conclusions du Contrôleur des Décès?

Le Sergent déroula un peu plus son docu-ment.

— Oui, Noble Juge. Tous les détails sont consi-gnés ici. Le Juge se rendit rue de la Demi-Lune en compagnie de ses auxiliaires. Arrivés dans la soupente, ils trouvèrent sur le lit le cadavre absolument nu d'une jeune fille d'environ dix-neuf ans. Son corps solidement bâti paraissait bien développé, mais sa chevelure était en désor-dre et ses traits horriblement convulsés. Le mate-las pendait en travers de la couche, l'oreiller gisait sur le plancher, à côté d'une longue pièce d'étoffe blanche toute froissée, dont une extré-mité était nouée au pied du lit. Le coffre à vêtements béait, grand ouvert. Près du mur se trouvait un baquet à lessive et on apercevait dans un coin une petite table avec un miroir fêlé. Un tabouret de bois, seul autre meuble qui figurât dans la mansarde, était renversé non loin du lit.

— N'y avait-il aucun indice permettant d'identifier l'assassin? demanda le juge Ti.

— Aucun, Excellence. Un examen approfondi des lieux ne fournit pas la moindre indication à ce sujet. L'unique découverte fut une liasse de poèmes d'amour adressés à Pureté-du-Jade. Elle les conservait avec soin dans le tiroir de sa table de toilette bien que, naturellement, elle fût incapable de les lire. Ces poèmes portaient la signature de Candidat Wang.

« Après examen du corps, le Contrôleur des Décès déclara que la mort était due à la strangulation. Deux larges meurtrissures apparaissaient sur le cou de la victime, à l'endroit où les mains de l'assassin l'avaient serré. Des contusions et des bosses un peu partout sur ses bras et sa poitrine montraient que la jeune fille s'était défendue avec acharnement. Enfin, certains signes permettaient de conclure qu'elle avait été violée avant ou pendant la strangulation. »

Le Sergent parcourut rapidement la fin du rouleau et continua :

« Pendant les jours qui suivirent, le juge Fong vérifia de façon méticuleuse tous les témoignages. Il... »

— Passons..., passons, interrompit le magistrat. Je suis convaincu que le juge Fong s'est acquitté de cette tâche avec toute la conscience voulue. Tiens-t'en aux points principaux. J'aimerais savoir, par exemple, ce que Yang Pou a dit à propos de la petite fête à l'auberge.

— Yang Pou, l'ami de Wang, répondit le Sergent, confirme chaque détail de l'histoire, mais ne croit pas que Wang ait été très ivre quand il l'a quitté. Yang Pou a utilisé l'expression : légèrement gris. Je dois ajouter que Wang n'a pas pu retrouver l'endroit où il prétend s'être réveillé de son sommeil aviné. Le juge Fong fit tout ce qu'il put pour le lui faire identifier. Il envoya ses hommes visiter avec Wang divers endroits possibles, faisant le tour des vieilles demeures abandonnées de la ville et essayant de lui faire préciser quelque détail révélateur. Le tout en vain. Quelques égratignures se remarquaient sur son visage et sa robe avait été récemment déchirée en plusieurs endroits. Wang expliqua tout cela par sa chute dans le buisson épineux.

« Le juge Fong consacra deux journées à explorer minutieusement le logis de Wang et différents lieux où celui-ci aurait pu dissimuler les deux épingles d'or, mais il ne trouva rien. Boucher Siao les dessina de mémoire sur un morceau de papier joint au dossier. »

Le juge Ti tendit la main. Le Sergent Hong détacha une mince feuille de papier du dossier et la remit à son maître.

– Bon vieux travail artisanal, commenta le juge Ti. Cette hirondelle en plein vol qui forme la tête de l'épingle est délicatement façonnée.

– Selon Boucher Sio, ces épingles sont des bijoux de famille. Sa femme les a longtemps gardées sous clef parce que, paraît-il, elles amenaient le malheur sur qui les portait. Il y a quelques mois, cependant, Pureté-du-Jade supplia sa mère de les lui donner, et cette dernière finit par céder, car elle n'avait pas les moyens de lui acheter d'autre colifichets.

– Pauvre enfant! murmura le juge avec un peu de tristesse dans la voix. Après un petit silence, il demanda : Et à quelle conclusion arriva le juge Fong?

– Le juge Fong a récapitulé les résultats de

36

l'enquête avant-hier. Il commença par dire que les épingles n'avaient pas été retrouvées chez Wang, mais ne compta pas ce fait comme un point en sa faveur, car le temps ne lui avait pas manqué pour les mettre en lieu sûr. Il admit que la défense présentée par Wang était cohérente, mais ajouta qu'il ne fallait pas s'étonner de voir un étdiant instruit inventer une histoire plausible.

« Il repoussa, comme improbable, l'idée que le crime ait pu être commis par un rôdeur. Seuls de pauvres commerçants habitent la rue de la Demi-Lune, la chose est bien connue. Et même si par hasard un voleur s'était aventuré dans le coin, il aurait plutôt cherché à s'introduire dans la boutique du boucher, ou dans sa resserre. Jamais l'idée ne lui serait venue de grimper dans une petite soupente! Tous les témoignages, celui de Wang compris, prouvent que les rendez-vous des deux amoureux étaient connus d'eux seuls et de Tailleur Long. »

Le Sergent Hong regarda son maître et ajouta avec un léger sourire :

« Le tailleur a près de soixante-dix ans, Noble Juge, et il est si affaibli par l'âge qu'on le raya immédiatement de la liste des suspects possibles! »

Le juge Ti acquiesça d'un signe de tête et demanda :

– Comment le juge Fong a-t-il rédigé son accusation? Si possible, j'aimerais en entendre les termes exacts.

Le Sergent se pencha sur ses documents et se remit à lire tout haut :

« *Quand l'accusé eut protesté à nouveau de son innocence, Son Excellence frappa la table du poing et cria : " Moi, ton Magistrat, je connais la vérité! En sortant de l'auberge tu t'es rendu droit chez Pureté-du-Jade. Le vin t'avait donné le courage dont ta lâcheté avait besoin pour lui dire que tu étais las d'elle et désirais la quitter. Il y eut querelle et Pureté-du-Jade se précipita vers la porte pour appeler ses parents. Tu tentas de la retenir. La lutte qui suivit réveilla tes plus bas instincts, tu la pris malgré elle et tu finis par l'étrangler. Ton acte ignoble accompli, tu as fouillé son coffre à vêtements et tu as filé avec les épingles d'or, afin de faire croire que le crime avait été commis par un cambrioleur. Allons, confesse ton forfait!"* »

Après cette citation textuelle des paroles du juge Fong, le Sergent reprit son résumé :

— Candidat Wang persistant à affirmer son innocence, le juge Fong lui fit donner cinquante coups du gros fouet. Mais au trentième coup Wang s'évanouit et s'écroula par terre. Quand on l'eut aidé à reprendre connaissance en brûlant du vinaigre sous ses narines, il resta si hébété que le juge renonça pour l'instant à poursuivre l'interrogatoire. Le soir même, les ordres concernant le déplacement du magistrat arrivèrent, de sorte qu'il ne put conduire l'affaire jusqu'à son inévitable conclusion. Néanmoins il nota en quelques mots son opinion à la fin du compte rendu de cette dernière séance.

— Montre-moi cela, Sergent!

Le Sergent Hong déroula complètement le document et le plaça devant son maître.

Approchant le papier de ses yeux, le juge Ti lut à haute voix :

« *Mon opinion réfléchie est que la culpabilité de Candidat Wang Sien-tchoung a été établie de façon indiscutable. Lorsqu'il aura dûment confessé son crime, je conseille qu'on demande pour lui la peine de mort sous l'une de ses formes les plus sévères. Signé : Fong Yi, Magistrat de Pou-yang. »*

Lentement, le juge Ti roula de nouveau le document, puis il ramassa un presse-papiers en jade et le fit sauter doucement dans ses mains pendant un temps assez long. Debout devant le bureau, le Sergent Hong regardait son maître avec curiosité.

Le juge posa brusquement le presse-papiers et se leva. Les yeux fixés sur son subordonné, il déclara :

– Le juge Fong est un magistrat habile et consciencieux. J'attribue la précipitation de son jugement au surmenage causé par son départ imminent. S'il avait eu le temps d'étudier cette affaire à loisir, il serait sans aucun doute arrivé à une conclusion toute différente.

L'air stupéfait du Sergent fit apparaître un léger sourire sur les lèvres du juge qui se hâta d'ajouter :

– Candidat Wang est un gamin étourdi. Il manque de caractère, je te l'accorde, et il mérite une bonne leçon, mais il n'a pas tué Pureté-du-Jade!

Le Sergent Hong ouvrit la bouche. Le juge leva la main pour l'empêcher de parler et continua :

« Je n'en dirai pas davantage avant d'avoir interrogé les différentes personnes mêlées à cette histoire et vu le lieu du crime. Demain j'entendrai l'affaire pendant l'audience de l'après-midi. Tu comprendras alors comment je suis arrivé à ma conclusion. Quelle heure est-il à présent?

– Minuit est passé depuis longtemps, Noble Juge. Les arguments contre Wang me semblent inattaquables, je l'avoue. Demain, quand mon esprit sera plus clair, je relirai tout le dossier.

Secouant doucement la tête, il prit l'un des chandeliers, s'apprêtant à éclairer son maître le long des couloirs obscurs qui conduisaient à ses appartements particuliers, dans la partie nord du Yamen.

Mais le juge posa la main sur son bras.

– Ne t'occupe pas de moi, Sergent. Il est trop tard pour déranger toute la maisonnée. La journée a été fatigante pour chacun... toi compris. Je te donne la permission de gagner directement ta chambre! Quant à moi, je dormirai ici, sur le divan de mon bureau. Donc, au lit, Sergent, et bonsoir!

III

*Le juge Ti préside pour la première fois
le tribunal de Pou-yang;
Tao Gan rapporte les bruits qui courent
sur un temple bouddhiste.*

Quand, le lendemain matin à l'aube, le Sergent
Hong apporta le plateau du petit déjeuner dans le
cabinet de son maître, celui-ci avait déjà terminé
sa toilette.

Le juge Ti avala deux bols de gruau de riz
fumant et quelques légumes salés, puis il but une
tasse de thé très chaud. Dès que les premiers
rayons solaires vinrent colorer de rose le papier
des fenêtres, le Sergent éteignit les bougies et
aida le magistrat à enfiler sa robe de lourd
brocart vert. Le juge remarqua avec satisfaction
que les serviteurs avaient déposé son miroir à
coiffure sur le guéridon. Il sortit le bonnet du
tiroir et le plaça sur sa tête, ajustant soigneusement la gaze empesée des ailes noires.

Entre-temps, les gardes avaient ouvert les massives portes cloutées de cuivre du Yamen. Malgré
l'heure matinale, de nombreux habitants de Pou-
yang attendaient dehors. L'assassinat de Pureté-
du-Jade avait causé une vive émotion dans la
paisible cité et ses citoyens se demandaient avec
curiosité comment le nouveau magistrat allait
conclure cette affaire.

Dès que le majestueux gardien eut frappé le

grand gong de bronze, la foule pénétra dans la première cour et, de là, dans la vaste salle d'audience. Tous les yeux étaient fixés sur l'estrade du fond et sur la grande table recouverte d'un tapis de brocart rouge, car le nouveau magistrat n'allait pas tarder à faire son apparition.

Le Premier Scribe vint disposer sur la table les différents articles dont le juge allait avoir besoin. A droite le sceau du tribunal, mesurant deux pouces carrés, et son tampon. Dans le milieu le double godet de pierre pour délayer la tablette d'encre rouge et la tablette d'encre noire, avec un pinceau pour chacune des couleurs. Enfin, à gauche, le papier et les formules préparées dont se servirait le scribe chargé des écritures.

Les sbires étaient plantés devant l'estrade en deux rangs de trois se faisant face. Ils portaient les fouets, les chaînes, les poucettes et tout l'impressionnant attirail de leur profession. Plus près de l'estrade et un peu à part de ses hommes, se tenait leur Chef.

L'écran placé derrière la grande table s'écarta enfin. Le juge Ti apparut; il s'assit dans un fauteuil monumental. Le Sergent Hong resta debout à côté de son maître.

Se caressant lentement la barbe, le juge promena ses regards sur la foule qui emplissait la salle, puis frappant la table de son martelet, il annonça :

– L'audience du matin est ouverte!

Au grand désappointement des spectateurs il ne prit pas son pinceau rouge. Cela signifiait qu'il n'allait pas remplir le formulaire enjoignant au geôlier d'amener le prisonnier devant le tribunal.

Il se contenta de demander au Premier Scribe

de lui passer le dossier d'une affaire administrative et la régla sans se presser. Il ordonna ensuite au Chef des sbires d'approcher et examina avec lui la feuille d'émargement du personnel.

Jetant, sous ses épais sourcils, un regard dénué de bienveillance au malheureux, il lui dit d'un ton sec :

— Il manque une ligature de sapèques !¹ Expliquez-moi ce qu'est devenu cet argent.

Le Chef des sbires bredouilla des paroles embarrassées mais ne réussit pas à justifier de façon plausible l'emploi des pièces de cuivre.

— La somme sera déduite de votre solde, annonça sèchement le juge Ti.

Puis, se renversant dans son fauteuil, il avala à petites gorgées le thé que lui présentait le Sergent Hong et attendit que quelqu'un formulât une plainte. Comme personne ne dit mot, il leva son martelet et déclara l'audience close.

Dès que le juge eut quitté l'estrade pour regagner son bureau, la foule exprima sa déception à haute voix.

— Allons, sortez! crièrent les sbires. Vous avez vu ce que vous étiez venus voir. A présent, retournez chez vous et laissez-nous faire notre travail!

Quand la foule se fut écoulée, le Chef des sbires cracha par terre et secoua la tête d'un air lugubre. S'adressant aux plus jeunes de ses hommes, il leur dit :

1. Les sapèques sont de petites pièces de cuivre rondes, percées au centre d'un trou au moyen duquel on les enfile sur un lien en jonc ou en paille souple. L'ensemble s'appelle une « ligature », et le nombre de pièces varie suivant le lieu et l'époque. Au temps du franc-or, une ligature de 600 sapèques valait environ trente centimes. (*N.d.T.*)

– Vous feriez mieux de chercher un autre moyen d'existence, mes enfants! Dans ce maudit tribunal vous n'arriverez jamais à joindre les deux bouts... et encore! J'ai servi pendant trois ans Son Excellence Fong à qui il fallait rendre compte de la moindre pièce d'argent, j'espérais bien en avoir fini avec les magistrats pointilleux!

« Maintenant, Son excellence Ti lui succède et – les Augustes Pouvoirs d'En Haut nous protègent! – voilà-t-il pas qu'il se fâche pour de misérables pièces de cuivre. Ce n'est pas gai. Qui me dira pourquoi les magistrats faciles et amateurs de pots-de-vin évitent tous Pou-yang comme la peste?

Pendant que le Chef des sbires donnaient ainsi libre cours à sa mauvaise humeur, le juge Ti ôtait son costume d'apparat pour le remplacer par une robe plus confortable, aidé par un homme mince, au visage long et tourmenté. Une large verrue d'où s'échappaient trois grands poils noirs ornait la joue gauche de ce singulier personnage; il portait une simple robe bleue à ceinture marron et son nom était Tao Gan.

A présent l'un des hommes de confiance du magistrat, Tao Gan gagnait autrefois sa maigre subsistance aux dépens de la crédulité humaine. Dresser un contrat aux termes ambigus, imiter sceaux et signatures, manier les dés pipés étaient pour lui simples jeux d'enfant, et il connaissait l'art de crocheter les serrures ainsi que bien d'autres gentillesses familières aux fripons des grandes villes. Mais le juge Ti l'ayant un jour tiré d'une situation désagréable, Tao Gan se réforma et depuis lors servit son nouveau maître avec loyauté. Son esprit vif et son talent particulier pour découvrir le côté louche d'une affaire lui permettaient de se rendre fort utile et d'aider à résoudre maint problème délicat.

Quand le juge Ti fut installé derrière son bureau, deux gaillards bien bâtis entrèrent dans la pièce et vinrent le saluer respectueusement. Ces deux hommes portaient de longues robes brunes ceintes d'une écharpe noire et de petits bonnets noirs et pointus. C'étaient Ma Jong et Tsiao Taï, les deux autres fidèles lieutenants du juge Ti.

Ma Jong avait plus de six pieds de haut et une carrure d'ours. Son visage aux fortes mâchoires était rasé, à l'exception d'une courte moustache. En dépit de sa masse imposante il se déplaçait avec la grâce rapide qui caractérise le boxeur expérimenté. Dans sa jeunesse il avait servi de garde du corps à un fonctionnaire corrompu. Un jour que son maître extorquait de l'argent à une malheureuse veuve, Ma Jong se retourna contre lui et le laissa à moitié mort. Naturellement, après un tel exploit, il fallut fuir, aussi alla-t-il rejoindre les « Chevaliers des Vertes Forêts ». En d'autres termes, il devint voleur de grands chemins. Quelques mois plus tard, il attaqua le juge Ti et sa suite sur la route de la capitale, mais la personnalité du magistrat fit sur lui une si forte impression qu'il abandonna sur-le-champ sa profession et entra au service du juge. Son grand courage et sa force remarquable le faisaient toujours choisir lorsqu'il s'agissait d'accomplir quelque mission périlleuse ou d'arrêter un criminel dangereux.

Tsiao Taï était un de ses « collègues » du temps des Vertes Forêts. Sans être un boxeur aussi redoutable que Ma Jong, il maniait l'arc et le sabre avec une adresse peu commune et possédait, de plus, cette obstination patiente si nécessaire à un bon policier.

— Eh bien, mes hardis chevaliers, dit le magistrat, j'imagine que vous avez déjà fait une petite promenade dans la bonne ville de Pou-yang. Quelle impression en rapportez-vous?

– Noble Juge, répondit Ma Jong, Son Excellence Fong est certainement un sage administrateur. Les gens ont l'air prospère et heureux. Les aubergistes servent des repas savoureux à un prix raisonnable, et le vin du terroir est délicieux. Je crois que nous ne manquerons pas de loisirs ici!

Tsiao Taï se déclara d'accord avec son camarade, mais un certain scepticisme se peignit sur le long visage de Tao Gan et, sans mot dire, l'ancien filou se mit à tripoter les longs poils de sa verrue.

Le juge Ti lui lança un regard interrogateur.

– Tu n'es pas de leur avis, Tao Gan? demanda-t-il.

– Non, Noble Juge. J'ai mis le nez sur une chose qui semble réclamer une enquête approfondie. Hier, en faisant le tour des principales maisons de thé, j'ai posé par habitude des questions sur l'origine des grandes fortunes du district. Je me suis bientôt rendu compte qu'il y a ici quatre ou cinq gros propriétaires fonciers et une douzaine de riches négociants dont l'opulence est liée au commerce du canal. Mais ce que possèdent tous ces gens-là n'est rien comparé aux richesses amassées par Vertu-Spirituelle, le Supérieur du temple de l'Infinie Miséricorde. Cet immense sanctuaire nouvellement bâti dans le faubourg nord de la ville abrite une soixantaine de Tête-chauves [1]. Mais au lieu de jeûner et de prier, ces moines passent leur temps à boire du

1. Têtes-chauves : nom que le peuple donne aux moines bouddhistes à cause de leurs crânes rasés. *(N.d.T.)*

vin, à se gorger de viandes, et mènent une véritable vie de coq en pâte.

— Personnellement, interrompit le juge Ti, je ne désire pas avoir affaire à la clique bouddhiste. Les sages enseignements de notre Philosophe sans Pareil Confucius et de ses vénérables disciples me suffisent. Je n'éprouve aucun besoin d'étudier les croyances de ces robes noires venues de l'Inde. Dans son auguste sagesse, notre Cour Impériale a cependant estimé que les doctrines bouddhistes peuvent être utiles dans la mesure où elles contribuent à améliorer la morale populaire. En conséquence, l'Empereur accorde sa gracieuse protection au clergé bouddhiste; si leurs temples sont florissants, cela est conforme à la Volonté Impériale et nous devons nous abstenir soigneusement de toute critique!

Malgré ce petit sermon, Tao Gan semblait avoir du mal à abandonner son idée.

— Quand je dis que ce Père Abbé est riche, Noble Juge, reprit-il après une seconde d'hésitation, j'entends par là qu'il doit être aussi riche que le Dieu de la Richesse lui-même! Il paraît que les moines sont installés de façon princière, que les vases d'autel sont en or massif, que les...

— Fais-moi grâce de tous ces détails (qui sont de simples racontars) et viens-en vite au fait!

— Noble Juge, je puis me tromper, mais j'ai la nette impression que cette opulence est le fruit de manœuvres particulièrement odieuses.

— Tu commences à m'intéresser. Continue... mais sois bref.

— Il est de notoriété publique, reprit Tao Gan, que les revenus du Temple de l'Infinie Miséricorde ont comme source principale la vénération des pèlerins pour la statue de la Déesse Kouan-

Yin placée dans la grande salle [1]. Elle a été taillée dans du bois de santal il y a plus d'un siècle, mais jusqu'à ces dernières années n'ornait qu'un petit édifice délabré desservi par trois moines qui vivaient dans une cabane toute proche. De rares fidèles venaient prier dans ce temple. L'argent qu'ils laissaient pour l'encens ne suffisait pas à payer le quotidien bol de riz à l'eau des trois desservants, et ils devaient mendier dans les rues pour augmenter leurs maigres ressources.

« Et puis, il y a cinq ans, un moine itinérant appelé Vertu-Spirituelle se fixa chez eux. Malgré ses haillons, ce grand bel homme avait une mine imposante. Un an après son arrivée, le bruit se mit à courir que la statue de la Déesse possédait un pouvoir miraculeux et que les ménages sans enfants venus prier dans le sanctuaire cessaient d'être stériles.

« Le nouveau Père Abbé (Vertu-Spirituelle s'est proclamé lui-même Supérieur du monastère) insiste toujours pour que les femmes qui désirent avoir un bébé passent une nuit en pieuse méditation sur un divan placé au pied de la statue.

Tao Gan jeta un petit coup d'œil à son auditoire et continua : « Afin de prévenir les rumeurs malveillantes, le Père Abbé colle une bande de papier sur la porte de la salle quand elle vient de se refermer sur la visiteuse et demande au mari de cette dernière d'y apposer son sceau personnel. Le mari passe la nuit dans le corps de logis des

---

1. Kouan-Yin s'est incarnée trente-trois fois sous diverses formes d'hommes, de femmes, et même d'animaux. Sous sa forme féminine, c'est la Déesse de la Charité. Sur le point d'atteindre au Nirvâna, elle y renonça, préférant rester en un endroit où elle continuerait d'entendre les plaintes de ceux qui souffrent afin de pouvoir les secourir. Elle est particulièrement invoquée par les femmes stériles qui désirent devenir mères. (*N.d.T.*)

moines et, le lendemain matin, c'est lui-même qui vient briser les scellés. Les résultats sont si infaillibles que la renommée du temple s'est répandue au loin, et que les pèlerins reconnaissants envoient à Vertu-Spirituelle de riches cadeaux et de grosses sommes d'argent pour faire brûler l'encens au pied de la statue.

Le Père Abbé put ainsi rebâtir la grande salle dans un style grandiose et l'entourer de spacieux appartements pour les moines dont le nombre atteignit rapidement soixante. Le jardin inculte fut transformé en un magnifique parc avec des rochers artificiels et des bassins remplis de poissons rouges. On construisit d'élégants pavillons pour les femmes qui désiraient passer la nuit au Temple, et l'ensemble du terrain fut entouré d'un grand mur avec une splendide porte à trois étages que j'ai admirée il y a une heure à peine.

Tao Gan se tut un instant, attendant les commentaires du juge Ti. Mais celui-ci demeura silencieux et Tao Gan poursuivit :

— Je ne sais quelles pensées tout cela inspire à Votre Excellence, mais si par hasard elles correspondaient aux miennes, il faudrait évidemment empêcher un tel état de choses de persister!

D'un air songeur, le juge répondit en caressant sa barbe :

— Dans ce bas monde, plus d'un phénomène naturel dépasse notre compréhension. Je me garderai donc bien de nier à priori le pouvoir miraculeux de cette statue. Cependant, comme je n'ai pas de travail urgent à te confier pour l'instant, tu pourrais essayer de recueillir d'autres renseignements sur le Temple de l'Infinie Miséricorde. Tu me rendras compte de tes recherches dès que tu auras découvert quelque chose.

Se penchant sur son bureau, le juge choisit un

rouleau de papier parmi ceux qui l'encombraient.

– Ceci, annonça-t-il, est le compte rendu de l'affaire de la rue de la Demi-Lune. Il s'agit d'un viol suivi d'assassinat dont j'ai parlé hier soir avec le Sergent Hong. Je vous prie tous de lire ce document, car je me propose d'entendre cette intéressante affaire à l'audience de midi. Vous remarquerez...

Il fut interrompu par l'entrée d'un homme d'âge mûr. C'était l'intendant de sa maison qui, après trois profondes révérences, expliqua :

– La Première Épouse de Votre Excellence m'a ordonné de venir demander à Votre Excellence si Votre Excellence pourrait trouver ce matin quelques instants pour inspecter sa nouvelle installation.

Le juge eut un sourire contrit.

– Depuis mon arrivée à Pou-yang, je n'ai pas encore passé le seuil de mes propres appartements, remarqua-t-il. Ce n'est pas étonnant qu'il y ait de l'amertume dans l'âme de mes épouses! Croisant ses mains dans ses vastes manches, il ajouta : « L'accusation contre Candidat Wang contient plusieurs points faibles. Vous verrez cela à l'audience de midi. »

Puis il se leva et suivit l'intendant.

IV

*Un candidat aux examens littéraires
est entendu par le tribunal;
le juge Ti charge Ma Jong
d'une dangereuse mission.*

Le juge regagna son bureau bien avant que le
gong n'eût annoncé l'audience de midi. Le Sergent Hong et ses trois autres lieutenants l'y
attendaient.

Il endossa son costume officiel, se coiffa du
bonnet de gaze noire et gagna l'estrade du tribunal. La brève audience du matin n'avait apparemment pas découragé les citoyens de Pou-yang car
il ne restait plus une seule place debout dans
toute la salle.

Le magistrat s'assit derrière la grande table au
tapis rouge et ordonna au Chef des sbires de faire
avancer Boucher Siao.

Pendant que celui-ci approchait, le juge l'examina. C'était un petit commerçant simple et
honnête mais pas trop intelligent, décida-t-il.
Quand le boucher eut fait le ko-téou [1], le juge lui
dit :

— Moi, le Magistrat de ce tribunal, je compatis
à ton malheur. Mon distingué prédécesseur le
juge Fong t'a déjà réprimandé pour la mollesse

1. Faire le ko-téou : se prosterner en touchant le sol de son front.
(*N.d.T.*)

avec laquelle tu remplissais tes devoirs de père de famille. Je ne reviendrai pas là-dessus. Mais il y a dans cette affaire plusieurs points que je désire vérifier, aussi je dois te prévenir qu'il s'écoulera un certain temps avant que je rende mon arrêt. Cependant justice sera faite et Pureté-du-Jade sera vengée, tu peux en être certain.

Boucher Siao murmura respectueusement quelques mots de remerciements et, sur un signe du magistrat, fut reconduit à sa place.

Après avoir consulté un papier, le juge Ti ordonna :

– Que le Contrôleur des Décès s'avance!

Celui-ci approcha de l'estrade. C'était un homme jeune, à l'air compréhensif. Le juge demanda :

– Pendant que tout est encore frais dans votre mémoire, je désire vous interroger sur différents points, et, en premier lieu, j'aimerais avoir votre description personnelle de la victime.

– J'informe respectueusement Votre Excellence que la jeune fille examinée par moi était grande pour son âge et solidement bâtie. A ce qu'on m'a dit, elle travaillait du matin au soir dans la maison et aidait aussi son père. Elle n'avait aucune infirmité; son corps robuste et sain était celui d'une personne que les durs travaux ne devaient pas effrayer.

– Avez-vous examiné ses mains?

– Oui, Seigneur Juge. Son Excellence Fong attachait une importance particulière à ce point. Il espérait trouver sous les ongles de la victime un fragment de tissu ou une parcelle de substance quelconque qui servirait d'indice pour identifier les vêtements de l'assassin. Mais la victime avait les ongles courts des femmes habituées aux travaux manuels et aucun indice ne fut découvert.

Le juge Ti hocha approbativement la tête et posa une autre question :

– Dans votre rapport, vous décrivez les marques bleuâtres laissées par les doigts de l'assassin sur la gorge de la victime. Vous déclarez aussi qu'on reconnaît dans ces marques des traces d'ongles. Décrivez-moi ces dernières de façon détaillée.

Le Contrôleur des Décès réfléchit un instant et répondit :

– Les empreintes d'ongles affectaient la forme d'une demi-lune comme d'habitude. Elles n'étaient pas profondes, mais la peau présentait des écorchures en divers endroits.

– Que ces détails complémentaires soient consignés dans le dossier, commanda le juge. Puis, après avoir autorisé le Contrôleur à se retirer, il ordonna que Wang soit amené devant lui.

Quand les sbires eurent obéi, le juge posa son regard pénétrant sur l'accusé. Il vit un jeune homme de taille moyenne, vêtu de la longue robe bleue des Candidats aux Examens Littéraires. Il se tenait assez bien, mais sa poitrine étroite et ses épaules voûtées dénonçaient l'homme qui ne prend jamais d'exercice et passe le plus clair de son temps en compagnie des livres. Son visage agréable, au front développé, donnait une impression d'intelligence, mais sa bouche sans fermeté montrait la faiblesse de son caractère. De vilaines égratignures mal cicatrisées se remarquaient sur sa joue gauche.

Quand il se fut agenouillé devant le tribunal, le juge lui dit d'un ton sévère :

– C'est toi Wang, le misérable qui a entaché l'honneur des lettrés. Toi qui as le privilège inestimable d'étudier les Classiques et qui devrais t'imprégner de leurs sublimes enseignements, tu as choisi de te servir de ton intelligence pour séduire une jeune fille ignorante! Cette innocente a été une proie facile pour tes bas appétits charnels, et comme si cela ne te suffisait pas, il a fallu que tu la violes et que tu l'assassines par-dessus le marché! Il n'y a pas la moindre circonstance atténuante en ta faveur; la loi sera appliquée dans toute sa sévérité. Je n'ai aucun désir d'entendre ta défense. Je l'ai lue dans le dossier et la trouve écœurante. Je vais te poser quelques questions supplémentaires et te conseille de me dire l'exacte vérité.

Le juge Ti se pencha pour consulter un document et commença :

– Dans ta déposition, tu prétends t'être éveillé le matin du dix-septième jour dans les ruines d'une vieille demeure. Décris-moi de façon précise ce que tu as vu autour de toi.

– Noble Juge, répondit Wang d'une voix tremblante, il est impossible au misérable étudiant que je suis de vous obéir. Le soleil n'était pas encore levé. Dans la lumière incertaine qui précède l'aube, j'ai pu seulement apercevoir quelques tas de briques qui ressemblaient à un mur écroulé et disparaissaient sous d'épais buissons épineux. Ce sont là deux choses dont je me souviens distinctement. En essayant de me lever – ma tête était encore lourde et ma vision pas très nette – j'ai trébuché sur les briques. Ma robe se déchira aux épines qui zébrèrent d'égratignures mon visage et mon corps. Ma seule idée, à ce moment, était de quitter au plus vite ce triste endroit. Je me souviens vaguement d'avoir parcouru un grand nombre de ruelles. Je marchais la tête basse, essayant de rassembler mes idées, et assez inquiet à la pensée que Pureté-du-Jade avait dû m'attendre en vain la veille au soir.

Le magistrat fit un signe au Chef des sbires. Celui-ci frappa Candidat Wang sur la bouche.

– Cesse de mentir! tonna le juge. Et contente-toi de répondre à mes questions. S'adressant aux sbires, il ordonna :

– Montrez-moi les égratignures sur le corps de cet homme!

Le Chef des sbires saisit Wang par le col de sa robe et le mit debout, tandis que deux de ses hommes dépouillaient brutalement l'accusé de ses vêtements. Wang poussa un hurlement de douleur car son dos était encore à vif des coups de fouet reçus trois jours plus tôt. Plusieurs contusions et des égratignures assez profondes marquaient sa poitrine, ses épaules et ses bras. Sur un signe du juge Ti, les sbires forcèrent Wang à s'agenouiller de nouveau sans se donner la peine de lui remettre sa robe.

Le juge reprit son interrogatoire :

– Tu as déclaré que sauf la victime, toi-même, et Tailleur Long, personne n'était au courant de tes visites clandestines. Évidemment c'est là une supposition gratuite. Comment peux-tu être certain qu'aucun passant n'a jamais pu observer ton petit manège?

– Avant de quitter ma porte, Noble Juge, je m'assurais toujours que la rue était déserte. J'entendais parfois les veilleurs de nuit approcher et alors j'attendais qu'ils fussent repartis avant de traverser vivement la rue pour me glisser dans l'impasse obscure. Passé la boutique de Siao, je n'avais plus rien à craindre, car même si quelqu'un survenait dans la rue de la Demi-Lune, je pouvais me tapir dans l'ombre sans être vu. Le seul instant dangereux était celui pendant lequel je grimpais le long de l'étoffe, mais alors Pureté-du-Jade surveillait les environs du haut de la

fenêtre, prête à m'avertir si quelqu'un approchait.

— Un Candidat aux Examens Littéraires se
glisser furtivement dans la nuit comme un vulgaire voleur! s'exclama le juge Ti d'un ton mépri-
sant. Quel joli spectacle! Mais fais tout de même
un petit effort de mémoire et tâche de te souvenir
s'il n'est jamais arrivé un incident quelconque qui
puisse te rendre moins sûr de toi.

Wang resta quelques instants songeur, puis
finit par dire :

— Il me revient, Noble Juge, qu'il y a environ
deux semaines, j'ai été assez effrayé par un
étrange incident. Lorsque j'attendais le moment
propice pour traverser la rue, je vis passer la
patrouille des veilleurs de nuit dont le chef faisait
marcher sa claquette de bois. J'attendis qu'ils
eussent parcouru toute la longueur de la rue de la
Demi-Lune et quand ils disparurent à l'autre
bout, au coin où une lanterne allumée signale le
cabinet du Docteur Fang, je me préparai à me
glisser dans l'impasse. Juste à cet instant j'enten-
dis de nouveau la claquette tout près de moi. Je
me blottis dans l'ombre du mur, en proie à une
grande frayeur. Le bruit de la claquette cessa
brusquement et je guettai le cri d'alarme que les
veilleurs de nuit — me prenant pour un voleur —
n'allaient pas manquer de pousser. Mais rien ne
vint troubler le silence nocturne. Aussi, décidant
que j'avais été victime de mon imagination ou
qu'il s'agissait d'un écho, je tirai sur la bande
d'étoffe pour prévenir Pureté-du-Jade de ma
présence.

Le juge murmura au Sergent Hong qui se
tenait à son côté : « Voici un fait nouveau. Note-le
dans le dossier. » Puis, les sourcils froncés, il dit à
Wang d'un ton aigre :

– Tu fais perdre son temps au Tribunal. Comment la patrouille aurait-elle pu être aussi vite de retour?

Se tournant vers le Premier Scribe, il ordonna :

– Lisez à haute voix la déposition de Candidat Wang afin que l'accusé puisse nous dire si elle représente bien ses paroles avant de fixer l'empreinte de son pouce sur le document.

Le scribe donna lecture de ses notes et Wang affirma que telles avaient bien été ses paroles.

– Qu'on lui fasse apposer l'empreinte de son pouce! commanda le juge Ti.

Les sbires firent lever brutalement l'accusé, appuyèrent son pouce sur l'encre humide et lui dirent de le poser sur le feuillet que le magistrat poussait vers lui.

Pendant que Wang obéissait en tremblant, le juge remarqua ses mains soignées et nota que les doigts effilés se terminaient par des ongles très longs comme on aime les porter dans la classe des lettrés.

– Ramenez l'accusé dans sa cellule! cria-t-il, puis secouant ses longues manches d'un air courroucé, il passa dans son cabinet tandis qu'un murmure de protestation montait de la foule déçue.

– Sortez! hurla le Chef des sbires. Vous n'êtes pas dans un théâtre où l'on peut s'attarder après la représentation! Vous ne vous attendez pas à ce qu'on vous serve du thé et des gâteaux, non?

Quand le dernier spectateur eut été poussé hors de la salle, le Chef des sbires regarda ses hommes d'un air morose.

– Où allons-nous, mes enfants, où allons-nous! Un juge stupide et paresseux, voilà le genre de magistrat que nous prions le Ciel de nous donner.

Mais que les Augustes Pouvoirs d'En Haut m'épargnent de servir un juge à la fois stupide et zélé! Et celui-ci n'est pas commode, par-dessus le marché. Quelle calamité!

— Pourquoi Son Excellence n'a-t-elle pas ordonné la torture? demanda un jeune sbire. Ce chétif rat de bibliothèque aurait confessé son crime au premier claquement de fouet. Au besoin on lui écrasait un peu les articulations avec les poucettes et l'affaire se terminait en un clin d'œil!

Un autre ajouta :

— Pourquoi faire durer les choses? Ce Wang n'a pas une sapèque devant lui, et ne pourra jamais graisser la patte à personne.

— Simple paresse d'esprit! expliqua leur chef d'un air écœuré. La culpabilité de Wang crève les yeux et pourtant Son Excellence veut encore « vérifier certains points »! Allons plutôt à la cuisine remplir nos bols de riz avant que ces gloutons de gardiens et de geôliers n'aient tout dévoré!

Pendant ce temps, le juge Ti avait remplacé son costume officiel par une simple robe brune. Assis dans le large fauteuil de son cabinet, il buvait d'un air satisfait le thé que Tsiao Taï venait de lui verser.

Le Sergent Hong entra.

— Pourquoi cette mine lugubre, Sergent? s'enquit malicieusement le juge.

Le Sergent hocha la tête.

— Je viens de me mêler à la foule qui sortait du tribunal pour écouter ses réflexions. Les débats d'aujourd'hui ont fait une impression très défavorable, Noble Juge. Les gens trouvent oiseuses vos questions à Wang. Ils pensent que Votre Excellence a commis une erreur en n'obligeant pas

58

l'accusé à confesser son crime au moyen de la torture.

— Si je ne savais pas que le soin de mon propre intérêt te fait parler ainsi, Sergent, je te tancerais d'importance, répliqua le juge. Notre Auguste Souverain m'a confié ce poste pour juger les délinquants et non pour plaire aux foules! Se tournant vers Tsiao Taï, il ajouta : « Dis au surveillant Gao de venir ici. »

Quand Tsiao Taï fut sorti, le Sergent remarqua :

— Votre Excellence a l'air d'attacher beaucoup d'importance à ce que raconte Wang au sujet des veilleurs de nuit. Votre Excellence pense-t-elle que ces hommes soient mêlés au crime?

Le juge secoua la tête.

— Non, répondit-il. Sans connaître l'incident dont Wang nous a parlé aujourd'hui, mon collègue le juge Fong les avait interrogés avec soin, comme toutes les autres personnes ayant approché cette nuit-là le lieu du crime. Leur chef a pu prouver que ni lui ni ses deux compagnons n'y avaient été mêlés en rien. C'est pour une autre raison que les paroles de Wang m'intéressent.

Tsiao Taï revint alors, accompagné de Gao qui s'inclina profondément devant le magistrat.

Le juge Ti posa sur lui un regard sévère et dit :

— C'est dans votre quartier que s'est passée cette fâcheuse affaire. Ignorez-vous donc que vous êtes responsable de tous les désordres qui ont lieu chez vous? Tâchez de mieux faire votre devoir à l'avenir! Faites des rondes nuit et jour et ne perdez pas le temps du Gouvernement dans les auberges et les maisons de jeux!

Le Surveillant du quartier sud se jeta précipitamment à genoux et fit trois fois le ko-téou. Le juge poursuivit :

– Maintenant vous allez me conduire rue de la Demi-Lune afin que je voie le lieu du crime. Vous m'accompagnerez avec Tsiao Taï et quatre sbires. Le Sergent Hong prendra le commandement de l'expédition car je désire garder l'incognito.

Le juge se coiffa d'un simple bonnet noir et, précédé de Tsiao Taï et de Gao, sortit du Yamen par une porte de côté. Les quatre sbires fermaient la marche.

La petite troupe suivit d'abord la rue principale en direction du sud. Arrivée derrière le Temple du Dieu de la Cité, elle tourna à droite, passa devant le Temple de Confucius et franchit le fleuve qui traverse du nord au sud la partie ouest de la ville. Après le pont le chemin devint exécrable : on arrivait dans un quartier pauvre. Gao prit à gauche, s'engagea dans une petite rue bordée de boutiques et de maisons délabrées qui les conduisit à une étroite ruelle en arc de cercle. C'était la rue de la Demi-Lune, et le Surveillant Général leur désigna du doigt la boucherie de Siao.

Tous firent halte. Quelques curieux les entourèrent aussitôt.

– Allons, circulez! cria Gao. Ces Messieurs appartiennent au tribunal. Ils viennent inspecter le lieu du crime sur l'ordre de Son Excellence. Circulez, voyons! Ne gênez pas des Fonctionnaires Impériaux dans l'exécution de leur devoir.

Le juge Ti nota que la boutique formait le coin d'une rue très étroite et que le mur latéral n'était percé d'aucune fenêtre. La resserre se trouvait à environ dix pieds derrière. Au-dessus du mur qui la joignait à la boucherie, on apercevait la fenêtre de la soupente dans laquelle était morte Pureté-du-Jade. La haute muraille aveugle de la Maison de la Guilde occupait l'autre côté de la ruelle, jusqu'au coin opposé. Le juge se retourna vers la rue. Il vit alors la boutique du Tailleur Long, exactement en face de l'entrée de la ruelle. De son grenier on pouvait certainement surveiller la fenêtre de Pureté-du-Jade.

Pendant que le Sergent Hong posait à Gao quelques questions de pure forme, le juge dit à Tsiao Taï :

— Essaie de grimper jusqu'à cette fenêtre.

Tsiao Taï sourit, puis il rassembla les pans de sa robe dans sa ceinture et, d'un seul bond, réussit à s'accrocher au sommet du mur. Quelques briques tombées avaient laissé un trou dans lequel il fourra son pied droit. S'aidant de cet appui, il se haussa lentement, le corps collé au mur, et posa une main sur le rebord de la fenêtre. Un nouvel effort lui permit de passer sa jambe par-dessus le rebord. Il était dans la place.

Le juge lui fit signe de redescendre. Tsiao Taï se suspendit à la fenêtre, les jambes dans le vide. Cinq ou six pieds à peine le séparaient du sol. Il se laissa glisser et atterrit sans bruit grâce à une manœuvre appelée par nos spécialistes de la boxe : « le papillon se pose sur la fleur ».

Gao voulut alors leur faire visiter la chambre de la victime, mais le juge fit « non » de la tête au Sergent Hong et celui-ci dit :

— Nous avons vu tout ce que nous voulions voir. Partons!

La petite troupe reprit sans se hâter le chemin du Yamen et, quand le Surveillant Général eut respectueusement pris congé du juge, ce dernier dit au Sergent :

— Cette visite a confirmé mes soupçons. Appelle Ma Jong.

Au bout d'un instant, l'ancien Chevalier des Vertes Forêts fit son apparition et s'inclina profondément devant le juge.

— Ma Jong, lui dit le magistrat, je vais te charger d'une tâche délicate et probablement dangereuse.

Le visage de Ma Jong s'éclaira et il répondit avec empressement :

— Je suis à vos ordres, Noble Juge!

— Tu vas te déguiser en vagabond et tu exploreras les lieux fréquentés par l'écume de cette ville pour essayer de trouver un moine mendiant défroqué. Taoïste ou bouddhiste, je ne sais. Ou peut-être un sacripant qui se fait passer pour l'un d'eux. Ton homme est grand, musclé – mais n'est pas un de ces brigands chevaleresques que tu as rencontrés autrefois dans les « Vertes Forêts ». C'est une brute dégénérée qu'une vie de violence et de basse débauche a ravalée au niveau de la bête. Ses mains sont particulièrement fortes, avec des ongles courts et cassés. Je ne sais pas comment il est vêtu, mais il porte vraisemblablement un capuchon en loques. En tout cas je suis sûr que, comme tous les moines quêteurs, il aura un « poisson de bois », la claquette en forme de crâne dont se servent les moines mendiants pour attirer l'attention des passants. La preuve définitive de son identité sera le fait qu'il possédera (ou aura eu récemment en sa possession) une paire d'épingles de tête en or massif d'un travail particulier. Elles sont représentées sur ce croquis que tu vas graver dans ta mémoire.

— Voilà un bon portrait du gaillard, ma foi! s'écria Ma Jong. Mais qui est donc cet homme et quel crime a-t-il commis?

— Ne l'ayant jamais rencontré, répliqua le juge Ti en souriant, je ne puis te dire son nom. Quant à son crime, c'est l'infâme coquin qui a violé et tué la fille de Boucher Siao!

— Voilà une tâche que je vais accomplir avec

joie! s'exclama l'ancien chevalier des Vertes Forêts en prenant congé du juge.

Le Sergent Hong avait écouté avec une surprise croissante les instructions données à Ma Jong.

— Noble Juge, ceci m'ahurit littéralement! dit-il après le départ de son collègue.

Le magistrat sourit et se contenta de dire :

— Tu as vu tout ce que j'ai vu, entendu tout ce que j'ai entendu. A toi de tirer tes propres conclusions!

V

*Tao Gan fait ses dévotions
dans un temple bouddhiste;
trois moines
sont victimes d'un adroit filou.*

Dans la matinée du même jour, Tao Gan revêtit un surtout simple mais de bonne coupe et se coiffa d'un bonnet de gaze noire comme en portent les oisifs de la bourgeoisie.

Ainsi vêtu, il franchit la Porte du Nord et se mit à flâner dans les faubourgs de la ville. Il finit par découvrir un petit restaurant et commanda un déjeuner frugal. Du premier étage où il était installé devant une fenêtre à croisillons, il apercevait la toiture incurvée du Temple de l'Infinie Miséricorde.

En réglant sa note, il dit au serveur :

— Quel magnifique monastère! Combien pieux sont sûrement ces moines pour être ainsi bénis par le Seigneur Bouddha!

— Je ne sais pas quel est le degré de piété de ces Têtes-chauves, grommela le garçon, mais plus d'un honnête habitant de ce district serait heureux de leur couper la gorge!

— Surveillez votre langage, mon ami! s'écria Tao Gan avec une indignation feinte. Vous vous adressez à un fervent adorateur des Trois Joyaux.

Le serveur lui jeta un mauvais regard et sortit

64

sans ramasser le pourboire laissé sur la table. Avec un petit sourire, Tao Gan remit la pièce de monnaie dans sa manche et s'en alla [1].

Quelques minutes de marche l'amenèrent devant la porte à triple étage du sanctuaire. Il gravit lentement les degrés de pierre et pénétra dans le temple. Du coin de l'œil il nota la présence de trois moines qui l'observaient, assis dans la loge du concierge. Il fit deux ou trois pas, s'arrêta court, fouilla dans ses manches, et regarda autour de lui comme une personne embarrassée.

L'un des portiers – un moine d'un certain âge – s'approcha et, fort poliment, demanda :

– Puis-je être de quelque service à l'honorable visiteur?

– Vous êtes trop aimable, mon Père, répondit Tao Gan. Je m'efforce de suivre la Voie, et je suis spécialement venu ici pour déposer aux pieds de la Miséricordieuse Déesse Kouan-Yin l'humble offrande que voici. Ce disant, il sortit de sa manche un beau lingot d'argent et le soupesa. Malheureusement, continua-t-il, je viens de m'apercevoir que j'ai laissé ma petite monnaie à la maison. Incapable d'acheter l'encens voulu, je vais donc être obligé de retourner chez moi et de revenir un autre jour. »

Le vieux moine, qui regardait d'un œil concupiscent le lingot de métal précieux, se hâta de

1. Les vêtements chinois sont dépourvus de poches. Lorsqu'un Chinois veut transporter des papiers importants, il dénoue le cordon qui fixe le bas de son pantalon à sa cheville, introduit les papiers entre le pantalon et la jambe et renoue le cordon. Le fond d'un chapeau peut remplacer aussi la poche absente, ou bien, parfois, la cavité de l'oreille sert de porte-monnaie.

Mais c'est encore dans l'extrémité repliée de ses longues manches que le Chinois met le plus volontiers les objets qu'il emporte sur lui. (*N.d.T.*)

dire : « Permettez-moi, Honorable Seigneur, de vous avancer l'argent de l'encens! » Puis il se précipita dans la loge et revint avec deux ligatures de cinquante sapèques chacune.

Tao Gan accepta ce prêt, remercia gravement son interlocuteur, et se dirigea vers la première cour, pavée de grandes dalles en pierre polie. Les pièces de réception qui en occupaient les deux côtés étaient des plus élégantes. Deux palanquins semblaient attendre devant leurs portes, et il y avait une grande allée et venue de moines et de serviteurs. Tao Gan traversa deux autres cours pour arriver enfin devant la grande salle du temple.

Elle était entourée de trois côtés par une terrasse en marbre et donnait sur une vaste cour pavée de dalles également en marbre. Tao Gan gravit les larges degrés, traversa la terrasse et après avoir franchi le seuil surélevé se trouva dans la demi-obscurité de la salle proprement dite. La statue de la Déesse avait plus de six pieds de haut. Elle était placée sur un socle doré et la lumière de deux gigantesques cierges jouait sur les brûle-parfum en or et sur les vases sacrificatoires posés sur l'autel.

Tao Gan s'inclina profondément à trois reprises. Puis, pour l'édification d'un groupe de moines, il feignit de laisser tomber de sa main droite quelques piécettes dans le tronc en bois placé là pour recevoir les offrandes, tandis que sa manche gauche (contenant les deux ligatures de sapèques) venait frapper l'extérieur du tronc de façon à produire un son convaincant.

Il resta un moment au pied de la statue, les mains jointes, s'inclina de nouveau trois fois et sortit de la salle. Il la contourna par la droite mais arriva bientôt devant une porte fermée. Il s'interrogeait pour savoir s'il allait ou non essayer de l'ouvrir quand un moine en sortit et demanda :

– L'Honorable Visiteur désire-t-il voir notre Père Abbé?

Tao Gan se hâta de refuser poliment cette offre et rebroussa chemin. Il passa de nouveau devant la grande salle et, cette fois, prit à gauche. Un couloir couvert le conduisit à un escalier au bas duquel une petite porte s'ornait de l'écriteau suivant :

TOUTE PERSONNE N'EXERÇANT PAS DE FONCTIONS DANS LE TEMPLE EST RESPECTUEUSEMENT PRIÉE D'ARRÊTER ICI SES PAS.

Sans tenir compte de cet avertissement poli, Tao Gan s'empressa de pousser la porte et se trouva dans un merveilleux jardin paysager. Une allée sinueuse s'enfonçait entre des buissons fleuris et des rochers artificiels tandis qu'au loin les tuiles bleues vernissées des toitures et les chevrons laqués de rouge de plusieurs petits pavillons miroitaient dans le feuillage vert des arbres.

Voici l'endroit où les visiteurs passent la nuit, pensa Tao Gan. Dissimulé entre deux gros buissons, il ôta vivement son surtout, le retourna, et l'endossa de nouveau. L'envers de ce vêtement ingénieusement conçu était doublé d'un tissu de chanvre grossier, analogue à celui porté par les artisans, et s'ornait de pièces maladroitement cousues. Tao Gan retira ensuite sa coiffure de soie et la fourra dans sa manche. Il enroula un morceau d'étoffe douteuse autour de sa tête et releva sa robe de façon à laisser apercevoir ses jambières. Enfin il sortit de sa manche un petit rouleau de tissu bleu.

Cet objet était l'une des plus ingénieuses inventions de Tao Gan. Déroulé, il apparaissait comme un sac sommairement cousu, taillé dans cette étoffe bleue, employée d'ordinaire pour envelopper les paquets. Sa forme était carrée, mais des plis savamment ménagés et une douzaine de petits morceaux de bambou dissimulés à l'intérieur permettaient de donner à ce sac toutes sortes de formes, depuis celle du ballot de linge revenant de la lessive jusqu'à celle de l'oblong paquet de livres du bouquiniste. Que de fois, au cours de sa carrière si variée, Tao Gan avait-il eu l'occasion d'utiliser la précieuse invention!

Il ajusta les tiges de bambou de façon à lui donner cette fois l'aspect d'un sac d'outils de charpentier. Quelques instants plus tard, il descendait l'allée, le dos un peu voûté par le poids du prétendu fardeau qu'il portait sous son bras.

Cette allée conduisait à un élégant petit pavillon abrité du soleil par un vieux pin noueux. La porte à deux battants, laquée de rouge et garnie d'ornements de cuivre, était ouverte et laissait apercevoir deux novices en train de balayer.

Tao Gan enjamba le seuil et, sans un mot, se dirigea vers le grand lit de repos placé contre le mur du fond. Il s'accroupit en poussant un grognement, sortit de sa manche une ficelle de charpentier et se mit à mesurer le lit.

— Va-t-on encore changer le mobilier? demanda l'un des deux moinillons.

— Occupez-vous de vos affaires! grommela Tao Gan. Lésinerez-vous sur quelques pièces de cuivre à donner à un pauvre charpentier?

Les deux novices éclatèrent de rire et sortirent. Dès qu'il fut seul, le pseudo-artisan se releva et regarda autour de lui.

La pièce ne possédait pas de fenêtres, à part une ouverture circulaire percée à bonne hauteur dans le mur du fond, et si petite qu'un enfant n'aurait pu se faufiler à travers. Le lit qu'il avait feint de mesurer était en bois d'ébène massif incrusté de nacre. Une épaisse courtepointe en soie brochée le recouvrait. A son chevet se trouvait une petite table en bois de rose sculpté qui supportait un réchaud et un service à thé de fine porcelaine. Une magnifique peinture sur soie représentant la Déesse Kouan-Yin couvrait tout un mur et de l'autre côté de la pièce on voyait une élégante table de toilette, en bois de rose également, sur laquelle étaient posés un brûle-parfum et deux grosses bougies. Un tabouret bas complétait l'ameublement. Bien que ces deux novices aient juste fini de balayer et d'aérer la pièce, un lourd parfum d'encens flottait encore dans l'air.

« A présent », se dit Tao Gan, « il s'agit de trouver l'entrée secrète de cette chambre. »

Il commença par l'endroit le plus probable : le mur derrière la peinture représentant la déesse. Il le seconda avec soin et l'examina pour essayer de découvrir quelque rainure révélatrice d'un panneau mobile. En vain. Après avoir déplacé le lit, il soumit, pouce par pouce, les autres murs au même traitement. Grimpé sur la table de toilette, il palpa ensuite les bords de la petite fenêtre circulaire et ses alentours afin de voir si un truquage quelconque ne permettait pas de l'agrandir à volonté. Là aussi ses recherches furent infructueuses.

Cet insuccès vexa beaucoup Tao Gan, car il se piquait d'être un expert en matière de passages secrets.

« Dans les vieilles demeures », pensa-t-il, « on trouve parfois une trappe dans le plancher. Mais ces pavillons datent seulement de l'année dernière. Les moines auraient pu aménager en secret une ouverture dans le mur, mais il leur aurait été impossible de creuser des tunnels souterrains sans attirer l'attention. Je ne vois pourtant pas d'autre possibilité. »

Il se mit donc en devoir de rouler l'épais tapis qui recouvrait le sol et, à quatre pattes, examina le carrelage pavé par pavé, fouillant de la pointe de son couteau les interstices qui les séparaient. Sans plus de succès que pour le reste.

N'osant pas rester trop longtemps dans le pavillon, il lui fallut abandonner ses recherches. En sortant, il inspecta rapidement les gonds de la lourde porte mais les trouva parfaitement normaux. Avec un soupir il la referma derrière lui, consacrant un dernier instant à la serrure. Elle ne différait en rien des autres robustes serrures de ce genre.

Tao Gan se résigna à redescendre l'allée, et trois moines qui le rencontrèrent ne virent en lui qu'un vieux charpentier à l'air morose, son sac d'outils sous le bras.

Il reprit son premier aspect à l'abri d'un gros buisson et se glissa dehors sans être vu.

Flânant dans les différentes cours, il nota où se trouvaient le corps de logis des moines et l'emplacement des chambres réservées aux maris des visiteuses.

De retour à l'entrée principale, il pénétra dans la loge du portier. Il y retrouva les trois moines qui s'y prélassaient déjà à son arrivée.

— Daignez accepter mes respectueux remerciements pour votre aimable prêt! dit poliment Tao Gan au plus vieux sans cependant sortir de sa manche la ligature de monnaie. Comme il n'était pas bienséant de laisser le visiteur debout, le vieux moine l'invita à s'asseoir et lui demanda s'il aimerait boire une tasse de thé.

Tao Gan accepta gravement. Attablés tous quatre autour de la table carrée, ils avalèrent à petites gorgées le thé de saveur un peu amère qu'on sert dans les monastères bouddhistes.

– Vous ne devez pas aimer vous séparer de vos pièces de cuivre, commença Tao Gan sur le ton de la conversation. Je n'ai pas pu utiliser celles que vous m'avez prêtées car, lorsque j'ai voulu sortir quelques sapèques pour payer l'encens, j'ai découvert que le lien n'avait pas de nœud. Comment aurais-je pu le défaire?

– Voilà d'étranges paroles! répliqua l'un des plus jeunes moines. L'honorable étranger voudrait-il me montrer cette ligature?

Tao Gan sortit les cinquante sapèques de sa manche et les tendit au moine qui les fit passer rapidement entre ses doigts.

« Tenez! » dit-il d'un ton triomphant. « Ceci est un nœud, ou bien je ne m'y connais pas! »

Tao Gan reprit la ligature sans même la regarder et dit au plus vieux des moines :

– C'est de la magie! Je vous parie cependant cinquante sapèques que vous ne trouverez pas de nœud.

– Tenu! s'empressa de crier le jeune moine.

Tao Gan fit tournoyer la cordelette trois fois autour de sa tête et la rendit à son interlocuteur en disant :

– Montrez-moi le nœud à présent!

Les trois moines tournèrent et retournèrent la ligature entre leurs doigts, écartant l'une après l'autre toutes les pièces de monnaie, sans parvenir à trouver le nœud.

Tao Gan la reprit et la glissa flegmatiquement dans sa manche. Puis, jetant une sapèque sur la table, il déclara :

– Je vais vous donner une chance de regagner

votre argent. Lancez vous-même cette pièce en l'air, et je vous en parie cinquante de ses semblables qu'elle retombera côté pile.

— Tenu! s'écria le vieux moine en faisant sauter la pièce de cuivre. Lorsqu'elle tomba, les quatre hommes se penchèrent sur elle.

— Pile! déclara Tao Gan. Le prêt est donc remboursé. Mais comme je ne veux pas que vous y soyez du vôtre je suis disposé, en compensation, à vous vendre mon lingot d'argent pour cinquante sapèques. Ce disant il le sortit de sa manche et le soupesa.

Les moines étaient complètement ahuris. Le plus vieux se dit que leur visiteur ne jouissait pas de toute sa raison, mais il n'était pas homme à laisser passer sous son nez un lingot d'argent offert au centième de sa valeur réelle. Il alla donc chercher une autre ligature de cinquante pièces de cuivre et la posa sur la table.

— Vous venez de faire un excellent marché, fit observer Tao Gan. C'est un très joli lingot et, de plus, facile à transporter!

Il souffla dessus... le lingot voltigea sur la table. Il s'agissait, en réalité, d'une très habile imitation en papier d'étain.

Tao Gan fourra dans sa manche la ligature qu'il venait de gagner et en sortit une autre. Il fit voir aux moines que le nœud qui la liait était d'une nature spéciale. Il suffisait de le presser entre les doigts pour le transformer en une sorte de nœud coulant qui emplissait exactement le trou carré d'une pièce de cuivre. Si l'on faisait glisser les sapèques les unes après les autres, le nœud restait invisible, se déplaçant en même temps que la pièce dans laquelle il était encastré. Pour finir, Tao Gan leur montra les deux côtés de la pièce de monnaie qui avait servi à jouer à pile

ou face un instant auparavant : ils étaient « pile »
tous les deux.

Les moines éclatèrent de rire, comprenant que
leur visiteur était un filou professionnel.

— Ma leçon valait bien cent cinquante sapèques, remarqua Tao Gan avec calme. Venons-en
maintenant aux affaires sérieuses. J'ai entendu
parler de l'argent qui pleut sur ce temple et je me
suis dit : Tiens, tiens, si j'allais jeter un petit coup
d'œil par là !

« Il paraît que vous recevez de nombreux
visiteurs distingués. Il se trouve que je connais les
hommes et que j'ai la langue bien pendue. Peut-
être pourriez-vous m'employer à vous dénicher de
possibles... dirons-nous « clients »? Je me fais fort
de persuader les maris hésitants à laisser leurs
épouses passer la nuit chez vous! »

Le vieux moine secoua la tête, et Tao Gan se
hâta d'ajouter : « Vous n'auriez pas besoin de me
donner gros. Disons, par exemple, dix pour cent
de l'argent que les visiteurs amenés par moi vous
laisseraient pour l'encens.

— On vous a très mal renseigné, mon ami,
répliqua le vieux moine d'un ton glacial.

« Je sais que des personnes jalouses font circu-
ler de vilains bruits sur ce temple, mais ce sont là
de pures inventions. J'imagine qu'un coquin de
votre espèce voit le mal partout, mais dans le cas
présent vous êtes dans l'erreur la plus complète,
et si le temple est riche, c'est uniquement grâce à
la protection de la bienfaisante Kouan-Yin. (Que
son nom soit à jamais béni!)

— Excusez-moi! répondit gaiement Tao Gan.
Dans ma profession on est un brin soupçonneux,
je vous l'accorde! Vous prenez sans doute toutes
les précautions voulues pour sauvegarder l'honneur de vos visiteurs?

— Bien entendu, répliqua le vieux moine. En premier lieu, notre Révérend Père Abbé, Vertu-Spirituelle, est très circonspect dans le choix des personnes qu'il admet à passer la nuit ici. Il interroge d'abord les nouvelles venues dans la salle de réception et il ne leur permet pas de rester s'il éprouve le moindre doute sur leur foi dans le Seigneur Bouddha, ou si leur situation financière... sociale je veux dire, ne lui paraît pas bien assise. Quand la dame a prié dans la Grande Salle en compagnie de son époux, on attend de ce dernier qu'il offre un repas à notre Révérend Père Abbé et aux Anciens du Monastère. Cela lui revient en général assez cher, mais notre cuisinier n'a pas son pareil, je vous le dis en toute humilité.

« Enfin notre Père Abbé conduit le couple à l'un des pavillons réservés aux invitées dans le grand jardin qui se trouve derrière le Temple. Vous ne les avez pas vus, mais, croyez-moi sur parole, ils sont installés avec un goût parfait. Il y en a six. Sur le mur de chacun d'eux est suspendu un tableau représentant grandeur demi-nature la statue miraculeuse que vous avez vue dans la Grande Salle. Les dames peuvent ainsi passer leur nuit à méditer sur les vertus de la Bienfaisante Déesse Kouan-Yin. (Que son nom soit à jamais béni!) Quand la visiteuse est entrée dans le pavillon, son mari ferme la porte à clef et conserve cette clef. De plus, notre Révérend Père Abbé colle une bande de papier en travers de la porte et, sur son ordre, le mari appose son sceau aux deux extrémités. Cette bande ne peut être déchirée par personne d'autre que l'époux de la dame, le lendemain matin, quand il vient lui-même ouvrir la porte. Comprenez-vous maintenant pourquoi il ne peut y avoir place pour le plus léger soupçon? »

74

Tao Gan hocha tristement la tête.

— Oui, murmura-t-il, vous avez parfaitement raison. Ce qui est bien dommage! Mais, dites-moi, qu'arrive-t-il si la prière de la dame et son séjour dans le Temple n'ont pas le *fruit* désiré?

— Cela ne se produit que si l'esprit de la dame est impur ou si elle ne croit pas véritablement au Seigneur Bouddha. Certaines reviennent une seconde fois, mais il y en a que nous ne revoyons jamais.

Tiraillant les poils de sa verrue, Tao Gan demanda :

— Je suppose que lorsque deux époux stériles voient en temps voulu leur naître un enfant, ils n'oublient pas le Temple de l'Infinie Miséricorde?

— Non, en vérité, répondit le moine avec un large sourire. Parfois il faut même un palanquin spécial pour contenir tous les présents qu'ils apportent. Et si par hasard cette petite marque de courtoisie était oubliée, notre Révérend Père Abbé envoie un message à la nouvelle maman pour lui rappeler sa dette de gratitude envers notre Temple.

Tao Gan parla encore de choses et d'autres avec les moines sans réussir à tirer de la conversation le moindre renseignement utile, aussi, au bout d'un moment, prit-il congé d'eux.

Il regagna le tribunal par un chemin détourné.

VI

*Une vieille dame raconte ses malheurs;
le juge Ti apprend au sergent
une déplaisante nouvelle.*

Tao Gan trouva le juge Ti dans son cabinet, en
consultation avec le Premier Scribe et l'Archiviste Principal au sujet d'une pièce de terre en
litige.

Le juge renvoya aussitôt les deux hommes et fit
appeler le Sergent Hong.

Tao Gan leur raconta en détail sa visite au
Temple, omettant seulement ses petites jongleries
avec les sapèques et le faux lingot d'argent.
Quand il eut terminé, le juge conclut :

— Voilà donc un problème dont nous sommes
débarrassés. Puisque tu n'as pas trouvé d'entrée
secrète, il nous faut croire ces moines sur parole :
la statue de la Déesse Kouan-Yin possède des
pouvoirs miraculeux et rend fécondes les dévotes
visiteuses qui la prient avec assez de ferveur.

Le Sergent Hong et Tao Gan furent stupéfaits
d'entendre le juge parler ainsi.

— Mais il n'est bruit dans toute la ville que des
faits scandaleux survenus dans ce temple! s'écria
Tao Gan. Je supplie Votre Excellence de me
permettre d'y retourner, ou bien qu'Elle envoie le
Sergent Hong y procéder à une enquête plus
approfondie.

Le juge Ti se contenta de secouer la tête.

— La fortune et la prospérité excitent l'envie, dit-il. C'est un fait malheureusement trop fréquent! L'enquête sur le Temple de l'Infinie Miséricorde est close.

Le Sergent Hong se préparait à revenir à la charge, mais l'expression qui apparut sur le visage de son maître le fit se raviser.

— De plus, poursuivit le juge, Ma Jong peut avoir besoin d'aide pour trouver l'assassin de la rue de la Demi-Lune. Tao Gan doit être prêt à lui apporter son concours si cela est nécessaire.

Déçu, Tao Gan voulut parler, mais le grand gong du tribunal lui coupa la parole. Le juge se leva et revêtit son costume officiel pour l'audience vespérale.

Les spectateurs se pressaient à nouveau en foule dans la grande salle, car tout le monde s'attendait à voir le magistrat reprendre l'affaire Wang là où il l'avait laissée quelques heures plus tôt.

Aussitôt après avoir déclaré l'audience ouverte, le juge jeta un regard irrité à la foule compacte et déclara :

— Puisque les citoyens de Pou-yang prennent tant d'intérêt à ce qui se passe ici, je saisis cette occasion de lancer un avertissement général. Mon attention a été attirée sur le fait que des bruits malveillants circulent sur le Temple de l'Infinie Miséricorde. En tant que magistrat de ce district je rappelle à tous que le Code pénal prévoit des peines sévères pour les colporteurs de rumeurs calomnieuses et d'accusations mal fondées! Ceux qui ne respectent pas la loi seront punis conformément à la loi.

Le juge s'occupa ensuite du terrain dont la propriété était contestée et mit un certain temps à rendre son jugement.

Il n'appela aucune des personnes mêlées à l'affaire de la rue de la Demi-Lune, et l'audience tirait à sa fin quand une certaine agitation se produisit vers l'entrée du tribunal.

Le juge leva les yeux du document qu'il étudiait et vit qu'une vieille femme essayait de se frayer un passage dans la foule. Il fit un signe au Chef des sbires et, avec deux de ses hommes, celui-ci escorta la nouvelle venue jusqu'au pied du tribunal.

Le Premier Scribe se pencha vers le juge et lui murmura à l'oreille :

— Seigneur Juge, c'est une vieille folle qui importunait Son Excellence Fong depuis des mois avec le récit de malheurs imaginaires. Je conseille respectueusement à Votre Excellence de ne pas l'écouter.

Le juge Ti ne répondit rien mais examina la vieille femme de son regard aigu pendant qu'elle s'approchait du tribunal. Elle marchait avec difficulté en s'aidant d'une longue canne et semblait avoir dépassé depuis longtemps le milieu de la vie. Ses vêtements étaient élimés mais propres et soigneusement raccommodés. Un certain air de distinction se lisait sur son visage.

Comme elle commençait à se mettre à genoux, le juge fit signe aux sbires de l'en empêcher.

— Les personnes âgées et les infirmes n'ont pas à s'agenouiller devant mon tribunal. Restez donc debout, madame, et dites-moi votre nom et le motif de votre venue.

La vieille dame s'inclina profondément et commença :

— L'insignifiante personne que je suis s'appelle Liang, née Ngou-yang. Je suis la veuve de Liang I-fong, de son vivant négociant de Canton.

Sa voix, jusqu'ici peu distincte, se brisa complètement, de grosses larmes coulèrent sur ses joues et des sanglots se mirent à secouer son corps frêle.

Elle avait employé le cantonais, dialecte que le juge suivait avec quelque peine. De plus, elle était visiblement hors d'état de présenter sa plainte aussi l'interrompit-il en disant :

— Je ne veux pas vous tenir debout si long temps, madame. Je vous écouterai tout à l'heure dans mon cabinet. Se tournant vers le Sergent Hong, il ajouta : « Emmenez cette dame dans la petite salle d'accueil et faites-lui servir du thé. »

Quand elle fut sortie, le juge Ti expédia quelques affaires de pure routine et déclara l'audience close.

Le Sergent Hong l'attendait dans son cabinet.

— Noble Juge, dit-il, cette femme ne paraît pas être en possession de toutes ses facultés. Après avoir bu une tasse de thé son esprit sembla s'éclaircir un peu. Elle m'expliqua qu'un tort considérable avait été fait à elle et à sa famille, puis elle se mit de nouveau à sangloter et son langage devint incohérent. J'ai pris la liberté d'envoyer chercher une vieille servante dans vos appartements et l'ai chargée de calmer la pauvre femme.

— Tu as agi avec sagesse, Sergent. Nous allons attendre qu'elle soit complètement remise et peut-être pourrons-nous alors l'écouter. Dans la plupart des cas, les torts dont se plaignent les personnes de ce genre n'existent que dans leur esprit dérangé. Néanmoins, aucun de ceux qui viennent demander justice à mon tribunal ne sera renvoyé sans que j'aie entendu un clair exposé de son affaire!

Ayant ainsi parlé, le juge se leva et se mit à arpenter son cabinet de long en large, les mains derrière le dos. Le Sergent allait lui demander le sujet de sa préoccupation quand le magistrat s'arrêta brusquement et dit :

— Puisque nous sommes seuls maintenant, mon fidèle ami et conseiller, je veux te faire part de ma véritable pensée en ce qui concerne le Temple de l'Infinie Miséricorde. Approche-toi, afin que personne d'autre ne puisse entendre mes paroles.

Baissant la voix, le juge continua : « Cela ne servirait à rien, tu le comprends, de poursuivre notre enquête. En premier lieu, il nous serait quasi impossible de démasquer ces scélérats. J'ai la plus grande confiance en l'habileté de Tao Gan, et, pourtant il n'a pas réussi à découvrir d'entrée secrète dans les pavillons. Si, grâce à un moyen inconnu de nous, les moines vont retrouver leurs visiteuses et se conduisent de façon abominable avec elles, il ne faut pas s'attendre à voir ces malheureuses venir témoigner contre eux. Elles craindraient d'exposer leurs maris au ridicule et auraient peur qu'un doute ne soit jeté sur la légitimité de leurs enfants. Et j'ai encore une raison plus forte pour être prudent; je vais te la confier, à toi seul, et dans la plus stricte confidence. »

Se penchant vers l'oreille du Sergent, le juge poursuivit en baissant davantage encore la voix : « Je viens de recevoir d'inquiétantes nouvelles de la capitale. Le clergé bouddhiste – dont l'influence grandit sans cesse – a réussi à se faufiler jusque dans l'entourage de l'Empereur. Cela a commencé par la conversion de dames de la Cour, et, à présent, ces Robes Noires ont réussi à gagner l'oreille de notre Auguste Souverain qui a reconnu officiellement leurs fallacieuses doctri nes.

« Le Supérieur d'un monastère de la capitale (celui du Cheval Blanc) a été fait membre du Grand Conseil; lui et sa clique se mêlent des affaires intérieures et extérieures de l'Empire. Ils ont des espions partout. Les loyaux serviteurs du Trône sont dans une grande inquiétude. »

La voix du juge devint un murmure et, les sourcils froncés, il ajouta : « Tu comprends donc ce qui ne manquerait pas d'arriver si j'ouvrais une instruction contre le Supérieur du Temple de l'Infinie Miséricorde. La clique bouddhiste s'empresserait de le soutenir. Ils commenceraient une campagne à la Cour, useraient de leur influence dans notre Province, et distribueraient de riches cadeaux aux personnages importants. Même si j'étais en mesure de produire des preuves irréfutables de son indignité, cela ne servirait à rien, car je serais transféré dans un poste de la frontière avant d'avoir fini d'instruire l'affaire! Peut-être même m'enverrait-on dans la capitale couvert de chaînes, accablé sous une accusation mensongère.

— Cela signifie-t-il, Noble Juge, que nous sommes complètement impuissants? demanda le Sergent d'un ton indigné.

Le juge hocha tristement la tête. Après avoir réfléchi un instant, il poussa un soupir et dit :

— Ah, si l'on pouvait instituer les poursuites, les conclure, condamner les coupables et les faire exécuter, tout cela en une seule journée! Mais tu sais que la loi l'interdit formellement. Même si j'obtenais une confession complète, la peine de mort demandée par moi devrait encore être approuvée par le Tribunal Métropolitain. Cela prendrait des semaines avant que mon rapport arrive jusque-là, et il passerait auparavant sous les yeux des autorités préfectorales et provinciales. La clique bouddhiste aurait amplement le temps de l'étouffer et d'obtenir ma disgrâce. Pourtant, je risquerais avec joie ma carrière – ma vie même – si je croyais avoir la plus légère chance d'opérer notre société de ce cancer! Mais une telle occasion se présentera-t-elle jamais? C'est peu probable.

« En attendant, Sergent, qu'aucun mot de ce que tu viens d'entendre ne passe jamais tes lèvres! Je t'interdis même de remettre ce sujet sur le tapis. Je suis convaincu que le Père Abbé a des espions parmi le personnel de ce tribunal. Chaque mot prononcé au sujet du Temple de l'Infinie Miséricorde est un mot de trop.

« A présent, va voir si la vieille dame est en état d'être interrogée.

Quand le Sergent Hong revint avec la plaignante, le juge la fit asseoir en face de lui, dans un fauteuil confortable, et commença d'un ton bienveillant :

– Je suis très fâché, madame, de vous voir dans une telle affliction. Votre mari s'appelait Liang, m'avez-vous dit. J'aimerais maintenant avoir plus de détails sur la façon dont il est mort et sur les préjudices qui vous ont été causés.

D'une main tremblante, la vieille dame fouilla dans sa manche et en sortit un manuscrit enroulé dans une enveloppe de soie fanée. La tenant de ses deux mains, elle la présenta respectueusement au magistrat [1].

---

1. Lorsqu'on présente à quelqu'un un objet – si petit soit-il – l'étiquette chinoise veut qu'on se serve de ses deux mains. Agir autrement laisserait croire qu'on répugne à faire le petit effort nécessaire et qu'on agit de mauvaise grâce. (N.d.T.)

– Que le Seigneur Juge daigne lire ces documents, dit-elle d'une voix hésitante. Aujourd'hui ma vieille cervelle est si troublée que mes idées s'embrouillent vite. Je suis incapable de faire un récit cohérent des terribles épreuves subies par ma famille et par moi-même, mais le Seigneur Juge trouvera tous les détails dans ces papiers!

Après avoir prononcé ces paroles, elle se renversa dans le fauteuil et ses larmes coulèrent à nouveau.

Le juge Ti ordonna au Sergent de servir une tasse de thé très fort à la pauvre femme et ouvrit l'enveloppe de soie. Elle contenait un épais rouleau de documents jaunis par les années. Ils donnaient l'impression d'avoir été lus et relus. Déroulant le premier, le juge vit qu'il s'agissait d'une longue accusation rédigée en un style châtié par un lettré à l'élégante calligraphie.

Il se mit à la parcourir. Elle relatait en détail une querelle à mort entre les familles de deux riches négociants de Canton nommés respectivement Liang et Lin. Ce Lin avait d'abord séduit la femme de Liang, persécutant ensuite de façon impitoyable toute la famille Liang qu'il avait fini par dépouiller complètement de ses biens. Quand le juge parvint au terme du document, il lut la date. Surpris, il leva la tête et dit :

– Mais, madame, il y a plus de vingt ans que cela a été rédigé!

– Le passage du temps n'efface pas le crime, répliqua la vieille dame d'une voix douce.

Le juge jeta un coup d'œil aux autres papiers et vit qu'ils concernaient des phases plus récentes de la même affaire. Le dernier en date remontait à deux années. Et à la fin de chaque document apparaissait la même phrase écrite à l'encre rouge : « *Plainte rejetée pour insuffisance de preuves.* »

— Je vois, dit le Juge Ti, que tout ceci s'est passé dans la ville de Canton. Pourquoi avez-vous quitté l'ancienne demeure de votre famille?

— Je suis venue à Pou-yang parce que le principal criminel, Lin Fan, s'y est installé.

Le juge ne se souvint pas d'avoir jamais entendu prononcer ce nom. Roulant les documents, il dit de sa voix toujours bienveillante :

— Je vais étudier ces papiers avec la plus grande attention, madame. Dès que je serai arrivé à une conclusion, je vous demanderai de revenir me voir.

La vieille dame se leva lentement et, faisant une profonde révérence dit :

— Depuis des années que je cherche le magistrat capable de redresser cette terrible injustice. Le Ciel fasse que je l'aie enfin trouvé!

Le Sergent Hong la reconduisit à la porte du tribunal. Quand il revint, le juge remarqua :

— A première vue, je serais tenté de dire qu'il s'agit d'une de ces déplorables affaires dans lesquelles un coquin habile et instruit s'enrichit en ruinant impunément des douzaines de malheureux. Il est clair que chagrins et désillusions ont dérangé l'esprit de cette vieille personne; le moins que je puisse faire pour elle est d'étudier soigneusement cette affaire, mais je serais étonné si je trouvais le moindre point faible dans la thèse du défendeur. L'un, au moins, des magistrats qui l'ont étudiée est fameux par ses talents de juriste et siège à présent au Tribunal Métropolitain.

Le juge Ti fit ensuite appeler Tao Gan. Quand il vit la mine déconfite de son lieutenant, il ne put s'empêcher de sourire.

— Allons, déride-toi un peu! Ne pense plus à ce

temple bouddhiste, j'ai un travail plus intéressant à te confier. Va jusqu'à la maison de la vieille madame Liang et recueille tous les renseignements que tu pourras trouver sur cette personne et sur sa famille. Ensuite, tu t'arrangeras pour savoir où demeure le riche Lin Fan. Il doit habiter cette ville. Je veux un rapport sur lui également. Cela t'aidera peut-être dans tes recherches de savoir que tous les deux viennent de Canton et se sont établis à Pou-yang il y a peu d'années.

Après quoi, le juge Ti renvoya les deux hommes et, s'étant fait apporter par le Premier Scribe quelques dossiers administratifs, il se plongea dans leur étude.

VII

Ma Jong découvre un temple taoïste
abandonné; violent pugilat
devant un sanctuaire.

En quittant le cabinet du juge, Ma Jong se rendit tout droit dans sa chambre et modifia son apparence au moyen de quelques changements vestimentaires.

D'abord, il retira son bonnet, secoua la tête pour déranger l'ordonnance de sa chevelure et s'entoura le crâne d'un chiffon crasseux. Il enfila ensuite un pantalon trop large qu'il serra autour de ses chevilles avec un lien de paille tressée, jeta une courte veste rapiécée sur ses épaules, puis mit des sandales en paille à la place de ses chaussons de feutre.

Ainsi accoutré, il se glissa hors du Yamen par une porte de derrière et se mêla aux passants. A sa vue, les gens s'écartaient vite pour le laisser passer, tandis que les vendeurs ambulants serraient contre eux leur pacotille. Satisfait du résultat obtenu, Ma Jong roula des yeux féroces en s'amusant de tout son cœur.

Bientôt, cependant, il découvrit que sa nouvelle tâche ne serait pas aussi facile qu'il le supposait.

Il avait commencé par prendre un infâme repas dans une gargote en plein air fréquentée par des vagabonds, puis était allé boire une tasse d'un vin atroce dans une bouge construit sur un ancien tas d'ordures dont l'odeur imprégnait encore l'atmosphère. Autour de lui, chacun racontait intarissablement ses misères en cherchant à emprunter quelques sapèques à son voisin. Mais tous ces pauvres hères faisaient partie de la racaille relativement innocente qu'on rencontre dans les quartiers misérables de chaque ville, et Ma Jong n'était pas encore entré en contact avec la véritable pègre, celle qui est organisée et dont les membres sont au courant de tout ce qui se passe dans les bas-fonds de la société.

Ce fut seulement à la tombée de la nuit qu'une parole entendue le mit sur la bonne voie. Il s'efforçait d'avaler un terrible breuvage sans faire trop de grimaces quand un fragment de conversation entre deux mendiants lui fit dresser l'oreille. « Connais-tu un bon endroit pour barboter des frusques? » demandait l'un d'eux. « Ceux du Temple Rouge te renseigneront! » répondit l'autre.

Les bandes de malandrins ont coutume de se rassembler autour de vieux sanctuaires délabrés, Ma Jong ne l'ignorait pas, mais comme la plupart de ces bâtiments ont des portes et des piliers laqués de rouge, il lui était difficile de deviner où se trouvait le temple en question dans une ville hier encore inconnue de lui. Il décida de se fier à la chance. Gagnant la place du marché, près de la Porte du Nord, il empoigna l'épaule d'un gamin en guenilles et commanda d'une voix rude :

– Conduis-moi au Temple Rouge!

Sans poser la moindre question, le gosse s'engagea dans une dédale de ruelles tortueuses. Arrivé aux abords d'une place sombre, il se dégagea d'un mouvement brusque et s'enfuit à toutes jambes.

Ma Jong aperçut devant lui le grand portail rouge d'un temple taoïste qui se découpait sur le ciel nocturne. A droite et à gauche s'élevaient les hautes murailles d'anciennes demeures dont la partie inférieure disparaissait sous des appentis en bois aux planches tordues et disjointes. Quand le temple attirait encore des dévôts, ces baraques étaient occupées par de petits commerçants qui offraient leurs marchandises à la foule des fidèles, mais à présent elles servaient seulement de refuge aux hors-la-loi.

La place était jonchée de détritus divers et d'immondices. Les nauséabondes exhalaisons qui s'en dégageaient se mêlaient à une odeur d'huile rance car, tout près de là, un vieillard en haillons faisait frire des gâteaux sur un feu de braise. Une torche fumeuse, piquée dans une crevasse du mur, éclairait de sa lumière incertaine trois hommes accroupis en train de jouer aux dés.

Ma Jong s'approcha d'eux sans se presser. Un gros gaillard au torse nu et à la bedaine énorme trônait sur une jarre à vin renversée; ses cheveux longs et sa barbe broussailleuse étaient raides de graisse et de crasse. Les paupières demi closes, il surveillait la partie en se grattant le ventre avec sa main gauche tandis que sa droite reposait sur une sorte de massue. Le reste de la bande se tenait un peu plus loin, à croupetons dans l'ombre.

Ma Jong regarda rouler les dés. Personne ne semblait faire attention à lui et il se demandait comment engager la conversation quand, sans lever la tête, le colosse assis sur la jarre à vin dit :

– Ta veste me rendrait bien service, petit frère!

Immédiatement, tous les yeux se tournèrent

vers le lieutenant du juge Ti. L'un des joueurs ramassa les dés et se leva. Il n'était pas aussi grand que Ma Jong, mais ses bras nus ne manquaient pas de muscles et le manche d'un poignard sortait de sa ceinture. Caressant négligemment son arme, il se glissa à droite de Ma Jong, un sourire ironique sur les lèvres.

A son tour, le colosse se mit debout. Il remonta son pantalon, lança un jet de salive, puis, tenant fermement sa matraque, il vint se planter devant Ma Jong en déclarant d'un air narquois :

– Bienvenue au Temple de la Sagesse Transcendante, petit frère! J'imagine que, poussé par une pieuse ferveur, tu viens en ce saint lieu pour y présenter quelque offrande votive? En ce cas, tu peux être assuré que ta veste sera acceptée avec reconnaissance!

Tout en parlant il levait son casse-tête.

En un clin d'œil, Ma Jong jugea la situation. Le danger immédiat se présentait sous deux formes : la vilaine matraque, devant lui; le poignard, à sa droite.

Au moment même où le gros homme achevait de parler, Ma Jong lança son bras gauche en avant, agrippa l'épaule droite du colosse, et, appuyant son pouce à l'endroit voulu, paralysa le bras qui tenait la massue. De son autre main, l'adversaire de Ma Jong lui emprisonna le poignet gauche avec l'intention de le tirer en avant et de lui envoyer son genou dans l'aine. Mais, au même instant, Ma Jong leva son bras droit – coude plié – et le balança de toute sa force dans la figure de l'homme au poignard. Le coude entra brutalement en contact avec le visage du malandrin qui s'écroula en poussant un cri rauque tandis que, continuant son trajet, le poing de Ma Jong heurtait violemment le diaphragme sans protection du colosse. Celui-ci lâcha le poignet de Ma Jong et tomba plié en deux, le souffle coupé.

Comme Ma Jong se retournait pour voir s'il lui fallait s'occuper à nouveau de l'homme au poignard, une lourde masse s'abattit sur son dos et un avant-bras musclé enserra sa gorge.

« La tenaille de l'étrangleur », pensa Ma Jong. Il inclina son cou puissant pour enfoncer le menton dans le bras de son nouvel agresseur pendant que ses mains tâtonnaient derrière lui. Sa gauche ne fit qu'arracher un lambeau de vêtement, mais sa droite se referma sur une jambe. Il tira de toutes ses forces en se jetant vers la droite. Les deux hommes tombèrent, mais Ma Jong avait le dessus. Sa hanche, suivie de tout le poids de son corps, brisa presque le bassin de l'étrangleur. La tenaille se relâcha. Ma Jong se mit prestement debout, juste à temps pour éviter le poignard de son premier adversaire qui venait de se relever.

Tout en esquivant le coup, Ma Jong attrapa l'homme par le poignet. Il le tordit, fit basculer le malandrin sur son épaule, puis, plongeant brusquement, l'envoya décrire une grande courbe dans l'espace. La belle arabesque se termina contre le mur et l'homme retomba sur la jarre de vin qui éclata en morceaux. L'homme, lui, demeura parfaitement immobile.

Ma Jong ramassa le poignard, le lança par-dessus le mur et, se tournant vers les silhouettes sombres restées à l'écart, expliqua gentiment :

– Vous me trouvez peut-être un peu brusque, grands frères, mais je manque parfois de patience avec ceux qui jouent du couteau!

Quelques grognements, qu'on pouvait interpréter comme on voulait, furent la seule réponse qui lui parvint.

Le colosse, toujours à terre, vomissait de tout

son cœur, ne s'arrêtant de vomir que pour geindre et pour jurer, alternativement.

Ma Jong l'attrapa par sa barbe graisseuse et le projeta contre le mur. Il y eut un bruit mat quand les épaules touchèrent la muraille, et l'homme, qui respirait encore avec difficulté, demeura accroupi en roulant de gros yeux.

Quand il fut enfin capable de parler, il demanda d'une voix rauque :

— Maintenant que les échanges de courtoisie sont terminés, notre honorable frère aîné serait-il assez aimable pour nous instruire de son nom et de sa profession?

— Mon nom, répondit avec désinvolture Ma Jong, est Jong Bao. Je suis un honnête colporteur, débitant mes marchandises le long des grands chemins. Ce matin, au moment où le soleil venait juste de se lever, j'ai rencontré sur la route déserte un riche négociant. Ce que je transportais lui plut tant qu'il tint absolument à tout m'acheter pour trente pièces d'argent qu'il me remit sur-le-champ. Je me suis donc hâté de venir ici pour brûler un bâton d'encens aux dieux en témoignage de gratitude.

Ses interlocuteurs s'esclaffèrent bruyamment, et celui qui avait tenté un peu plus tôt de l'étrangler lui demanda s'il avait dîné. Sur la réponse négative de Ma Jong, le colosse appela le marchand de pâtisseries à l'huile rance, et, bientôt tout le monde fut rassemblé autour du feu de braise, mangeant des gâteaux à l'ail.

Le colosse s'appelait Cheng Pa. Il se présenta lui-même fièrement comme le chef élu de la pègre de Pou-yang, avec le titre supplémentaire de Conseiller de la Guilde des Mendiants. Ses compagnons et lui étaients installés dans le présent lieu depuis déjà deux ans. Autrefois, le temple était prospère. Mais quelque chose de fâcheux semblait s'être produit et les moines l'abandonnèrent. Après leur départ, les autorités avaient mis les scellés sur les portes. Au dire de Cheng Pa, l'endroit était agréable, tranquille et tout de même pas trop éloigné du centre de la ville.

Ma Jong confia à son hôte qu'il se trouvait dans une situation délicate. Il avait mis les trente pièces d'argent en lieu sûr, mais désirait quitter Pou-yang le plus tôt possible, car le négociant dépouillé par lui avait probablement porté plainte. L'idée de voyager avec un pareil poids d'argent dans sa manche ne lui souriait guère; il aurait donc aimé échanger les pièces contre un objet de plus faible volume, facile à dissimuler dans ses vêtements. D'ailleurs, il était prêt à perdre un peu sur la transaction.

Cheng Pa hocha gravement la tête.

– Ceci, Frère Aîné, est une sage précaution. Les pièces d'argent sont marchandises rares ici; nous autres, nous ne voyons guère que celles de cuivre. Si l'on désire échanger de l'argent pour quelque chose d'égale valeur mais de moindre poids, il ne reste que l'or. Et pour dire la vérité, Frère Aîné, les gens de notre confrérie ont rarement le plaisir de palper le joli métal jaune. Une fois dans leur vie, peut-être... et encore!

– Oui, répondit Ma Jong, c'est un trésor trop rare. Mais il peut arriver qu'un mendiant trouve un colifichet en or sur la route, tombé du palanquin de quelque dame de condition. Et la nouvelle d'une pareille trouvaille voyage vite. Vous, comme Conseiller de la Guilde des Mendiants, ne seriez pas long à en entendre parler!

Cheng Pa se gratta pensivement le ventre en accordant qu'une telle chose pouvait se produire.

Ma Jong nota un manque d'enthousiasme marqué dans la réponse. Il fouilla dans sa manche et en sortit une pièce d'argent, la fit sauter dans sa paume de façon que la lumière de la torche tombât bien dessus.

— Lorsque j'ai caché mes trente pièces d'argent, expliqua-t-il, j'en ai gardé une sur moi pour me porter chance. Je me demande si vous voudriez l'accepter comme une avance sur la commission à laquelle votre rôle d'intermédiaire dans la transaction vous donnerait légitimement droit?

Cheng Pa attrapa la pièce avec une agilité étonnante. Un large sourire fendit sa grande bouche.

— Frère Aîné, répondit-il, je verrai ce que je pourrai faire pour toi. Reviens ici demain soir!

Ma Jong le remercia et, après avoir échangé quelques paroles aimables avec ses nouveaux amis, il prit congé d'eux.

VIII

*Le juge Ti décide
de rendre visite à ses collègues;
il explique au sergent ce qui s'est passé
rue de la Demi-Lune.*

Dès qu'il eut regagné le Yamen, Ma Jong se hâta de reprendre son costume habituel. Il se rendit ensuite dans la Grande Cour et remarqua qu'il y avait encore de la lumière dans le cabinet du juge.

Le magistrat était en conférence avec le Sergent Hong. Dès qu'il aperçut l'ancien Chevalier des Vertes Forêts, il s'interrompit et lui demanda :

— Eh bien, ami, quelles nouvelles m'apportes-tu?

Ma Jong raconta brièvement sa rencontre avec Cheng Pa et mit son maître au courant de la promesse de celui-ci.

Le juge se montra satisfait.

— Il aurait fallu une chance extraordinaire pour mettre la main sur le criminel dès le premier jour, dit-il. Tu as fait de l'excellente besogne. Tu as établi un contact avec l'homme qu'il fallait. Les nouvelles se transmettent avec une étonnante rapidité dans ce milieu, et je crois qu'avant peu ton ami Cheng Pa nous fera retrouver les épingles de tête disparues. Et celles-ci nous conduiront tout droit à l'assassin!

« Quand tu es arrivé, nous nous demandions, le Sergent et moi, s'il ne serait pas opportun que je me mette en route demain pour faire une visite de courtoisie à mes collègues des districts environnants. Tôt ou tard, il me faudra obéir à la coutume, et le moment présent me semble convenir parfaitement. Je serai absent de Pou-yang deux ou trois jours. Pendant ce temps, tu continueras à rechercher l'assassin de la rue de la Demi-Lune. Si tu le juges nécessaire, je dirai à Tsiao Taï de t'aider.

— Je préfère continuer seul, répondit Ma Jong, car deux personnes posant des questions à propos du même objet, cela pourrait éveiller des soupçons.

Le juge acquiesça et Ma Jong sortit.

— Ce ne serait pas une mauvaise chose si Votre Excellence était absente un jour ou deux, remarqua pensivement le Sergent Hong. Le tribunal serait fermé et nous aurions alors une bonne excuse pour laisser l'affaire de la rue de la Demi-Lune reposer un peu. On commence à murmurer dans Pou-yang que Votre Excellence protège Candidat Wang parce que celui-ci appartient à la classe des lettrés, tandis que sa victime est seulement la fille d'un pauvre boucher.

Le juge Ti haussa les épaules.

— Qu'il en soit comme cela ou autrement, dit-il, mon intention est de partir demain matin pour Wou-yi. Le lendemain je continuerai jusqu'à Tsin-houa et je serai de retour ici dans trois jours. Ma Jong et Tao Gan peuvent avoir besoin d'instructions pendant mon absence, aussi ne m'accompagneras-tu pas. Tu resteras à Pou-yang et je te confierai les sceaux du tribunal. Donne les ordres nécessaires pour mon voyage et veille à ce que des présents convenables soient préparés pour mon collègue Pan, de Wou-yi, et pour le Juge Lo, de Tsin-houa. Que mon palanquin de voyage soit prêt au lever du soleil dans la Grande Cour avec tous mes bagages.

Le Sergent l'ayant assuré que ses ordres seraient ponctuellement exécutés, le juge se plongea dans l'étude des dossiers placés sur son bureau par le Premier Scribe.

Le Sergent Hong restait planté devant son maître. Au bout de quelques instants, celui-ci leva la tête et demanda :

– Qu'est-ce qui te tracasse, Sergent?

– J'ai beaucoup réfléchi à cette affaire de viol suivi de meurtre, Noble Juge. J'ai lu et relu tout le dossier, mais j'ai beau faire, je n'arrive pas à deviner votre pensée. Il est bien tard, mais si Votre Excellence daignait me donner un petit bout d'explication supplémentaire, je pourrais au moins dormir pendant les deux nuits que Votre Excellence sera absente!

Le juge sourit et, plaçant un presse-papiers sur le document qu'il était en train de lire, se renversa dans son fauteuil.

– Dis aux serviteurs de préparer d'autre thé, commanda-t-il, et assieds-toi sur ce tabouret. Je vais t'expliquer ce qui, selon moi, s'est réellement passé en cette fatale nuit du seize.

Le juge Ti avala une tasse de thé très fort, puis continua : « Dès que j'eus entendu de ta propre bouche les principaux détails de cette affaire, je décidai dans mon esprit que ce n'était pas Candidat Wang qui avait violé Pureté-du-Jade. Les femmes, il est vrai, éveillent parfois d'étranges et cruelles pensées chez les hommes. Ce n'est pas sans raison que dans ses *Annales du Printemps et de l'Automne* notre Maître Confucius appelle à l'occasion la femme : « cette créature marquée par la mort ».

« Mais deux sortes de gens seulement traduisent en actes les sombres pensées de ce genre. D'abord le criminel vicieux, issu des basses couches de la société, ensuite le riche débauché qu'une longue vie de libertinage a rendu esclave de ses instincts pervertis. Aveuglé par la terreur, un garçon studieux et rangé comme Wang pourrait à la rigueur étrangler une jeune fille. Mais la violer auparavant – et de plus une jeune fille avec laquelle il avait des relations intimes depuis six mois – cela me parut absolument impossible. Il me fallait donc chercher le vrai coupable parmi les membres des deux classes dont je viens de parler.

« J'écartai immédiatement la possibilité du riche dégénéré. De telles personnes fréquentent les maisons discrètes où tous les genres de perversions sont satisfaits pour peu qu'on y mette le prix. De plus, le possesseur d'une grosse fortune ignorerait jusqu'à l'existence d'un pauvre quartier comme celui où se trouve la rue de la Demi-Lune. Il n'aurait pas été au courant des visites de Wang à sa bien-aimée, et il aurait encore moins pu faire l'acrobate au bout d'une bande d'étoffe! Restait donc le criminel invétéré des basses classes. »

Le juge se tut un instant, puis reprit d'un ton âpre : « Ces méprisables scélérats errent dans la ville comme des chiens affamés. S'ils rencontrent un vieillard sans défense dans une ruelle sombre, ils l'assomment pour les quelques sapèques qu'il peut avoir sur lui. S'ils voient une femme seule dans un endroit désert, ils la battent jusqu'à lui faire perdre connaissance, la violent, lui arrachent ses boucles d'oreilles et la laissent dans le ruisseau. Marchant furtivement dans les rues pauvres, s'ils découvrent une porte mal close ou une fenêtre entrouverte, ils se faufilent à l'intérieur et volent de misérables robes rapiécées ou l'unique bouilloire de cuivre de la maison.

« Est-il déraisonnable de penser qu'un tel homme passant rue de la Demi-Lune, ait pu découvrir le manège nocturne de Candidat Wang? Un pareil scélérat aura immédiatement compris que la jeune femme n'oserait pas appeler s'il prenait la place de l'amant clandestin. Mais Pureté-du-Jade s'est défendue. Elle a probablement crié, ou bien elle a essayé d'aller vers la porte pour réveiller ses parents. Alors, le monstre l'a étranglée, puis son acte ignoble accompli, il a calmement fouillé la chambre de sa victime et s'est enfui avec le seul petit bijou qui s'y trouvait. »

Le juge s'arrêta pour boire une seconde tasse de thé. Son subordonné hocha gravement la tête et dit :

— Après avoir entendu Votre Excellence, il devient clair que Candidat Wang n'a pas commis ce double crime. Cependant, je ne vois pas bien quelle preuve tangible nous pourrons apporter devant le tribunal.

— S'il te faut des preuves tangibles, tu en auras! Pour commencer, tu as entendu le témoignage du Contrôleur des Décès. Si Wang avait étranglé Pureté-du-Jade, ses ongles longs auraient fait de profondes égratignures dans le cou de la malheureuse. Le Contrôleur n'a constaté que de légères marques d'ongles bien que la peau soit écorchée çà et là. Ceci fait penser aux ongles courts et inégaux d'un vagabond.

« En second lieu, Pureté-du-Jade s'est défendue de toutes ses forces pendant que son assaillant abusait d'elle. Et pourtant ses ongles usés par les gros travaux ne peuvent avoir fait les vilaines égratignures profondes que l'on voit sur les bras et la poitrine de Wang. (Ces égratignures, d'ailleurs, n'ont pas été faites par des épines, comme Candidat Wang le croit; mais ceci est un point sur lequel je reviendrai en temps voulu). Et Wang aurait-il eu la force d'étrangler Pureté-du-Jade? Ayant considéré son aspect physique et entendu la description de la jeune fille donnée par le Contrôleur des Décès, je suis convaincu que si Candidat Wang avait seulement essayé, il se serait vite fait jeter par la fenêtre!

« Troisièmement : le matin du dix-sept, quand le crime fut découvert, on trouva sur le plancher de la chambre la bande d'étoffe qui servait à Wang pour grimper chez sa bien-aimée. En admettant que Wang soit l'assassin, ou même qu'il soit venu dans la chambre, comment aurait-il pu la quitter sans l'aide de cette corde improvisée? Wang n'a rien d'un athlète et il ne pouvait atteindre la fenêtre sans l'aide de la jeune fille. Mais un garçon musclé, possédant l'expérience des cambrioleurs, s'il était obligé de s'enfuir rapidement, n'aurait pas employé ce moyen-là. Il s'y serait pris exactement comme Tsiao Taï, se suspendant par les mains au rebord de la croisée et se laissant ensuite glisser à terre. »

Le Sergent Hong fit un signe d'approbation.

– Oui, dit-il avec un sourire heureux, je vois que le raisonnement de Votre Excellence repose sur des bases solides. Quand l'assassin sera sous les verrous nous aurons amplement de quoi le confondre et nous pourrons lui faire avouer son forfait, en employant la torture, au besoin. Sans doute est-il encore dans cette ville car il n'a aucune raison d'avoir peur et de s'enfuir. Tout Pou-yang sait que le juge Fong était convaincu de la culpabilité de Candidat Wang et croit Votre Excellence d'accord avec son verdict.

Le juge Ti inclina la tête.

— Mais oui, dit-il en se caressant la barbe. Et l'assassin va se trahir lui-même en essayant de vendre les épingles de tête. Ma Jong a réussi à entrer en contact avec un homme bien placé pour savoir quand les épingles apparaîtront sur le marché clandestin. Le criminel n'osera jamais aller trouver un prêteur sur gages ou un bijoutier, car le tribunal envoie automatiquement une description des articles volés à tous ces gens-là. Il sera obligé de tenter sa chance auprès de fripons de son espèce, le digne Cheng Pa sera tout de suite au courant, et Ma Jong pourra ainsi lui mettre la main au collet.

Le juge avala une autre gorgée de thé. Il prit le pinceau réservé à l'encre vermillon et se pencha sur le papier placé devant lui.

Le Sergent Hong se leva, tiraillant d'un air songeur les poils de sa moustache.

— Deux points restent obscurs pour moi, dit-il. Comment Votre Excellence sait-elle que l'assassin porte une robe de moine mendiant? Et que vient faire l'incident du veilleur de nuit dans cette affaire?

Le juge resta silencieux, concentrant sa pensée sur le texte qu'il étudiait. Il traça quelques caractères dans la marge, posa son pinceau, et roula le document. Puis il leva la tête vers le Sergent et, les yeux brillants sous ses épais sourcils noirs, expliqua :

— Le curieux incident du veilleur de nuit raconté ce matin par Candidat Wang a mis la dernière touche au portrait de l'assassin tel que je le voyais peu à peu se préciser dans mon esprit. Tu sais que les criminels des basses classes s'habillent souvent en moines mendiants, taoïstes ou bouddhistes. C'est un excellent déguisement qui leur permet d'aller et de venir partout dans la ville à n'importe quelle heure du jour ou de la nuit. Ce n'est donc probablement pas le clapet du veilleur de nuit que Wang entendit la seconde fois, mais...

– Le résonateur en bois d'un moine mendiant! s'exclama le Sergent Hong.

IX

*Deux moines apportent
un important message au juge Ti;
il récite une ballade ancienne
au cours d'un souper donné par le juge Lo.*

Le lendemain matin, le juge Ti fermait sa robe de voyage quand le Premier Scribe entra dans son cabinet.

— Votre Excellence, annonça-t-il, deux moines du Temple de l'Infinie Miséricorde viennent d'arriver avec un message de leur Supérieur.

Le juge remit sa robe officielle et s'assit derrière son bureau tandis que le Premier Scribe introduisait un moine d'un certain âge suivi d'un autre plus jeune. Pendant qu'ils s'agenouillaient et frappaient trois fois le sol de leur front, le juge nota que leurs robes jaunes étaient de fin damas doublé de soie violette, et que les grains de leurs chapelets avaient été taillés dans de l'ambre jaune.

— Notre Révéré Père Vertu-Spirituelle, Abbé du Temple de l'Infinie Miséricorde, psalmodia le plus âgé des deux moines, nous a chargés, religieux ignorants que nous sommes, de transmettre à Votre Excellence ses respectueuses salutations. Notre Vénéré Père sait combien de tâches importantes absorbent les précieux moments de Votre Excellence, particulièrement en ces premiers jours d'installation officielle. Notre Révéré Père n'a donc pas osé se présenter en personne pour faire une longue visite à Votre Excellence, mais il espère avoir un jour le privilège d'être admis devant Elle pour recevoir le bénéfice de ses doctes enseignements. En attendant, de peur qu'on puisse croire que Notre Révéré Père ne montre pas tout le respect que Votre Excellence est en droit d'attendre de lui, il la supplie d'accepter cet insignifiant présent, espérant que Votre Excellence daignera le juger selon les respectueux sentiments qui en ont inspiré l'offre plutôt que d'après sa négligable valeur.

Ayant ainsi parlé il fit signe à son compagnon. Celui-ci se leva aussitôt et vint placer sur le bureau du juge un petit paquet enveloppé dans du tissu de soie brochée d'or.

Le Sergent Hong s'attendait à voir son maître refuser le présent. Mais, à sa grande surprise, le juge se contenta de murmurer la coutumière phrase de politesse sur le grand honneur dont il n'était pas digne, et, le moine ayant insisté pour qu'il gardât le cadeau, il ne le repoussa pas une seconde fois. Se levant, il s'inclina gravement et dit :

— Je vous prie de bien vouloir transmettre mes remerciements à votre Révéré Père Vertu-Spirituelle. Dites-lui que je suis très sensible à son attention et que mon plus grand désir est de la lui retourner au moment convenable. Dites-lui également que si je ne marche pas dans la Voie tracée par le Seigneur Çakiamouni, je n'en porte pas moins beaucoup d'intérêt à la foi bouddhiste, et que j'attends avec impatience l'occasion d'être instruit de ses subtiles conceptions par une autorité aussi éminente que le Révéré Père Vertu-Spirituelle.

— Nous suivrons respectueusement les instructions que veut bien nous donner Votre Excellence, répondit le vieux moine. Notre Révéré Père nous a aussi chargés de porter à la connaissance de Votre Excellence un fait qui, insignifiant en lui-même, a cependant paru suffisamment important à Notre Révéré Père pour mériter d'être rapporté à votre tribunal. Et ceci d'autant plus que Votre Excellence a eu hier, au cours de son audience vespérale, la bonté de dire très clairement que notre pauvre temple se trouvait sous sa haute protection, au même titre que toutes les honnêtes demeures de ce district. Or notre temple a récemment reçu la visite de filous sans aveu qui ont tenté de dépouiller trois pauvres moines ignorants de quelques ligatures de sapèques appartenant au temple, et leur ont, de plus, posé d'impertinentes questions. Notre Révéré Père Vertu-Spirituelle ose espérer que Votre Excellence aura la bonté de donner les ordres nécessaires pour qu'un frein soit mis aux activités de ces indiscrets coquins.

Le juge Ti s'inclina et les deux moines se retirèrent.

Le magistrat était profondément contrarié. Tao Gan, à n'en pas douter, venait encore de faire des siennes, et, chose plus grave, les moines l'avaient suivi jusqu'au tribunal. Avec un soupir, il commanda au Sergent Hong d'ouvrir le paquet envoyé par Vertu-Spirituelle.

Le brocart artistement arrangé fut déplié et trois étincelants lingots d'or massif apparurent, accompagnés d'un nombre égal de lingots d'argent.

Le juge les fit envelopper de nouveau et glissa le paquet dans sa manche. C'était la première fois que le Sergent Hong voyait son maître accepter un présent de ce genre – manifestement destiné à

104

l'achat de ses bonnes grâces – et il en était désolé. Mais, se souvenant d'ordres récents, il n'osa émettre aucune réflexion en aidant le juge à passer ses vêtements de voyage.

L'air songeur, le magistrat se rendit dans la Grande Cour. Sa suite était prête. Le palanquin de voyage l'attendait devant les marches avec douze sbires d'escorte. Six d'entre eux devaient le précéder en tenant de longues perches terminées par des écriteaux sur lesquels on pouvait lire :

« LE MAGISTRAT DE POU-YANG. »

Six robustes porteurs se disposaient à prendre les brancards et douze serviteurs étaient prêts à se relayer pour le transport des bagages.

Ayant tout trouvé en ordre, le juge Ti grimpa dans la chaise. Les porteurs hissèrent les brancards sur leurs épaules calleuses et le cortège traversa lentement la cour avant de franchir la grande porte, ouverte à double battant.

Tsiao Taï, armé d'un sabre et d'une arbalète, dirigea sa monture vers la droite du palanquin. Le Chef des sbires, également à cheval, prit place à gauche.

Le cortège défila dans les rues de Pou-yang, précédé de deux coureurs qui frappaient des gongs portatifs en criant : « Place! Place! Son Excellence le Magistrat approche! »

Le juge nota qu'aucune des acclamations habituelles n'accueillait son passage. Un coup d'œil à travers les croisillons de sa fenêtre lui montra que plus d'un passant regardait la petite troupe d'un air réprobateur. Le juge poussa un soupir, puis, s'installant confortablement au milieu de ses coussins, il prit dans sa manche le rouleau confié par Madame Liang et se mit à l'étudier.

Après avoir quitté Pou-yang, le cortège s'engagea sur la grande route qui allait, pendant des heures et des heures, cheminer à travers l'immense rizière plate. Le juge regardait sans le voir le paysage monotone. Il essayait d'imaginer toutes les conséquences de l'action qu'il méditait d'accomplir et n'arrivait pas à prendre de décision. Le balancement régulier imprimé à la chaise par les porteurs finit par engourdir ses facultés et bientôt il fut profondément endormi. Quand, au crépuscule, il ouvrit de nouveau les yeux, le cortège faisait son entrée dans la ville de Wou-yi.

Le juge Pan, magistrat du district, accueillit son collègue dans la grande salle de réception du tribunal et lui offrit un dîner auquel assistèrent les principales notabilités de l'endroit. Ce magistrat était de plusieurs années l'aîné du juge Ti, mais deux échecs successifs aux Examens Littéraires avaient nui à son avancement.

Cet homme austère possédait une vaste culture et un esprit indépendant et, bien vite, le juge Ti se rendit compte que si son hôte n'avait pas réussi à passer les examens, c'était plutôt par refus de suivre la mode littéraire du moment que par manque de connaissances.

Le repas fut des plus simples, les brillants propos du maître de la maison faisant oublier la modestie de la chère. Ce soir-là, le juge apprit beaucoup de choses sur les affaires administratives de la province. Quand on se sépara, tard dans la nuit, il se retira dans l'appartement préparé à son intention.

Le lendemain il prit congé de son hôte de fort bonne heure et se dirigea vers Tsin-houa.

Le terrain était maintenant plus accidenté. Des plantations de bambous ondulant sous la brise succédaient aux collines couvertes de pins. La journée d'automne était belle et le juge fit relever les rideaux de son palanquin afin de mieux jouir d'un tableau si enchanteur. Mais les charmes du paysage n'arrivaient pas à lui faire oublier ses préoccupations. Les finesses juridiques de l'affaire Liang finirent par le fatiguer et il remit le rouleau de papiers dans sa manche.

A peine son esprit inquiet avait-il réussi à oublier les malheurs de Madame Liang, qu'une autre pensée vint le tourmenter. Ma Jong réussirait-il à trouver facilement l'assassin de Pureté-de-Jade? N'aurait-il pas mieux fait de laisser Tsiao Taï poursuivre les recherches de son côté?

Assailli de doutes sur la sagesse de sa conduite, le juge sentait son moral baisser de plus en plus. Pour mettre le comble à sa détresse, la petite troupe atteignit le fleuve qui coule devant la ville de Tsin-houa au moment où le bac venait de quitter la rive. Cet incident les retarda d'une bonne heure et la nuit était tombée quand le palanquin et son escorte pénétrèrent dans la ville.

Des sbires porteurs de lanternes vinrent aider le juge à descendre de sa chaise devant la salle de réception.

Le magistrat Lo l'accueillit cérémonieusement et le conduisit dans la vaste pièce décorée de façon somptueuse. Lo, pensa le juge Ti, était juste l'opposé de son collègue Pan. Assez jeune, de petite taille, grassouillet et jovial, il ne portait pas de favoris mais une moustache effilée et une barbiche comme il était de bon ton d'en arborer en ce moment dans la capitale.

Pendant qu'ils échangeaient les politesses d'usage, le son étouffé d'une musique provenant des appartements voisins vint frapper l'oreille du juge. Lo se confondit en excuses et expliqua qu'il s'était permis d'inviter quelques amis en l'honneur de son visiteur. Quand l'heure à laquelle on l'attendait fut largement dépassée, Lo avait supposé que le juge n'arriverait pas ce soir-là et tout le monde s'était mis à table. Son hôte conclut en lui proposant de dîner en tête à tête avec lui dans une petite salle et de parler tranquillement des questions officielles qui les intéressaient tous les deux.

Malgré ce discours poli, il n'était pas difficile de voir qu'une conversation de ce genre ne correspondait pas à ce que Lo appelait une « agréable soirée ». Comme le juge Ti n'était pas lui-même d'humeur à entamer une discussion sérieuse, il répondit :

– Pour vous dire la vérité, je suis un peu fatigué et, si cela ne vous paraît pas trop frivole, je préférerais me mettre à table avec vos amis et faire ainsi leur connaissance.

Lo sembla agréablement surpris et s'empressa de mener son visiteur dans la salle du festin. Là, ils trouvèrent trois aimables compagnons assis autour d'une table bien garnie et vidant gaiement leurs tasses de vin.

Les convives se levèrent aussitôt et s'inclinèrent pendant que Lo faisait les présentations. Les plus âgé des trois invités s'appelait Lo Pin-wang. C'était un poète connu et un cousin éloigné de leur hôte. Le deuxième était un peintre apprécié dans la capitale, et le troisième un nouveau diplômé parcourant l'Empire pour enrichir son esprit. Tous trois étaient visiblement les compagnons de plaisir habituels du magistrat.

L'entrée du voyageur avait un peu refroidi l'atmosphère et, après l'échange des compliments traditionnels, la conversation tomba. Après un coup d'œil circulaire, le juge Ti fit trois fois de suite remplir de vin toutes les tasses.

Le tiède breuvage [1] eut immédiatement un heureux effet sur sa propre humeur. Il déclama aussitôt une ballade ancienne qui fut fort goûtée de la compagnie. Lo Pin-wang chanta ensuite quelques-uns de ses poèmes lyriques et, lorsque le vin eut circulé une nouvelle fois, le juge Ti récita des poèmes d'amour. Le magistrat Lo fut enchanté et battit des mains. A ce signal, quatre chanteuses splendidement vêtues sortirent de derrière un paravent placé au fond de la salle. Elles s'étaient discrètement retirées là à l'entrée de Lo et de son invité. Deux d'entre elles versèrent du vin dans les tasses, la troisième joua d'une flûte d'argent pendant que la dernière exécutait une danse fort gracieuse, ses longues manches décrivant dans l'air de sinueux mouvements du plus charmant effet.

Le magistrat Lo sourit avec satisfaction et dit à ses amis :

— Voyez, frères, combien il faut peu se fier aux ragots de la capitale! Notre juge Ti passe là-bas pour une sorte de rabat-joie. Pourtant, vous pouvez constater vous-mêmes quel gai compagnon il est! Puis il présenta chacune des quatre chanteuses à son invité. Elles se montrèrent aussi cultivées que belles et surprirent le juge par le goût avec lequel elles citèrent d'autres vers répondant exactement aux siens. Elles possédaient aussi un grand talent pour improviser de nouvelles paroles sur des airs anciens [2].

1. Le vin est apporté tiède dans des théières de métal et servi dans de petites tasses. Par « vins », les Chinois entendent aussi bien des bières de riz ou de sorgho que des vins de raisin. (N.d.T.)

2. Les « chanteuses » sont des courtisanes d'un certain rang qui viennent animer les banquets donnés par les hauts fonctionnaires ou par les membres des familles nobles. Voici comment Marco Polo les décrit : « *Ces femmes sont excessivement accomplies dans tous les raffinements de la séduction et des caresses, savent promptement*

109

Le temps passa vite et la nuit était bien avancée quand les invités de Lo se retirèrent en petits groupes joyeux. Les deux jeunes femmes qui avaient servi le vin se trouvaient être les amies particulières de Lo Pin-wang et du peintre et partirent avec eux. Le jeune lauréat des Examens Littéraires avait promis à la danseuse et à la flûtiste de les emmener finir la soirée dans une autre demeure, si bien que le juge Ti et son hôte se retrouvèrent seuls devant la table du banquet.

Lo déclara que le juge Ti était à présent son ami de prédilection et, légèrement gris, insista pour envoyer promener l'étiquette. Dorénavant, il appellerait le juge « Frère aîné », et celui-ci devait l'appeler « Frère cadet »! Les nouveaux frères décidèrent d'aller sur la terrasse admirer la splendeur de la pleine lune en goûtant la fraîcheur de la brise nocturne. Assis sur des tabourets bas, derrière la balustrade de marbre, ils laissèrent un instant leurs regards errer sur l'élégant jardin paysager, puis commença une conversation animée sur les charmes respectifs des jolies chanteuses qui venaient de les quitter.

— Bien que nous nous soyons rencontrés aujourd'hui pour la première fois, Frère cadet, dit le juge Ti, il me semble vous avoir connu toute ma vie! Permettez-moi donc de vous demander votre avis sur un sujet très confidentiel.

— Je serai ravi de vous le donner, répondit Lo

110

fort gravement, quoique mes avis dépourvus de valeur ne puissent guère être utiles au possesseur d'une sagesse aussi accomplie que la vôtre.

— Pour vous dire la vérité, reprit le juge baissant discrètement la voix, le vin et les femmes sont les délices de ma vie. Et je dois ajouter que je ne déteste pas la variété!

— On ne saurait mieux dire, Frère aîné! J'approuve tout à fait des paroles aussi sensées. Le morceau le plus friand finit par lasser le palais si on le trouve chaque jour sur sa table!

— Malheureusement, Frère cadet, ma position actuelle m'interdit de fréquenter les « pavillons de fleurs et de saules » de mon propre district pour y faire choix de quelque fleur printanière qui charmerait mes heures de loisirs. Vous savez, hélas, avec quelle rapidité les ragots circulent dans les villes et je ne voudrais pas compromettre la dignité de ma charge.

— Cette crainte, et la corvée fastidieuse des audiences, soupira Lo, sont les deux inconvénients majeurs de notre haute position.

Le juge Ti se pencha vers son compagnon et, baissant davantage encore la voix, continua :

— En supposant que la chance me fasse découvrir dans votre district si bien administré de jolies fleurs rares, serait-ce trop présumer de votre amitié si je vous demandais d'arranger discrètement la transplantation de ces tendres pousses dans mon misérable jardin?

Lo accueillit cette demande avec enthousiasme. Se levant, il s'inclina très bas devant son invité et s'écria :

— Que mon Frère aîné sache à quel point je suis flatté de voir un tel honneur conféré à mon district! Qu'il daigne rester quelques jours dans mon humble demeure afin que nous puissions examiner à tête reposée et sous tous ses angles un problème aussi grave.

– Hélas, répliqua le juge Ti, plusieurs affaires importantes exigent ma présence officielle à Pou-yang dès demain. Mais la nuit n'est pas achevée, et si mon Frère daigne m'accorder la faveur de son aide précieuse, beaucoup de choses pourront être accomplies avant le lever du jour.

Lo battit des mains et s'exclama :

– Cette ardeur montre bien votre nature romantique! Mais la plupart de ces belles ont formé ici de tendres attachements et ne quitteront pas volontiers Tsin-houa. Ce sera donc à vous de déployer toute votre galanterie pour faire une conquête en un temps aussi bref. Votre mine imposante vous y aidera sûrement! Quoique – si vous m'autorisez à parler en toute franchise – les longs favoris comme les vôtres sont passés de mode dans la capitale depuis le printemps der-nier! Enfin, faites de votre mieux. Je vais donner les ordres nécessaires pour que les plus belles de ces belles viennent se présenter devant vous!

Se tournant vers la salle, il cria aux servi-teurs :

– Appelez l'intendant!

Un homme d'un certain âge à la mine caute-leuse apparut bientôt. Il s'inclina très bas devant les deux hommes.

– Tu vas prendre immédiatement un palan-quin, ordonna Lo, et tu inviteras quatre ou cinq gentes personnes à venir nous accompagner de leurs instruments pendant que nous chanterons des odes à la lune d'automne.

L'intendant, apparemment accoutumé à rece-voir des ordres de ce genre, se courba plus bas encore.

– A présent, dit Lo à son nouvel ami, que mon

Frère aîné me fasse part de ses goûts très distingués. Où vont ses préférences? Beauté des formes? Nature passionnée? Profonde culture? Ou bien les plaisirs d'une conversation spirituelle l'emportent-ils à ses yeux sur le reste? Il est assez tard, aussi pourra-t-on trouver chez elles la plupart de ces belles enfants et le choix sera très varié. Dites-nous quel souhait vous formez, Frère aîné, et mon intendant s'empressera de le satisfaire.

— Qu'il n'y ait pas de secrets entre nous, Frère cadet! répliqua le juge Ti. Mon séjour dans la capitale m'a lassé des personnes trop accomplies et de leurs manières raffinées à l'excès. A présent, mon goût se porte — j'ai un peu honte de l'avouer — dans une direction plus commune et je confesse à mon Frère cadet que je me sens davantage attiré par ces fleurs qui s'épanouissent dans des endroits que les personnes de notre classe ont l'habitude d'éviter.

— Ah! s'exclama Lo, nos philosophes n'ont-ils pas établi qu'en dernière analyse, l'extrême du positif se fond dans l'extrême du négatif? Vous, Frère aîné, avez atteint ce degré d'illumination sublime qui vous permet de découvrir de la beauté là où une personne moins avancée que vous verra seulement de la vulgarité. Le Frère aîné a commandé, son Frère cadet lui obéit!

Sur quoi il fit signe à l'intendant d'approcher et lui murmura quelques mots à l'oreille. L'un des sourcils du pauvre homme se haussa de surprise, mais il s'inclina profondément et sortit.

Lo ramena son invité dans la salle du festin et ordonna aux serviteurs d'apporter de nouveaux mets, puis levant une coupe de vin à la santé du visiteur, il dit:

— Je trouve votre originalité des plus stimulantes Frère aîné, et je suis impatient d'assister au début d'une si singulière expérience!

Au bout d'un temps relativement court, le rideau en perles de cristal qui servait de porte tinta et quatre jeunes femmes apparurent, outrancièrement peintes et vêtues de robes voyantes. Deux d'entre elles, très jeunes encore, étaient plutôt jolies malgré la vulgarité de leur maquillage, mais les deux autres, un peu plus âgées, avaient déjà le visage ravagé par leur triste profession.

Le juge Ti parut cependant enchanté. S'apercevant de leur gêne devant l'élégance de la pièce, il se leva et, poliment, leur demanda leurs noms. Les deux plus jeunes s'appelaient Mlle Abricot et Mlle Jade-Bleu, et les deux autres Mlle Oiseau-Paon et Mlle Pivoine. Le juge les mena toutes quatre jusqu'à la table, mais elle gardèrent tout d'abord les yeux baissés, ne sachant quelle contenance adopter. Quand enfin le magistrat eut réussi à leur faire goûter différents mets, Lo leur montra comment on servait le vin. Elles s'enhardirent alors et commencèrent à jeter des regards admiratifs au luxe nouveau pour elles qui les entourait.

Bien entendu aucune ne savait chanter, danser, ou même lire. Mais Lo trempa ses baguettes dans la sauce et provoqua le rire des jeunes femmes en écrivant sur la table les caractères de leurs noms.

Le juge Ti les fit boire une tasse de vin et manger deux ou trois friands morceaux, puis il murmura quelques mots à l'oreille de son ami. Avec un signe de compréhension, Lo appela l'intendant à qui il donna certaines instructions. Peu après, cet homme de confiance revint et annonça qu'on réclamait Mlle Oiseau-Paon et

Mlle Pivoine chez elles. Le juge Ti leur remit à chacune une pièce d'argent et elles prirent congé de la compagnie.

Après leur départ, il fit asseoir Mlle Abricot à sa gauche et Mlle Jade-Bleu à sa droite et leur apprit à porter un toast, s'efforçant d'établir une conversation générale. Le mal qu'il se donnait, vidant tasse de vin sur tasse de vin, semblait beaucoup amuser Lo.

Mais les efforts du juge finirent pas être récompensés, et Mlle Abricot se mit à répondre avec plus de confiance à ses adroites questions. Elle et sa sœur Jade-Bleu étaient filles de simples paysans de la Province de Hou-nan. Dix ans plus tôt, de terribles inondations amenèrent la famine et leurs parents les vendirent à un proxénète de la capitale. Cet homme les employa d'abord comme servantes, puis, lorsqu'elles furent un peu plus grandes, il les vendit à son tour à un membre de sa famille qui habitait Tsin-houa. Le juge découvrit qu'elles avaient conservé leur honnêteté native malgré la vilenie qui les entourait et pensa que, traitées avec bienveillance et convenablement guidées, elles pourraient fournir une très agréable compagnie.

Quand minuit approcha, les capacités d'absorption de Lo arrivèrent à leur terme. Il lui devint difficile de se tenir droit sur son siège et sa conversation perdit de sa clarté première. Voyant la condition dans laquelle se trouvait son ami, le juge Ti exprima le désir de se retirer.

Lo se mit debout avec l'assistance de deux serviteurs, puis, après avoir souhaité une bonne nuit à son Frère aîné en une phrase plutôt embrouillée, il dit à l'intendant :

— Exécute les ordres de Son Excellence Ti comme s'ils sortaient de ma propre bouche !

Quand le jovial magistrat eut été conduit à ses appartements, le juge fit signe à l'intendant d'approcher et lui expliqua à voix basse :

– Je désire acheter Abricot et Jade-Bleu. Ayez l'obligeance d'arranger tous les détails avec leur maître actuel en y mettant la plus grande discrétion. Qu'on ne sache sous aucun prétexte que vous agissez pour mon compte.

L'intendant acquiesça avec un sourire entendu.

Sortant deux lingots d'or de sa manche, le juge les lui tendit en disant :

– Voici plus d'or qu'il n'en faut pour conclure le marché. Le surplus servira aux frais de leur voyage jusqu'à ma demeure de Pou-yang.

Puis, mettant un lingot d'argent dans la main de son messager, il ajouta : « Acceptez ce petit présent pour vous dédommager de vos peines. »

Après avoir refusé plusieurs fois comme le prescrivent les règles de la bienséance, l'intendant finit par ranger le lingot dans sa manche. Il assura le juge que ses instructions seraient ponctuellement suivies et que sa porpre épouse accompagnerait les deux jeunes femmes jusqu'à Pouyang.

– Je vais maintenant donner des ordres pour que ces demoiselles soient menées dans les appartements réservés à Votre Excellence, dit-il.

Mais le juge Ti se déclara fatigué et fit observer qu'il avait besoin d'une bonne nuit de repos avant de reprendre, le lendemain matin, le chemin de Pou-yang. Mlle Abricot et Mlle Jade-Bleu prirent donc congé de lui, et un serviteur le conduisit à sa chambre.

X

Tao Gan interroge le surveillant du quartier
sud au sujet d'une vieille affaire;
il passe un moment désagréable dans des
ruines peu éclairées.

Entre-temps, Tao Gan s'était mis, selon les ordres reçus, à la recherche de renseignements sur Madame Liang.

La vieille dame habitant non loin de la rue de la Demi-Lune, il s'en fut d'abord rendre visite à Monsieur Gao, Surveillant Général de ce quartier. Il s'arrangea pour arriver au moment où Monsieur Gao se mettait à table et le salua de façon fort civile.

A la suite de la réprimande du juge Ti, le Surveillant Général avait décidé de cultiver les bonnes grâces de ses lieutenants, aussi s'empressa-t-il d'inviter le visiteur à partager son modeste repas. Tao Gan accepta sans se faire prier.

Quand il eut largement fait honneur aux mets placés devant lui, son hôte alla chercher le registre du quartier et lui fit voir que Madame Liang était arrivée à Pou-yang deux années auparavant, accompagnée de son petit-fils Liang Ko-fa.

— Elle m'a dit avoir soixante-huit ans et son petit-fils trente, expliqua le Surveillant Général. Il ne les paraissait pas du tout. Je lui en aurais donné vingt... vingt-deux au maximum. Mais il devait tout de même avoir trente ans, car sa grand-mère m'apprit qu'il avait déjà passé son deuxième Examen littéraire. C'était d'ailleurs un garçon tout à fait sympathique! Il aimait flâner dehors. Le quartier nord-ouest l'attirait tout particulièrement. On le voyait souvent se promener aussi sur les bords du Canal, près de la grille à travers laquelle passe le fleuve à l'entrée de la ville.

– Vous parlez de lui au passé?

– Eh oui. Quelques semaines après leur arrivée, Madame Liang vint me signaler sa disparition. Elle ne l'avait pas vu depuis deux jours et craignait un malheur. Mais j'eus beau procéder aux recherches d'usage, je ne l'ai pas retrouvé. Liang Ko-fa s'était volatilisé!

– Et alors?

– Alors, Madame Liang s'est rendue au tribunal où elle déposa une plainte contre Lin Fan – un riche négociant cantonais fixé à Pou-yang – l'accusant d'avoir enlevé son petit-fils. Elle remit en même temps un tas de vieilles paperasses au juge Fong. Leur examen lui montra que, depuis longtemps, les relations entre la maison des Liang et la maison des Lin étaient fort mauvaises. Mais comme Madame Liang ne put fournir le plus petit bout de preuve démontrant que Lin Fan était mêlé à la disparition de son petit-fils, le juge classa l'affaire. Depuis, elle a continué d'habiter la même maison, seule à présent avec une vieille servante. Le ressassement continuel de ses griefs joint à son âge avancé l'ont rendue un peu bizarre!

– Mais qu'est devenu Liang Ko-fa, selon vous?

– Ma foi, je n'en sais trop rien. Peut-être s'est-il simplement noyé après une chute accidentelle dans le Canal.

Ayant casé tous ces renseignements dans sa tête, Tao Gan remercia chaleureusement Monsieur Gao de son hospitalité, puis il dirigea ses pas vers la demeure de Madame Liang.

La vieille dame habitait une rue étroite et déserte, tout près de l'endroit où le fleuve sortait de la ville. Comme les maisons voisines, la sienne n'avait pas d'étage et devait se composer de trois pièces, tout au plus. La porte d'entrée était noire et dépourvue d'ornements.

Tao Gan frappa.

Au bout d'un temps assez long, il entendit des pas traînants et le judas s'ouvrit, laissant apparaître le visage ridé d'une très vieille femme.

– Que voulez-vous? demanda une agressive voix de crécelle.

– Madame Liang peut-elle me recevoir?

La vieille lui jeta un regard soupçonneux.

– Elle est malade et ne reçoit personne! lança-t-elle en lui refermant le judas au nez.

Tao Gan haussa philosophiquement les épaules, puis, pivotant sur lui-même, examina la rue. Un calme absolu y régnait. Pas le moindre passant en vue, pas l'ombre d'un mendiant ou d'un vendeur ambulant. Tao Gan se demanda si le juge Ti avait eu raison d'admettre d'emblée la bonne foi de Madame Liang. Son petit-fils et elle ne jouaient-ils pas une habile comédie, débitant leur lamentable histoire pour couvrir quelque louche machination? Pouvait-on rêver meilleur endroit que ce coin écarté pour ourdir une ténébreuse intrigue? Peut-être même étaient-ils de connivence avec ce Lin Fan!

La maison qui se trouvait de l'autre côté de la rue était plus importante que ses voisines. Construite en brique, elle possédait un étage, et une enseigne délavée révélait qu'on y avait autrefois vendu de la soie. A présent, avec ses volets clos, elle semblait inhabitée.

— Rien à faire par ici! murmura Tao Gan. J'en apprendrai sans doute davantage du côté de chez Lin Fan.

Bien que l'adresse du Cantonais figurât sur le registre du tribunal, Tao Gan ne dénicha pas facilement son logis, situé dans la partie nord-ouest de la ville. La noblesse locale avait long-temps résidé en cet endroit, mais depuis quelques années elle avait émigré vers le quartier est devenu plus à la mode, et un lacis de ruelles tortueuses enveloppait maintenant les belles demeures de jadis.

Tao Gan s'était trompé plusieurs fois de che-min. Il finit cependant par découvrir l'objet de ses recherches. Deux grands lions de pierre flan-quaient l'imposante porte laquée de rouge et abondamment ornée de motifs en cuivre. De hauts murs solides s'élevaient de part et d'autre du portail et donnaient à l'ensemble un aspect peu accueillant et même un peu sinistre.

La première pensée de Tao Gan fut de suivre la muraille d'enceinte afin de repérer l'entrée des cuisines. Par la même occasion, il se ferait une idée approximative des dimensions de la proprié-té. Mais il découvrit bien vite que cela lui serait impossible, car le mur d'une maison adjacente l'empêchait d'avancer sur la droite, tandis que sur la gauche un monceau de ruines bloquait le passage.

Il revint donc sur ses pas et entra dans une modeste fruiterie. Ayant fait l'emplette d'une once de noix au vinaigre, il s'enquit poliment de l'état des affaires.

Le commerçant essuya ses mains à son tablier.

— Dans ce coin, dit-il, il ne faut pas s'attendre à faire de gros bénéfices, mais je ne me plains pas de mon sort! Ma femme et moi sommes en bonne santé, ce qui nous permet de travailler du matin jusqu'au soir et de trouver chaque jour sur notre table un bol de gruau avec un peu de légumes provenant du magasin. Une fois la semaine nous y ajoutons un morceau de porc. Que faut-il de plus pour être heureux?

— Pourtant, les bons clients ne doivent pas vous manquer, remarqua Tao Gan. Il y a une superbe demeure tout près d'ici!

Le fruitier haussa les épaules.

— En effet. Mais je n'ai pas de chance : des deux belles maisons qui m'entourent, l'une est vide depuis des années, l'autre est habitée par des étrangers. Des gens de Canton, et je me demande si eux-mêmes comprennent leur propre jargon! Monsieur Lin a des terres dans le faubourg nord-ouest, le long du Canal, et chaque semaine son fermier lui apporte une pleine charretée de légumes, si bien qu'il ne laisse pas une seule sapèque dans mon magasin!

— Ce n'est pas de chance, en effet! observa le lieutenant du juge Ti. J'ai habité Canton quelque temps et j'ai remarqué que les Cantonais sont d'humeur plutôt sociable. J'imagine que les serviteurs de ce Monsieur Lin viennent faire un brin de causette avec vous de temps en temps?

— Je n'en vois jamais un seul! répliqua le pauvre fruitier avec dégoût. Ces gens-là ne fréquentent personne. Ma parole, ils se croient d'une autre essence que le commun des mortels! Pourtant, les habitants du nord de l'Empire les valent bien. Mais je me demande ce que tout cela peut bien vous faire?

— Pour vous dire la vérité, répondit Tao Gan, je

121

suis, de mon métier, un habile monteur de peintures sur soie. Je me demandais si, dans une maison aussi belle – et aussi éloignée du centre de la ville – il n'y aurait pas des rouleaux de peinture à réparer?

– Vous pouvez rayer cela de vos papiers, mon ami. Les colporteurs et les artisans ambulants ne passent jamais le seuil de cette demeure.

Tao Gan ne se décourageait pas facilement. Dès qu'il eut tourné le coin de la rue, il sortit de sa manche son petit sac à malices. Il en ajusta les baguettes intérieures et bientôt le tissu eut l'air de contenir les pots de colle et les pinceaux du monteur de peintures professionnel. Il gravit les degrés menant à la porte de Lin Fan et frappa de toutes ses forces. Un instant plus tard le petit judas s'ouvrit et un visage renfrogné se montra derrière les croisillons de bois.

Tao Gan avait passé sa jeunesse sur toutes les routes de l'Empire et il connaissait un certain nombre de dialectes. C'est donc avec un très acceptable accent cantonais qu'il dit au portier :

– Je suis un monteur de peintures qualifié qui a appris son métier à Canton. N'y a-t-il rien à remettre en état ici?

Au son du dialecte natal, le visage du portier s'illumina et, vite, il ouvrit la porte massive.

– Je vais le demander, ami. Mais puisque tu parles un honnête langage et que tu viens de notre belle Cité des Cinq Béliers, entre donc t'asseoir dans ma loge en attendant la réponse.

Tao Gan aperçut une cour bien tenue, entourée de constructions sans étage. Le profond silence qui régnait dans cette demeure le frappa. On n'entendait pas les serviteurs s'affairer de tous côtés en criaillant comme cela se passe habituellement dans les grandes maisons de ce genre.

Quand le portier reparut, il avait de nouveau son air maussade. Un homme vêtu de cette soie damassée noire qu'on affectionne à Canton le suivait. Trapu, large d'épaules, il était fort laid et une maigre moustache ornait son visage carré. En voyant Tao Gan, il s'écria avec une autorité qui le faisait reconnaître pour l'intendant de la maison :

— En voilà des façons de s'introduire chez les gens! Si nous avons besoin d'un monteur de peintures, nous sommes assez grands pour aller le chercher nous-mêmes! Hors d'ici, coquin!

Tao Gan ne pouvait que s'excuser et sortir. Les lourdes portes se refermèrent bruyamment sur lui.

S'éloignant sans se presser, il réfléchit à la situation. Inutile de tenter quoi que ce soit avant le coucher du soleil. Aussi, comme la journée d'automne était belle, résolut-il de pousser jusqu'au faubourg nord-ouest et d'inspecter la ferme de Lin Fan.

Il sortit de la ville par la Porte du Nord, et une demi-heure de marche le conduisit au Canal. Les natifs de Canton étant rares à Pou-yang, il n'eut qu'à interroger le premier paysan venu pour trouver la propriété de Lin Fan.

C'était une pièce de terre fertile, s'étendant le long du Canal sur plus d'un li [1]. Au beau milieu du terrain s'élevait une maison de ferme crépie de frais, avec un arrière-corps formé de deux vastes bâtiments. Un sentier menait à un petit embarcadère auquel était amarrée une jonque. A part trois hommes qui transportaient à bord des ballots entourés de paillassons tressés, l'endroit paraissait désert.

1. Li : mesure chinoise de longueur égale à 576 mètres.

N'ayant rien trouvé de suspect dans cette paisible scène champêtre, Tao Gan reprit le chemin de Pou-yang. En ville, il s'arrêta dans une modeste auberge et se fit servir du riz suivi d'un bol de bouillon de viande. Ses belles paroles persuadèrent le garçon de lui apporter un plat d'oignons frais par-dessus le marché. La promenade lui avait donné de l'appétit, aussi ses baguettes cueillirent-elles le riz jusqu'au dernier grain, et il ne laissa pas une goutte de liquide dans son bol. Le repas terminé, il posa sa tête sur la table – ses deux bras faisant office d'oreiller – et se mit bientôt à dormir paisiblement.

La nuit était déjà tombée quand il s'éveilla. Il abasourdit le garçon sous un flot de remerciements et s'en alla, laissant un pourboire si minime que le serveur indigné se demanda s'il n'allait pas le rappeler.

La conscience en paix, Tao Gan se dirigea vers la demeure de Lin Fan. La lune d'automne brillait de tout son éclat et il n'eut aucun mal à retrouver la maison. Le fruitier avait fermé sa boutique pour la nuit, l'endroit paraissait absolument désert.

Tao Gan s'approcha des ruines amoncelées à gauche du portail. Marchant avec précaution à travers broussailles et briques cassées, il réussit à trouver la porte de la seconde cour et grimpa sur le tas de décombres qui en obstruait l'entrée. Le mur tenait encore; s'il arrivait à en atteindre le faîte, il pourrait voir ce qui se passait de l'autre côté.

Après quelques essais infructueux, il réussit à se hisser jusqu'à l'endroit voulu en utilisant de vieilles briques comme marchepied et s'allongea à plat ventre. De ce perchoir branlant on avait une vue magnifique sur la propriété Lin. Elle se composait de trois cours, chacune entourée d'imposants bâtiments et communiquant entre elles par des passages d'une jolie architecture, mais tout y semblait mort. On ne voyait absolument personne et, à part celle de la loge, deux fenêtres seulement étaient éclairées. Le fait sembla étrange à Tao Gan, car au début de la soirée les grandes demeures de ce genre présentent d'ordinaire un aspect très animé.

Il resta perché une bonne heure sur son mur sans que rien bougeât au-dessous de lui. A un certain moment il crut voir quelque chose passer furtivement dans l'ombre de la première cour, mais il pensa que ses yeux l'avaient trompé car, même en prêtant l'oreille, il ne perçut pas le moindre bruit.

Quand il se décida enfin à quitter son observatoire, une brique glissa sous son pied et il dégringola, entraînant dans sa chute une pile de maçonnerie qui s'écroula avec un vacarme épouvantable. Les genoux meurtris et la robe déchirée, Tao Gan jura de tout son cœur, puis, se relevant péniblement, il chercha son chemin. Au même instant un nuage passa devant la lune et l'obscurité devint complète.

Au milieu des décombres, il risquait de se casser un bras ou une jambe au moindre faux pas, aussi prit-il le sage parti de s'asseoir sur ses talons et d'attendre la réapparition de la lune.

Il venait tout juste de s'accroupir quand il eut soudain l'impression de ne plus être seul. Son existence aventureuse avait développé en lui le sens du danger et il était à présent certain que, caché parmi les ruines, quelqu'un l'épiait. Se gardant bien de faire un geste, il tendit l'oreille. Mais à part un froissement de feuilles comme aurait pu en produire le passage d'un petit animal dans les buissons, il n'entendit rien.

Lorsque la lune brilla de nouveau, il scruta les alentours avec soin avant de se déplacer.

Ne découvrant rien de suspect, il se leva tout doucement, puis, courbé en deux, avança sans quitter la zone d'ombre.

Il poussa un soupir de soulagement quand il atteignit la ruelle. Dès qu'il eut dépassé la fruiterie, il hâta le pas car ce silence absolu finissait par lui donner la chair de poule.

Mais brusquement, il s'arrêta. Il ne reconnaissait pas l'étroit passage dans lequel il venait de s'engager. Se serait-il trompé de chemin?

En cherchant à s'orienter, il vit deux hommes aux visages masqués sortir de l'ombre et se diriger vers lui. Prenant ses jambes à son cou, il enfila ruelle après ruelle, comptant gagner les deux inconnus de vitesse ou atteindre une voie fréquentée dans laquelle ils n'oseraient pas l'attaquer.

Malheureusement, au lieu de la grande rue espérée, ce fut dans un cul-de-sac qu'il déboucha. Il fit demi-tour, mais ses poursuivants arrivaient derrière lui. Tao Gan était pris au piège.

– Attendez, messieurs! leur cria-t-il. Il n'est rien qu'une amicale conversation ne puisse arranger!

Sans prêter attention à ses paroles, les deux hommes l'entourèrent et l'un d'eux lui décocha un formidable coup de poing.

Tao Gan se tirait généralement mieux d'affaire avec sa langue qu'avec ses poings. Sa pratique de la boxe se bornait à quelques assauts pour rire avec Ma Jong et Tsiao Taï. Il n'avait néanmoins rien d'un lâche, et plus d'un malandrin trompé par son air bonasse s'en était aperçu à ses dépens.

Il esquiva le coup, puis, se glissant entre ses

deux agresseurs, tenta de donner un croc-en-
jambe au second bandit. Mais il perdit l'équilibre
et l'homme en profita pour lui tirer les bras en
arrière. La lueur féroce qui brillait dans les yeux
de ses assaillants lui fit comprendre que ce n'était
pas à son argent qu'ils en avaient.

– Au secours! À l'aide! se mit-il à hurler de
toutes ses forces.

L'homme placé derrière lui le fit brutalement
virevolter, lui tenant toujours les bras plaqués
dans le dos, tandis que son compagnon sortait un
poignard de sa ceinture. Voilà ma carrière de
lieutenant du juge Ti terminée, pensa le pauvre
Tao Gan.

Il continua cependant à lancer de vigoureux
coups de pied et à faire des efforts désespérés –
mais vains – pour libérer ses bras.

A cet instant, un grand diable hirsute apparut à
l'entrée de l'impasse et se précipita vers le petit
groupe.

XI

Un troisième compère
prend part au combat;
les lieutenants du juge Ti tiennent conseil.

Tao Gan recouvra brusquement la liberté de ses bras. Son agresseur venait de lâcher prise et filait à toutes jambes. Le nouveau venu lança violemment son poing en direction de l'homme au poignard. Celui-ci esquiva le coup et prit la fuite à son tour, talonné par le grand gaillard hirsute.

Tao Gan poussa un profond soupir et se mit à essuyer la sueur qui couvrait son front. Le grand diable dont l'arrivée s'était révélée si opportune abandonna sa poursuite et revint vers le lieutenant du juge Ti. D'un ton bourru, il constata :

— Tao Gan, mon ami, tu viens encore de faire des tiennes!

— Ta compagnie m'est toujours agréable, Ma Jong, mais aujourd'hui encore plus que d'habitude! Puis-je demander ce que tu fabriques ici dans une tenue aussi singulière?

— Je viens de rendre visite à mon ami Cheng Pa, au Temple taoïste, et, en revenant, je me suis égaré dans ces maudites ruelles. Au moment où je passais devant ce joli cul-de-sac, j'ai entendu une voix chevrotante appeler au secours et je me suis précipité pour apporter mon aide au propriétaire de cette voix. Si j'avais su à qui elle appartenait, j'aurais attendu que tu aies reçu une bonne raclée avant d'intervenir. Avoue que tu la méritais bien, à toujours essayer de rouler ton prochain!

— Si tu avais attendu un instant de plus, tu serais arrivé trop tard! Tao Gan ramassa le poignard que son agresseur avait laissé tomber et le tendit à Ma Jong.

Celui-ci, après avoir soupesé l'arme, en examina la longue lame qu'un rayon de lune faisait briller de sinistre façon.

— Petit frère, dit-il d'un ton admiratif, ceci aurait passé à travers toi comme la faux à travers l'herbe! Je regrette de ne pas avoir rattrapé ces fils de chiens, mais ce sale endroit leur est sûrement familier. Ils ont enfilé une venelle obscure et avaient disparu avant que je me rende compte de ce qui se passait. Pourquoi diable as-tu choisi un pareil lieu pour chercher querelle aux gens?

— Je ne cherchais querelle à personne, répliqua aigrement Tao Gan. J'étais venu sur l'ordre de Son Excellence jeter un coup d'œil à la demeure de Lin Fan et, comme je m'en retournais, ces deux coupe-jarrets m'ont attaqué.

Le regard de Ma Jong se posa de nouveau sur l'arme qu'il tenait toujours.

— Dorénavant, petit frère, tu feras mieux de nous laisser, Tsiao Taï et moi, nous occuper des clients dangereux. Évidemment, Lin Fan s'est aperçu que tu venais l'espionner et il t'a tout de suite pris en grippe! C'est sûrement lui qui a chargé ces deux escarpes de t'envoyer rejoindre tes ancêtres, car ce poignard ressemble comme un frère jumeau à ceux que les truands de Canton portent toujours sur eux.

— Tu as raison! s'exclama Tao Gan. La silhouette de l'un de ces chiens de malheur m'a paru familière. Un foulard leur masquait le bas du visage, mais la carrure et la façon de marcher de l'un d'eux rappelaient étrangement celles du revêche intendant de la maison Lin.

— Alors, aucun doute, ces gens-là mijotent quelque chose de louche, sans quoi ils n'auraient pas pris ta curiosité en si mauvaise part!

Les deux camarades s'engagèrent dans le labyrinthe de ruelles tortueuses et finirent par atteindre la rue principale qui les mena vite au Yamen.

Ils trouvèrent le Sergent Hong seul dans le bureau du Premier Scribe. Le Sergent abandonna aussitôt l'échiquier sur lequel il était penché et leur offrit une tasse de thé tandis que Tao Gan lui faisait un récit minutieux de son expédition, sans oublier l'arrivée opportune de Ma Jong. « Quel dommage », conclut-il, « que Son Excellence ne m'ait pas permis de continuer au Temple de l'Infinie Miséricorde. J'aime mieux avoir affaire à ces Têtes-chauves sans cervelle qu'aux coupe-jarrets de Canton. Et au moins je me faisais un peu d'argent dans ce Temple!

— Si Son Excellence décide de donner officiellement suite à la plainte de Madame Liang, remarqua le Sergent, nous devrons faire vite.

— Pourquoi tant de hâte? demanda Tao Gan.

— Si ta mésaventure de ce soir n'avait pas ralenti le fonctionnement de ton cerveau, tu ne poserais pas cette question. D'après tes dires, la maison de ce Lin Fan — une grande demeure bien tenue — est pratiquement déserte. Je ne vois qu'une explication à cela : le Cantonais va quitter Pou-yang. Ses femmes et la plupart des serviteurs sont déjà partis. La distribution des fenêtres éclairées montre que seuls le portier, Lin Fan lui-même, et deux hommes de confiance sont encore là. Je ne serais pas surpris si la jongue amarrée près de la ferme n'était pas prête à mettre à la voile en direction du sud.

Le poing de Tao Gan s'abattit sur la table.

— Vous avez raison, Sergent! s'exclama-t-il. Cela explique tout! Il va falloir que Son Excellence prenne une décision sans tarder, afin que nous puissions signifier à Lin Fan qu'il lui est interdit de quitter la ville, une plainte ayant été déposée à son sujet. Ah, que j'aimerais donc porter moi-même le papier à ce chien-là! Mais je ne vois absolument pas, je dois l'avouer, quel rapport ses activités secrètes peuvent avoir avec la vieille Madame Liang.

— Son Excellence, expliqua le Sergent, a emporté avec Elle les papiers de Madame Liang. Je ne les ai pas encore examinés, mais d'après une remarque de Son Excellence, j'ai cru comprendre qu'ils ne renferment rien qui puisse servir de preuve contre Lin Fan. Bah, cela n'empêchera pas Son Excellence d'inventer un petit plan ingénieux pour faire éclater la culpabilité de cet animal-là!

— Dois-je aller surveiller la demeure de Lin Fan demain? s'enquit Tao Gan

— Pour le moment, tu ferais mieux de ne pas te montrer de ce côté! Attends plutôt que Son Excellence ait entendu ton rapport.

Tao Gan promit au Sergent de lui obéir et demanda à Ma Jong comment les choses s'étaient passées au Temple de la Sagesse Transcendante.

— J'y ai appris une bonne nouvelle, ce soir, répondit son compagnon. Le digne Cheng Pa a voulu savoir si une jolie épingle de tête en or pourrait m'intéresser. Je n'ai pas d'abord montré grand enthousiasme; je lui ai dit que ces épingles allaient toujours par paires et que je préférerais un bracelet d'or ou quelque objet facile à porter dans ma manche. Chang Pa insista, m'assurant qu'on pourrait facilement transformer cette épingle en bracelet, et, finalement, j'ai eu l'air de me laisser persuader. Cheng Pa va me faire rencontrer le vendeur demain soir.

« Quand nous aurons mis la main sur une des épingles, nous ne tarderons pas à retrouver l'autre, et si l'individu que je dois voir demain n'est pas l'assassin, du moins me conduira-t-il vers lui!

Le Sergent Hong parut satisfait.

— Beau travail, Ma Jong! dit-il. Et ensuite, qu'est-il arrivé?

— Je n'ai pas quitté la bande de Cheng Pa tout de suite. J'ai pris part à une amicale partie de dés et j'ai laissé ces filous-là me gagner une cinquantaine de sapèques. J'ai remarqué qu'ils employaient pour tricher certains procédés qui me sont familiers grâce aux leçons de notre ami Tao Gan, ici présent! Désireux de ne pas troubler la cordialité qui règne entre nous, j'ai fait semblant de ne m'apercevoir de rien.

« Après la partie, nous avons bavardé de choses et d'autres et ils m'ont raconté d'horrifiques histoires sur le Temple de la Sagesse Transcendante. J'avais d'abord demandé à Cheng Pa pourquoi sa bande logeait dans ces misérables baraques, alors qu'en forçant discrètement une porte de derrière, ils pourraient trouver à l'intérieur du Temple un meilleur abri contre le vent et la pluie.

— Moi aussi, cela m'a intrigué, remarqua Tao Gan.

— Cheng Pa m'a répondu que c'est bien ce

qu'ils avaient eu l'intention de faire, mais que malheureusement le Temple était hanté. Au milieu de la nuit, on entend parfois des gémissements et des bruits de chaînes. Un jour, l'un de ses hommes a même vu une fenêtre s'ouvrir et un démon aux yeux rouges et aux cheveux verts lui a fait une grimace effroyable. Vous pouvez me croire si je vous assure que Cheng Pa et sa bande sont des gaillards plutôt coriaces, mais ils ont une peur bleue des lutins et des fantômes!

— Brr.., tu me donnes le frisson! s'exclama Tao Gan. Mais pourquoi les moines ont-ils quitté ce temple? D'ordinaire, ce n'est pas facile de faire décamper ces paresseux-là quand ils sont confortablement installés quelque part. Selon toi, ont-ils été chassés de leurs douillettes cellules par des diables ou bien par des renards malintentionnés [1]?

— Je l'ignore. Tout ce que je puis te dire c'est qu'ils ont abandonné cet endroit pour aller... le Ciel sait où!

Le Sergent prit la parole à son tour et raconta une histoire à faire dresser les cheveux sur la tête. Il s'agissait d'un garçon qui avait épousé une jeune fille « belle comme la lune à son lever » sans se douter que c'était une renarde métamorphosée en femme, et, au cours de la nuit de noces, la renarde-fée avait repris sa forme naturelle pour lui planter ses crocs dans la gorge!

Quand le Sergent se tut, Ma Jong constata :

— Toutes ces histoires de fantômes me donnent envie de boire un liquide un peu plus fort que du thé!

___

1. Les renards changés en hommes et surtout les malignes renardes métamorphosées en femmes d'une extraordinaire beauté sont très nombreux dans la littérature populaire chinoise. *(N.d.T.)*

— Tiens! s'écria Tao Gan. Ceci me rappelle quelque chose. Afin de faire bavarder le fruitier qui tient boutique près de chez Lin Fan, je lui ai acheté des noix au vinaigre. Voilà qui irait fameusement avec une tasse de vin!

— Quelle bonne occasion de te débarrasser de l'argent subtilisé aux moines de l'Infinie Miséricorde! suggéra Ma Jong. Tu sais que l'argent volé dans un Temple porte toujours malheur à qui ose le conserver!

Pour une fois, Tao Gan accepta facilement de se séparer de ses sapèques et il envoya lui-même un serviteur à moitié endormi acheter trois pintes d'un bon vin du pays. Quand ce breuvage eut été réchauffé sur la lampe à thé, les tasses furent emplies de nombreuses fois et les trois amis ne gagnèrent pas leur lit avant minuit passé.

Le lendemain matin, ils se retrouvèrent de bonne heure au tribunal.

Le sergent Hong s'en fut inspecter la prison, tandis que Tao Gan s'enfermait dans les Archives pour rechercher tous les documents relatifs aux activités de Lin Fan dans leur ville.

Ma Jong, lui, se dirigea vers le corps de garde. Voyant les hommes en train de fainéanter ou de jouer aux dés, il leur ordonna de se rassembler dans la Grande Cour, et, à leur vive consternation, les fit manœuvrer pendant deux heures d'affilée.

Après quoi, il déjeuna en compagnie du Sergent Hong et de Tao Gan, puis retourna dans sa chambre faire un bon petit somme en prévision des fatigues qui l'attendaient.

XII

Deux taoïstes discutent des finesses
de la doctrine dans une maison de thé;
Ma Jong accomplit sa mission avec succès.

Quand la nuit fut tombée, Ma Jong endossa de nouveau sa défroque de vagabond. Le Sergent avait autorisé le Contrôleur des fonds à lui compter trente pièces d'argent; Ma Jong les enveloppa dans un morceau d'étoffe, fourra le paquet dans sa manche, et reprit le chemin du Temple de la Sagesse Transcendante.

Il trouva Cheng Pa assis le dos au mur à sa place habituelle. Le gros homme se grattait le torse, fort absorbé par la partie de dés; mais lorsqu'il aperçut le visiteur, il l'accueillit cordialement et le fit asseoir à son côté.

Tout en s'installant sur ses talons, Ma Jong lui dit :
— Pourquoi n'as-tu pas acheté une casaque avec les sapèques que tu m'as gagnées l'autre soir, ami? L'hiver venant, ton corps aura besoin d'être protégé des intempéries.

Cheng Pa lui jeta un regard chargé de reproches.

— Petit frère, répondit-il, ton langage m'afflige. Ne t'ai-je pas expliqué que j'étais Conseiller de la Guilde des Mendiants? Me vois-tu procéder à une opération aussi sordide qu'un achat de vêtements? Parlons plutôt de notre affaire, veux-tu?

S'approchant de Ma Jong, il poursuivit à voix

basse : « Tout est arrangé; tu pourras quitter Pou-yang ce soir! L'homme qui désire vendre une épingle d'or est un moine taoïste. Il t'attendra tout à l'heure dans la maison de thé de Wang Lou, derrière la Tour du Tambour. Tu le découvriras aisément : il sera assis seul dans un coin et il y aura deux tasses vides sous le bec de sa théière. Tu te feras reconnaître en faisant une remarque à propos de ces tasses. Le reste te regarde. »

Ma Jong se confondit en remerciements et promit de venir présenter ses respects au Conseiller de la Guilde des Mendiants s'il lui arrivait de visiter à nouveau la ville.

Puis, sans s'attarder davantage, il prit congé de lui et dirigea allégrement ses pas vers le Temple du Dieu de la Guerre. Bientôt il aperçut la Tour du Tambour se détachant sur le ciel sombre, et un gamin le guida jusqu'à une étroite rue commerçante dans laquelle il repéra vite l'enseigne de Wang Lou.

Écartant un rideau malpropre, Ma Jong entra. Une douzaine d'individus en haillons étaient installés devant des tables branlantes et une odeur écœurante empuantissait l'atmosphère. Dans le coin le plus éloigné un moine était assis tout seul à une table.

Un doute saisit Ma Jong quand il approcha du religieux. Le saint homme portait un vieux capuchon de moine taoïste, un graisseux bonnet noir lui couvrait la tête et un résonateur en bois pendait bien à sa ceinture, mais, au lieu d'être grand et musclé, il était court et gras. Vraiment, ce petit homme aux traits mous n'avait rien de la puissante brute décrite par le juge Ti! Pourtant, les indications de Cheng Pa étaient bien explicites; il ne pouvait y avoir d'erreur.

Ma Jong aborda donc le moine en disant d'un ton détaché :

— Puisqu'il y a deux tasses vides sur la table, vieil oncle, peut-être pourrais-je m'asseoir pour humecter mon palais desséché?

— Ah, voici mon disciple! bougonna le gros homme. Prends place à ma table et bois une tasse de thé. As-tu apporté le saint livre avec toi?

Avant de s'asseoir, Ma Jong étendit son bras gauche pour permettre au moine de tâter le petit paquet caché dans sa manche. Les doigts agiles du religieux eurent vite fait de reconnaître la forme des pièces d'argent. Il inclina la tête et versa une tasse de thé à Ma Jong.

Lorsque chacun d'eux eut avalé quelques gorgées, le gros homme dit :

— A présent je vais te montrer le passage qui explique de façon très claire la doctrine du Vide Suprême.

Tout en parlant, il sortit de sa poitrine un livre aux pages cornées, à la couverture constellée de taches. Ma Jong prit l'épais volume et nota que son titre était « *La Tradition secrète de l'Empereur Jade* », un célèbre ouvrage canonique des taoïstes.

Il le feuilleta sans découvrir rien d'extraordinaire.

Avec un sourire rusé, le moine lui dit :

— Il faut lire le chapitre dix, mon frère!

Ma Jong trouva l'endroit indiqué et approcha le livre de ses yeux, comme pour lire plus commodément. Une longue épingle d'or était dissimulée dans le dos de l'ouvrage. Une hirondelle aux ailes déployées formait la tête du bijou, d'un travail exquis et tout à fait semblable au dessin de Boucher Siao.

Ma Jong referma le volume et le glissa dans sa manche.

— Cet ouvrage contient certainement la preuve que je cherchais! Permettez-moi de vous rendre à présent le traité que vous m'avez si obligeamment prêté l'autre jour.

Tout en parlant, il sortit le petit paquet contenant les pièces d'argent et le tendit à son interlocuteur. Celui-ci se hâta de l'enfouir dans ses vêtements.

— A présent, je dois vous quitter, vieil oncle, dit le lieutenant du juge Ti en se levant, mais demain soir nous reprendrons cette instructive discussion.

Le moine murmura quelques paroles polies et Ma Jong sortit.

Dans la rue, il vit que des curieux s'étaient rassemblés autour d'un diseur de bonne aventure. Il se joignit à la foule, se postant de façon à ne pas perdre de vue la porte de la maison de thé. Il n'eut pas longtemps à attendre. Le gras petit moine sortit à son tour et se mit à descendre la rue à pas rapides. Ma Jong le suivit à bonne distance, prenant soin d'éviter le cercle lumineux projeté par la lampe à huile des marchands forains.

Son gibier marchait en direction de la Porte du Nord aussi vite que le lui permettaient ses courtes jambes quand, bruquement, il enfila une ruelle transversale. Arrivé au coin de l'étroit passage, Ma Jong scruta l'obscurité et aperçut sa grassouillette proie sur le point de frapper à la porte d'une maison de modeste apparence. Il courut sans bruit vers le petit homme.

Posant la main sur son épaule, il le fit pivoter et lui serra la gorge en grondant : « Un cri, et tu es mort! » Puis il le tira jusqu'à un coin sombre et le plaqua contre le mur.

Le poussah se mit à trembloter de toute sa graisse.

— Ne me tuez pas! glapit-il. Ne me tuez pas, je vous en conjure! Je vais vous rendre votre argent!

Ma Jong reprit possession du petit paquet et le glissa dans sa manche. Secouant vigoureusement sa victime, il demanda de sa plus grosse voix :

— Où as-tu volé cette épingle?

— Je l'ai trouvée par terre, dans la rue. Une grande dame l'a sûrement...

Ma Jong l'empoigna de nouveau par le cou et lui cogna la tête contre le mur.

— Dis la vérité! cria-t-il d'une voix sifflante. Dis la vérité, chien de malheur, si tu tiens à ta vilaine peau!

— Laissez-moi parler, supplia le malheureux en essayant de reprendre souffle.

Ma Jong desserra un peu son étreinte, mais garda l'air menaçant.

— Je fais partie d'une bande de six vagabonds Nous nous faisons passer pour des moines mendiants d'un ordre taoïste. Nous habitons un corps de garde désaffecté au pied de la muraille est de la ville. Notre chef est une brute qui s'appelle Houang San.

« La semaine dernière, pendant que nous faisions la sieste, j'ai ouvert les yeux au moment où Houang San sortait de l'ourlet de sa robe une paire d'épingles en or pour les examiner. Je refermai vite les yeux et fis semblant de dormir. Depuis longtemps j'avais envie de quitter la bande, car ils sont trop brutaux pour mon goût, et il m'a semblé que c'était là l'occasion de me procurer les fonds nécessaires. Il y a deux jours, notre chef est rentré ivre-mort; j'ai attendu qu'il s'endorme et quand il s'est mis à ronfler j'ai exploré l'ourlet de sa robe. J'ai réussi à tirer l'une des épingles, mais il a bougé et je me suis enfui sans oser chercher l'autre. »

Ma Jong se garda bien de laisser voir la satisfaction qu'il éprouvait et, l'air plus féroce que jamais, tonna :

– Conduis-moi auprès de cet homme!

Le poussah se remit à trembler et cria :

– Ne me livrez pas à Houang San, il me tuerait!

– Il existe quelqu'un de plus dangereux pour toi que Houang San, et ce quelqu'un, c'est moi. Au premier signe de traîtrise de ta part, je t'emmène dans un coin sombre et couic... je te tranche la gorge. Compris? Alors montre-moi le chemin!

Terrifié, le petit homme se mit en marche. Ils regagnèrent la rue principale, puis enfilèrent une suite de ruelles étroites qui les conduisirent au mur d'enceinte de la ville. L'endroit était fort désert et, dans l'obscurité, on distinguait vaguement la forme d'une baraque en ruine.

– C'est là! bredouilla le guide-malgré-lui en essayant de s'enfuir. Mais Ma Jong le saisit par le col de sa robe et le traîna devant la baraque. Donnant un bon coup de pied dans la porte, il cria :

– Houang San, je t'apporte une épingle d'or!

On entendit un grand remue-ménage, une lampe s'alluma, et un individu osseux apparut. Il était aussi haut que Ma Jong mais pesait peut-être trois ou quatre livres de moins.

Levant sa lampe à huile, il examina les visiteurs d'un petit œil mauvais. Après avoir consciencieusement juré, il grommela :

– C'est donc ce rat immonde qui a volé mon épingle? Se tournant vers Ma Jong, il ajouta : Quel est ton rôle là-dedans, toi?

— Je veux acheter la paire. Quand ce carré de viande pourrie m'a apporté une seule épingle, j'ai compris qu'il voulait me monter le coup et je l'ai gentiment persuadé de me dire où je pourrais trouver l'autre.

Houang San éclata d'un gros rire, montrant des dents jaunes et inégales.

— Je crois qu'on peut s'entendre avec toi, l'ami! Mais il faut d'abord que mon pied caresse les côtes de ce petit voleur ventru pour lui apprendre le respect dû à ses aînés!

Il posa la lampe à terre afin d'être libre de ses mouvements. Agissant avec une rapidité inattendue, le faux moine la renversa aussitôt d'un coup de pied. Ma Jong lâcha le col de sa robe et le malheureux fila comme la flèche qui part de l'arbalète.

Houang San poussa un juron obscène et voulut se mettre à la poursuite du fuyard. Ma Jong le retint par la manche.

— Bah, laisse-le, dit-il. Tu auras le temps de t'occuper de lui plus tard. Pour l'instant n'oublie pas que nous avons une affaire urgente à traiter.

— Si tu as de l'argent sur toi, elle sera vite conclue. La malchance m'a poursuivi pendant toute mon existence et j'ai l'impression que ces maudites épingles me causeront des ennuis si je ne m'en débarrasse pas au plus vite. Tu en as vu une. L'autre est exactement pareille. Quel prix m'en donnes-tu?

Ma Jong jeta un coup d'œil autour de lui. La lune venait de se montrer et il nota que l'endroit semblait absolument désert.

— Où sont les autres membres de la bande? demanda-t-il. Je n'aime pas traiter mes affaires devant témoins!

141

- Ne t'inquiète pas. Ils se livrent à leurs petites occupations habituelles dans les quartiers commerçants.

– En ce cas, déclara Ma Jong d'un ton glacé, tu peux garder ton épingle, sale assassin!

Houang San fit un bond en arrière.

– Qui es-tu, chien? hurla-t-il.

– Je suis le lieutenant de Son Excellence le juge Ti, répondit Ma Jong. Et je vais te conduire devant le tribunal où tu t'expliqueras sur le meurtre de Pureté-du-Jade. Viens-tu sans te faire prier ou va-t-il falloir que je te réduise d'abord en fine purée?

– C'est la première fois que j'entends le nom de cette fille, mais je sais de quoi sont capables les sales mouchards de ton espèce et les juges corrompus qui les emploient comme chiens de chasse! Quand je serai en prison, vous me collerez sur le dos quelque crime dont vous n'aurez pas réussi à découvrir le vrai coupable et vous me torturerez jusqu'à ce que j'avoue en être l'auteur. Merci, je préfère essayer de m'en tirer maintenant!

En prononçant ces derniers mots, il lança un furieux coup de pied à Ma Jong, essayant de l'atteindre au bas-ventre. Ma Jong esquiva cette attaque et son poing vola vers la tête de Houang San. Celui-ci para selon les meilleures règles et riposta en direction du cœur de son adversaire. Mais tous ces coups furent échangés sans qu'aucun des deux hommes réussisse à toucher sérieusement l'autre.

Ma Jong se rendit compte qu'il venait de trouver son égal. Houang San était plus mince que lui, mais la grosseur de ses os égalisait probablement leurs poids respectifs. Quant à sa manière de pratiquer le noble art, elle approchait tellement de la perfection qu'il devait appartenir au huitième grade. Ma Jong était du neuvième, mais cet avantage se trouvait neutralisé par la connaissance parfaite du terrain qu'avait son adversaire.

Après de longues minutes d'un combat acharné, Ma Jong réussit à planter son coude dans l'œil gauche de Houang San. Celui-ci riposta par un coup de savate qui atteignit Ma Jong à la cuisse et réduisit considérablement l'ampleur de son jeu de jambes.

Un nouveau coup de savate partit aussitôt en direction de son aine. Cette fois, Ma Jong fit un bond en arrière et sa main droite se referma sur le pied de son adversaire. Il s'apprêtait à appuyer sa main sur le genou du malandrin afin de forcer la jambe à rester tendue pour tenir l'homme à distance avant de faucher sa jambe portante. Malheureusement, Ma Jong glissa. Houang San en profita pour plier le genou et, à toute volée, abattit sa main latéralement sur le cou de Ma Jong, ce qui est une des neuf attaques mortelles de la boxe chinoise.

Mais Ma Jong tourna la tête à cet instant et sa mâchoire arrêta le coup. Sans ce mouvement providentiel, c'en eût été fait de lui. Il dut pourtant lâcher le pied de Houang San et reculer en chancelant : le sang n'arrivait plus à son cerveau. Affaibli, la vue brouillée, il se trouvait à la merci de son adversaire.

Un brillant boxeur de l'antiquité l'a dit : « Lorsque deux combattants sont égaux en force, en poids et en technique, c'est l'esprit qui détermine l'issue de la lutte. » Or, si Houang San avait acquis de façon magistrale la partie matérielle du grand art, son âme était restée celle de la bête brute. Pour achever Ma Jong sans défense, il pouvait choisir l'un des neuf coups mortels, mais un bas désir d'infliger une souffrance supplémentaire à son ennemi lui fit lancer à nouveau son pied dans l'aine de celui-ci.

Se répéter est une erreur de tactique impardonnable. La circulation sanguine de Ma Jong n'était pas suffisamment rétablie pour qu'il pût recourir à une parade savante. Il fit la seule chose permise par les circonstances, il saisit à deux mains la jambe offerte et la tordit violemment. La rotule déboîtée, Houang San poussa un cri rauque. Ma Jong se jeta sur le bandit, le fit tomber, et lui enfonça ses deux genoux dans le ventre. Après quoi, se sentant à bout de forces, il se laissa glisser à terre et roula plusieurs fois sur lui-même pour se mettre à l'abri des moulinets exécutés par les bras de la brute.

Allongé sur le dos, il commença les exercices respiratoires secrets qui rétablissent la circulation du sang.

Quand son cerveau se fut éclairci et que son système nerveux fonctionna de nouveau normalement, il se remit debout. Houang San faisait de frénétiques efforts pour en faire autant. Un coup de pied bien placé envoya son crâne frapper le sol. Ma Jong déroula alors cette longue chaîne mince que les policiers portent autour de leur taille et, se baissant vers le vaincu, lui attacha les mains derrière le dos. Les tirant vers les épaules aussi haut que possible, il fit du restant de la chaîne un nœud coulant qu'il lui passa autour du cou. Le moindre geste du prisonnier pour libérer ses mains ferait pénétrer le métal dans la chair et lui couperait la gorge s'il insistait.

Cette besogne terminée, Ma Jong s'assit sur ses talons.

– Tu as failli avoir ma peau, gredin! dit-il. A

présent, avoue donc ton crime afin de nous épargner du travail supplémentaire.

— Sans ma déveine habituelle, haleta Houang San, tu serais mort, chien de policier! Quant à me faire confesser des crimes imaginaires, laisse cela à ton juge corrompu!

— Comme tu voudras, se contenta de répondre Ma Jong.

Il alla jusqu'à la première maison de la ruelle la plus proche et, frappant à coups redoublés, finit par réveiller son propriétaire.

— Je suis un lieutenant de Son Excellence le juge Ti, expliqua Ma Jong. Vous allez filer chez le Surveillant Général de ce quartier et vous lui ordonnerez de ma part de venir immédiatement avec quatre hommes et deux perches de bambou.

Le messager parti, Ma Jong retourna garder son prisonnier qui l'accueillit par une bordée d'injures choisies.

Quand le Surveillant et ses hommes arrivèrent, ils firent des deux morceaux de bambou une civière pour transporter Houang San. Ma Jong jeta sur lui une vieille robe trouvée dans la baraque, et la petite troupe prit le chemin du Yamen.

Le prisonnier fut remis au geôlier qui reçut l'ordre de faire venir un rebouteux pour soigner le genou du misérable.

Le Sergent Hong et Tao Gan n'étaient pas encore couchés. Ils attendaient le retour de leur camarade dans le bureau du Premier Scribe et furent soulagés en apprenant la capture du criminel.

Avec un sourire heureux, le Sergent déclara :

— Voilà un exploit qui demande à être dignement fêté! Il y a, dans la rue principale, un petit restaurant qui reste ouvert toute la nuit. Si nous allions jusque-là?

XIII

Le juge Ti oblige le meurtrier
de Pureté-du-Jade
à confesser son crime;
un candidat aux examens littéraires
gémit sur sa propre infortune.

Le juge Ti fut de retour à Pou-yang le lendemain soir. Après un bref repas pris dans son
bureau en écoutant le Sergent Hong lui résumer
ce qui s'était passé en son absence, il fit appeler
Ma Jong et Tao Gan.

— Alors, mon valeureux lieutenant, dit le juge à
Ma Jong, j'apprends que tu as mis la main sur
notre homme! Donne-moi des détails.

Ma Jong raconta ses deux soirées d'aventures
et conclut :

— Ce Houang correspond exactement à la description que Votre Excellence m'a donnée. De
plus, les deux épingles sont absolument identiques
à celles qui figurent sur le croquis du dossier.

Le juge hocha la tête d'un air satisfait.

— Sauf erreur, je crois que nous allons en finir
demain avec cela. Que toutes les personnes
mêlées à l'affaire de la rue de la Demi-Lune
soient présentes à l'audience de demain matin,
Sergent.

— Et maintenant, Tao Gan, dis-moi tout ce que
tu as découvert sur Madame Liang et Monsieur
Lin Fan.

Tao Gan rendit compte de sa mission, n'ou-

146

bliant ni la tentative de meurtre sur sa personne ni l'intervention opportune de Ma Jong.

Le juge Ti l'approuva de ne pas être retourné près de la maison de Lin avant son retour.

— Demain, annonça-t-il, nous tiendrons un conseil de guerre au sujet de l'affaire « Liang contre Lin ». Je vous mettrai au courant des conclusions auxquelles je suis parvenu après l'étude du dossier et vous expliquerai ce que je me propose de faire.

Il renvoya ensuite ses lieutenants et demanda au Premier Scribe de lui apporter la correspondance officielle reçue pendant son absence.

La nouvelle que l'assassin de la rue de la Demi-Lune était sous les verrous se répandit dans Pou-yang comme une traînée de poudre. Le lendemain matin, une foule nombreuse stationnait devant le Yamen bien avant l'ouverture du tribunal.

Aussitôt installé dans le grand fauteuil, le juge prit son pinceau vermillon et rédigea un ordre pour le geôlier. Quelques minutes plus tard, deux sbires poussaient Houang San dans la salle. Ils le firent brutalement s'agenouiller devant l'estrade, et quand le prisonnier laissa échapper un gémissement en fléchissant sa jambe endommagée, le Chef des sbires lui cria :

— Silence! Écoute Son Excellence.

— Quel est ton nom? demanda le juge. Et pour quel crime te trouves-tu devant ce tribunal?

— Mon nom... commença Houang San. Le Chef des sbires lui donna aussitôt un coup de matraque sur la bouche en disant :

— Chien de malheur, emploie les termes convenables pour t'adresser à un magistrat!

— L'insignifiante personne que je suis s'appelle Houang, reprit le malandrin d'un ton haineux.

Mon nom personnel est San. Je suis un honnête moine mendiant et j'ai renoncé aux biens de ce monde. La nuit dernière j'ai été attaqué par l'un de vos hommes et on m'a emprisonné pour une raison que j'ignore.

– Chien immonde! tonna le juge. As-tu déjà oublié l'assassinat de Pureté-du-Jade?

– Pureté... ça, c'est vous qui le dites! Mais faut pas me mettre sur le dos la mort de la putain qui s'est pendue chez la mère Pao! D'abord, elle s'est suicidée, et ensuite je n'étais pas là quand ça s'est produit. Plusieurs personnes peuvent en témoigner!

– Épargne-nous tes ignobles histoires. Moi, le Magistrat de ce district, je te dis que dans la nuit du 16 au 17, tu as assassiné – après l'avoir abominablement traitée – Pureté-du-Jade, fille unique de Boucher Siao Fou-han!

– Je n'ai pas de calendrier, Votre Excellence, et n'ai pas la plus petite idée de ce que j'ai fait ou pas fait cette nuit-là. Et les noms dont vous venez de parler ne me disent absolument rien.

Le juge Ti se caressa la barbe d'un air songeur. Houang San correspondait exactement à l'image qu'il se faisait de l'assassin. De plus, il avait eu en sa possession les deux épingles volées. Pourtant ses dénégations rendaient un son de vérité indéniable. Une idée vint soudain au juge. Se penchant vers le prisonnier, il lui dit :

– Regarde ton Magistrat et écoute-moi bien pendant que je rafraîchis ta mémoire. Dans le quartier sud-ouest de cette ville, au-delà du fleuve, se trouve une rue de petits boutiquiers, appelée rue de la Demi-Lune. Au coin formé par cette voie et une étroite ruelle il y a une boucherie. La fille du boucher couchait dans une soupente au-dessus de la resserre. N'as-tu pas pénétré dans la chambre de cette fille en te servant d'une bande d'étoffe qui pendait à la fenêtre? N'as-tu pas violé la jeune fille avant de l'étrangler et de t'enfuir avec ses épingles de tête?

Au fugitif éclair de compréhension apparu dans le seul œil que Houang San fût encore capable d'ouvrir, le juge comprit qu'il tenait bien le coupable.

— Confesse ton crime! tonna-t-il. Ou bien faudra-t-il te soumettre à la question pour te faire parler?

Le prisonnier grommela quelques paroles inintelligibles puis finit par dire :

— Vous pouvez m'accuser de tous les crimes que vous voudrez, chien de fonctionnaire, mais vous attendrez longtemps avant que j'avoue un meurtre dont je suis innocent!

— Qu'on administre cinquante coups du gros fouet à cet insolent! ordonna le juge Ti.

Les sbires dépouillèrent Houang San de sa robe, dénudant son torse musclé. La lourde lanière tournoya dans l'air en sifflant et vint s'abattre sur son dos qui, bientôt, ne fut plus qu'une masse de chair sanguinolente. Le condamné ne poussa pas un cri. Seuls de sourds gémissements trahissaient sa souffrance. Au cinquantième coup, il s'effondra évanoui sur le sol.

Le Chef des sbires le fit revenir à lui en brûlant du vinaigre sous ses narines et lui offrit ensuite une tasse de thé bien fort que Houang San repoussa avec dédain.

— Ceci n'est qu'un commencement, fit remarquer le juge. Si tu ne te décides pas à avouer nous emploierons la vraie torture. Ton corps est résistant et nous avons toute la journée devant nous.

— Si j'avoue, dit le malheureux d'une voix

rauque, on me tranchera la tête. Si je n'avoue pas, vous allez me torturer jusqu'à ce que mort s'ensuive. Je préfère encore cela, car la douleur que j'éprouverai sera compensée par le plaisir de vous causer des ennuis sans fin, chiens de fonctionnaires!

Le Chef des sbires écrasa la bouche de l'accusé sous le gros bout de son fouet et s'apprêtait à frapper de nouveau quand le juge Ti leva la main. Houang San cracha quelques dents avec un ignoble juron.

– Faites approcher ce chien insolent, dit le juge. Je veux le voir de plus près.

Les sbires relevèrent sans douceur le prisonnier. Le juge regarda longuement l'œil qui n'avait pas été abîmé par le coude de Ma Jong et qui brillait d'un éclat cruel.

Voilà bien, se dit le magistrat, le type même du criminel endurci capable de mourir sous la torture sans rien avouer. Se remémorant les termes de la conversation du bandit et de Ma Jong tels que ce dernier les lui avait rapportés, il pensa soudain à certaines paroles prononcées par Houang San et commanda :

– Qu'on remette cet homme à genoux!

Prenant les épingles d'or posées devant lui, il les jeta par terre. Elles roulèrent sur les pavés et vinrent s'arrêter tout près du prisonnier qui les regarda d'un air sombre.

Le juge ordonna au Chef des sbires de faire approcher Boucher Siao. Comme ce dernier s'agenouillait à côté de l'accusé, le juge lui dit :

Je sais qu'un mauvais sort est attaché à ces bijoux, mais vous ne m'avez pas encore expliqué de quoi il s'agit exactement.

Il y a de nombreuses années, Votre Excellence, ma famille vivait dans l'aisance et la joie.

150

Mais, un jour, ma grand-mère acheta ces épingles à un prêteur sur gages, et par cet acte regrettable attira une terrible malédiction sur notre honorable maison car ces bijoux amenèrent avec eux le malheur à cause d'on ne sait quel crime horrible commis dans le passé. Peu de jours après les avoir acquises, ma grand-mère fut assassinée par deux cambrioleurs qui emportèrent les épingles en s'enfuyant. Ces malheureux furent arrêtés lorsqu'ils essayèrent de les vendre et eurent la tête tranchée. Que mon père n'a-t-il alors détruit ces messagères du mal! Mais c'était un homme plein de vertu (bénie soit à jamais sa mémoire!) et ses sentiments de piété filiale l'emportèrent sur la sagesse de son jugement.

« L'année suivante, ma mère tomba malade. Elle se plaignait de mystérieux maux de tête et mourut après une longue maladie. Mon père perdit le peu d'argent qui lui restait et la suivit bientôt dans la tombe. J'ai voulu alors revendre ces funestes épingles, mais mon épouse insista pour que nous les conservions comme une ressource possible en cas de besoin. Au lieu de les enfermer en lieu sûr, la stupide créature a laissé notre fille les porter et Votre Excellence voit ce qui est arrivé à la malheureuse enfant.

Houang San écoutait avec une profonde attention cette lamentable histoire racontée en termes faciles à comprendre pour lui.

— Maudit soit le Ciel! Maudit soit l'Enfer! explosa-t-il soudain. Pourquoi a-t-il fallu que je vole ces épingles-là!

Un murmure s'éleva dans la salle.

— Silence! cria le juge. Puis, après avoir renvoyé Boucher Siao, il dit à l'accusé d'un ton compatissant :

— Personne ne peut se soustraire aux décrets

célestes, Houang San. Que tu avoues ou non, cela a peu d'importance. Le Ciel est contre toi et tu n'échapperas jamais à ta destinée, ici ou dans les Régions Infernales.

– Bah... je m'en moque, après tout! s'exclama le prisonnier. J'aime mieux en finir. Et tournant la tête vers le Chef des sbires, il ajouta : Donne moi tout de même une tasse de ton infect breuvage, salaud.

Hautement indigné, le chef des sbires allait protester, mais sur un signe impératif du juge il apporta la tasse de thé sans rien dire.

Houang San l'avala en quelques gorgées, cracha par terre et commença :

– Vous voyez devant vous un homme qui a été poursuivi par la malchance toute sa vie. Bâti comme je le suis, j'aurais dû finir mon existence chef d'une importante bande de brigands. Au lieu de cela, vous voyez ce qui m'arrive! Je suis l'un des meilleurs boxeurs de notre Empire; mon professeur connaissait toutes les feintes, tous les coups secrets... Hélas, la malchance a voulu qu'il ait une fille trop belle. Elle m'a plu. Moi, je ne lui ai pas plu, mais comme je ne suis pas homme à m'incliner devant les lubies d'une pimbêche, je l'ai violée. Résultat : j'ai dû m'enfuir pour sauver ma peau.

« Je rencontre sur la route un négociant qui a l'air du dieu de la Richesse en personne. Je lui donne un tout petit coup de poing pour le rendre plus coopératif. Immédiatement, la chétive mauviette trépasse! Et qu'ai-je trouvé dans sa ceinture? Une liasse de reçus sans valeur. Voilà comment le Destin m'a toujours traité. »

Il essuya le sang qui suintait aux commissures de ses lèvres et continua : « Il y a une semaine environ, je déambulais dans les petites rues du quartier sud-ouest, à la recherche de quelque passant tardif à qui la vue de mes biceps pourrait donner l'envie de me faire spontanément l'aumône. Tout à coup, je vois une ombre traverser furtivement la rue et disparaître dans une ruelle étroite. Bon, me dis-je, voilà un voleur, suivons-le et partageons le butin en frères. Mais le temps que j'arrive dans la venelle, il n'y avait plus personne et tout était calme et silencieux.

« Quelques jours plus tard – et si vous dites que c'était le seizième jour de la lune, c'était le seizième jour de la lune – je me retrouve dans le même coin. Si j'allais voir un peu ce qui se passe dans cette venelle, pensai-je. Elle était déserte, mais j'aperçois une longue bande de bonne étoffe accrochée à la fenêtre d'une mansarde. Voilà du blanchissage qu'on a oublié de rentrer, me dis-je, je ne serai pas venu tout à fait pour rien!

« M'approchant du mur, je tire doucement sur l'étoffe afin de la décrocher. La fenêtre s'ouvre. J'entends au-dessus de moi une femme parler tout bas et l'étoffe se met à monter. Je compris immédiatement de quoi il s'agissait : la donzelle avait un rendez-vous secret avec un amoureux. Je n'avais qu'à le remplacer et voler ensuite tout ce qu'il me plairait car jamais la belle n'oserait donner l'alarme. J'attrape donc l'étoffe et me hisse jusqu'au rebord de la fenêtre. J'enjambe, et me voilà déjà dans la chambre que la fille tirait encore sur le tissu. » Houang San s'arrêta le temps de lancer un clin d'œil égrillard au juge et continua : « Elle n'était pas mal du tout, la petite. On pouvait s'en rendre compte facilement avec le costume qu'elle portait... ou plus exactement qu'elle ne portait pas! Je ne suis pas homme à laisser passer ce genre de chance sans en profiter, aussi, lui appuyant ma main sur la bouche, je dis :

« Ne crie pas, ferme les yeux et imagine-toi que je suis le camarade que tu attends! » Va te faire fiche, elle s'est défendue comme une tigresse et ça m'a pris du temps pour en arriver à mes fins. Et même après ça, impossible à mademoiselle de se tenir tranquille! La voilà qui court vers la porte et se met à pousser des hurlements. Que voulez-vous, il a bien fallu que je l'étrangle.

« Ensuite, j'ai hissé l'étoffe pour être sûr que son bon ami ne viendrait pas me déranger et j'ai tout fouillé. Avec ma déveine habituelle, j'aurais dû m'y attendre : pas la moindre sapèque dans toute la chambre. Seulement ces maudites épingles!

« Voilà. Maintenant je n'ai plus qu'à apposer l'empreinte de mon pouce sur le bout de papier que votre scribouillard est en train de remplir, et pas besoin de me relire ce qu'il a écrit, j'ai confiance en lui. Pour le nom de la fille, mettez ce que vous voudrez, et laissez-moi retourner dans ma cellule, mon dos me fait mal!

— La loi dit que le criminel doit écouter la lecture de sa confession avant d'y apposer l'empreinte de son pouce, répliqua le juge Ti avec calme, puis il ordonna au Premier Scribe de lire à voix haute ce qu'il venait de noter. Quand le prisonnier en eut reconnu l'exactitude d'un ton hargneux, le papier fut placé devant lui et il appuya son pouce sur le document.

D'une voix solennelle, le juge dit alors :

— Houang San, je te déclare coupable du double crime de viol et d'assassinat. Il n'existe pas de circonstances atténuantes à ton acte particulièrement odieux. Il est donc de mon devoir de t'avertir que mes supérieurs vont probablement te condamner à la peine capitale sous l'une de ses formes les plus sévères.

154

Puis, après avoir fait signe aux sbires d'emmener le prisonnier, il rappela Boucher Siao.

— Il y a quelques jours, dit-il, je t'ai promis d'arrêter l'assassin de ta fille. Tu viens d'entendre sa confession. La malédiction divine attachée à ces épingles d'or est en vérité des plus terribles. Ta malheureuse enfant a été violée et tuée par un vil scélérat qui ne la connaissait même pas. Tu peux me laisser ces funestes bijoux. Je les ferai peser par un joaillier et le tribunal te versera leur valeur en argent.

« Le méprisable criminel ne possédant rien, tu ne pourras pas toucher le prix du sang. Néanmoins tu entendras bientôt quelles mesures je vais prendre pour te dédommager de ta perte. »

Boucher Siao se lança dans de longs remerciements, mais le magistrat lui imposa silence et commanda au Chef des sbires d'amener Candidat Wang devant lui. Son regard perçant se fixa sur l'étudiant. Le fait d'être disculpé du double crime dont on l'accusait ne paraissait pas avoir diminué le chagrin du pauvre garçon, et, frappé d'horreur par la confession de Houang San, il pleurait doucement.

— Candidat Wang, commença le juge Ti d'un ton grave, je pourrais te punir pour avoir séduit la fille de Boucher Siao. Mais tu as déjà reçu trente coups de fouet, et, puisque tu éprouvais un sincère amour pour la victime, j'imagine que le souvenir de cette horrible tragédie sera une plus lourde punition pour toi que celle que le tribunal pourrait t'infliger.

« Cependant, toute violation de la loi doit être punie et la famille de la victime dédommagée. Je décide donc qu'un mariage posthume va t'unir à Pureté-du-Jade qui aura rang de Première Épouse. Le Tribunal va t'avancer la somme nécessaire à l'achat des cadeaux prescrits, et la cérémonie se déroulera comme à l'accoutumée, la tablette de Pureté-du-Jade tenant la place de l'épousée [1]. Quand tu auras passé l'examen littéraire, tu rembourseras ta dette au tribunal par des versements échelonnés. Tu paieras également une certaine somme chaque mois à Boucher Siao, fixée selon le montant de tes émoluments officiels, jusqu'à ce qu'un total de cinq cents pièces d'argent soit atteint.

« Quand ces deux dettes seront remboursées, tu seras autorisé à prendre une seconde épouse. Mais ni elle ni aucune autre concubine ne pourra usurper le titre de Pureté-du-Jade qui sera, pour toujours, considérée comme ta Première Épouse. Boucher Siao est un honnête homme, tu le serviras et l'honoreras ainsi que sa femme, en gendre respectueux. De leur côté, ils te pardonneront et remplaceront tes propres parents. Tu es libre, à présent. Veille à bien consacrer tout ton temps à l'étude! »

Candidat Wang fit le ko-téou plusieurs fois de suite en sanglotant. Boucher Siao s'agenouilla près de lui et remercia le juge Ti des sages décisions qu'il venait de prendre pour restaurer l'honneur de sa famille.

Pendant que le boucher et son futur gendre se relevaient, le Sergent Hong se pencha vers le juge et lui murmura quelques mots à l'oreille. Un petit sourire apparut sur les lèvres du magistrat.

— Candidat Wang, dit-il, je veux éclaircir un

1. Dans chaque demeure chinoise un autel est élevé aux mânes des ancêtres. Sur cet autel sont exposées des tablettes portant le nom des parents défunts. Pendant la cérémonie mortuaire, on a marqué sur ces tablettes la place des yeux et des oreilles par de petites taches de sang sacrificiel afin d'y fixer l'âme du mort. C'est une telle tablette qui représentera Pureté-du-Jade pendant la cérémonie du mariage. *(N.d.T.)*

point secondaire avant que tu ne quittes cette enceinte. Ta déposition sur la façon dont tu as passé la nuit du 16 au 17 est correcte, à part une légère erreur ne mettant pas ta bonne foi en cause.

« Dès ma première lecture du dossier, il m'a semblé impossible que le contact avec un simple buisson d'épines ait pu produire ces profondes entailles sur ton corps. Quand tu remarquas un tas de briques et de broussailles dans la lumière incertaine de l'aube, tu as tout naturellement cru être tombé dans les ruines d'une vieille demeure. Mais, en réalité, tu te trouvais sur le site d'une maison en construction. Les briques devaient servir à élever les murs extérieurs, et les maçons avaient planté une rangée de minces pieux de bambous, armature habituelle pour le plâtre des cloisons. Tu es probablement tombé sur ces pieux dont la pointe aiguë a causé tes blessures. Si le cœur t'en dit, cherche donc ce site aux alentours de l'Auberge des Cinq Fantaisies et je suis persuadé que tu retrouveras la place où tu as passé cette terrible nuit. A présent, tu peux te retirer. »

Ayant ainsi parlé, le juge Ti se leva et sortit accompagné de ses lieutenants. Lorsqu'il franchit la porte de son cabinet, un murmure admiratif monta de la foule des spectateurs.

XIV

Un être haineux
commet des crimes abominables;
le juge Ti expose son plan
pour démasquer le coupable.

Le juge passa le restant de sa matinée à écrire
un rapport détaillé sur l'assassinat de la rue de la
Demi-Lune. Il le termina en demandant aux
autorités supérieures la peine de mort pour le
coupable.

Le châtiment suprême ne pouvant être appli-
qué qu'avec l'approbation de l'Empereur, l'exécution de Houang San n'aurait donc pas lieu avant
plusieurs semaines.

Le juge consacra l'audience de midi à expédier
quelques affaires administratives, puis il déjeuna
dans ses appartements.

De retour dans son cabinet, il fit appeler le
Sergent Hong, Tao Gan, Ma Jong et Tsiao Taï.
Quand il l'eurent salué avec respect, il leur
dit :

— Aujourd'hui, je vais vous mettre au courant
de l'affaire « Liang contre Lin ». Faites apporter
du thé frais et installez-vous confortablement car
nous en avons pour un moment!

Le juge Ti déroula les documents remis par
Madame Liang pendant que les quatre hommes
prenaient place devant son bureau et avalaient
leur thé à petites gorgées. Il arrangea soigneuse-

ment les papiers sur sa table, posa dessus un presse-papiers et se renversa dans son fauteuil.

– Vous allez entendre une longue histoire de meurtres atroces, et bien souvent vous vous demanderez comment Auguste Ciel, le Souverain d'En Haut, a pu permettre tant de cruauté, d'injustice et de violence! Personnellement, j'ai rarement vu quelque chose d'aussi désolant.

Le juge garda un moment le silence, se caressant lentement la barbe tandis que ses lieutenants restaient très attentifs.

« Pour plus de clarté, reprit-il enfin, je vais diviser en deux parties ce récit compliqué. La première comprendra les origines de l'affaire et son développement à Canton, la seconde les événements qui se sont déroulés à Pou-yang après l'arrivée ici de Lin Fan et de Madame Liang.

« A vrai dire, les incidents de la première partie sortent de ma compétence. Des non-lieux ont été prononcés par le tribunal de Canton et par la Cour de Justice de la Province de Kouang-tong, et je ne puis revenir sur leurs verdicts. Mais, bien que cette première phase de la querelle ne nous concerne pas, il nous faut l'étudier car elle permet de comprendre les événements survenus à Pou-yang.

« Je vais donc commencer par vous résumer cette première partie, omettant les considérants juridiques, les noms et autres détails inutiles à la compréhension du sujet.

« Il y a une cinquantaine d'années donc, vivait à Canton un riche marchand appelé Liang. Dans la même rue vivant aussi un nommé Lin, négociant également, riche également, et ami le plus intime du premier. Tous deux étaient honnêtes, laborieux, et possédaient un grand sens des affaires. Leurs commerces prospéraient et leurs jonques sillonnaient les mers jusqu'au Golfe Persique. Liang avait un fils, Liang Hong, et une fille qu'il donna en mariage à Lin Fan, fils unique de son ami Lin. Peu après cette union, le vieux Monsieur Lin mourut. Sur son lit de mort, il enjoignit solennellement à son fils, Lin Fan, d'entretenir et de développer les liens d'amitié qui existaient entre la maison des Lin et la maison des Liang.

« Mais dans les années qui suivirent il devint évident que si Liang Hong était l'image de son père, Lin Fan, lui, était un homme pervers, cruel et avide. Lorsque le vieux Monsieur Liang se fut retiré des affaires, son fils Liang Hong poursuivit la saine tradition commerciale de la firme. Lin Fan, au contraire, se lança dans de louches opérations avec l'espoir de gagner rapidement de l'argent. La maison des Liang continua de prospérer, mais Lin Fan perdit peu à peu la plus grosse partie des capitaux hérités de son père. Liang Hong aida Lin Fan de son mieux, ne lui ménageant pas les bons conseils et prenant sa défense auprès des autres négociants qui l'accusaient de ne pas respecter ses contrats. Plus d'une fois, il lui prêta des sommes considérables. Cette générosité, hélas, ne suscitait chez Lin Fan que dédain et mépris.

« L'épouse de Liang Hong donna deux fils et une fille à son mari, tandis que celle de Lin Fan demeurait stérile. Le mépris du négociant indélicat pour le négociant honnête se transforma alors en haine farouche. Lin Fan en vint à considérer la maison des Liang comme la cause originelle de tous ses revers, et plus Liang Hong lui venait en aide, plus la haine de Lin Fan augmentait.

« Elle atteignit son paroxysme le jour où il eut le malheur d'apercevoir la jeune épouse de Liang

Hong et de concevoir sur-le-champ une violente passion pour elle. A ce moment, la plus risquée de ses entreprises commerciales s'effondra, le plongeant dans des dettes jusqu'au cou. Alors, sachant que Madame Liang était une femme vertueuse incapable de jamais tromper son mari, Lin Fan élabora un plan atroce qui lui permettrait de s'approprier à la fois la fortune et l'épouse de Liang Hong.

« Il venait d'apprendre que ce dernier s'apprêtait à aller toucher (en grande partie pour le compte de trois autres négociants cantonais) une importante somme en or dans une ville voisine. Les affaires louches de Lin Fan l'avaient plus d'une fois mis en contact avec la pègre de Canton, aussi n'eut-il pas de mal à louer les services de deux brigands. Il les chargea de tendre une embuscade à Liang Hong lorsque celui-ci serait sur le chemin du retour, avec mission de le tuer et de voler son or. »

Le juge Ti regarda ses lieutenants d'un air grave, puis reprit : « Dès que ce plan infâme eut été mis à exécution, Lin Fan fit dire à Madame Liang qu'il désirait la voir pour un motif personnel et urgent. Elle le reçut et il lui raconta l'histoire suivante : son mari venait d'être attaqué en route et l'or qu'il transportait volé. Liang Hong, blessé sans que sa vie fût en danger, avait été mené par ses serviteurs dans un temple abandonné du faubourg nord de Canton. Puis les serviteurs étaient venus le chercher, lui Lin Fan, pour le conduire auprès de leur maître qui désirait le consulter en secret sur la meilleure conduite à tenir.

« La volonté de Liang Hong, continua Lin Fan, était que sa mésaventure ne soit pas ébruitée avant que son épouse et son père puissent, en liquidant une partie de leur patrimoine, trouver assez d'argent pour rembourser les trois négociants. La divulgation de l'affaire, dans l'état présent des choses, ne pourrait que nuire à leur crédit à tous. Il désirait donc que sa femme vienne immédiatement au temple en compagnie de Lin Fan afin qu'ils puissent décider ensemble de ce qu'il était possible de vendre dans un aussi court délai.

« Madame Liang crut cette histoire qui correspondait bien au caractère prudent de son mari et, quittant sa maison par une petite porte, elle accompagna Lin Fan sans prévenir personne.

« Arrivé au temple abandonné, Lin Fan lui avoua que son mari avait été tué par les voleurs, mais il ajouta que lui, Lin Fan, l'aimait et allait s'occuper d'elle. Révoltée par cette déclaration, elle voulut immédiatement courir le dénoncer. Il la contraignit à rester et, dans la nuit, la posséda contre sa volonté.

« Au matin, elle se perça le doigt avec une aiguille et se servit du sang pour écrire sur son mouchoir une lettre à son beau-père. Puis elle se pendit à un chevron du toit au moyen de sa ceinture.

« Lin Fan fouilla le cadavre. Il découvrit le mouchoir portant le dernier message de la morte et son texte lui inspira une idée diabolique. La lettre disait :

« *Lin Fan m'a attirée dans cet endroit désert pour abuser de moi. Ayant apporté le déshonneur sur la maison des Liang, votre esclave, à présent veuve impure, estime que la mort seule peut racheter son crime.* »

« Lin Fan déchira le bord droit du mouchoir sur lequel était tracée la première phrase du message ¹ et brûla ce lambeau d'étoffe. Il replaça dans la manche de la morte le morceau de tissu sur lequel on pouvait lire à présent : *Ayant apporté le déshonneur sur la maison des Liang, votre esclave, à présent veuve impure, estime que la mort seule peut racheter son crime.*

« Il retourna ensuite à Canton où il trouva le vieux Monsieur Liang et sa femme pleurant la mort de leur fils, car un passant avait découvert le cadavre et signalé le crime à la police. Feignant de partager la douleur des pauvres gens, Lin Fan s'enquit de la veuve. Il lui fut répondu qu'elle avait disparu. Après de prétendues hésitations, Lin Fan leur dit alors : " Mon devoir est de vous informer que votre bru a un amant. Elle le rencontre habituellement dans un temple abandonné des environs. Peut-être la trouverez-vous là. "

« Le vieux Monsieur Liang se rendit en toute hâte à l'endroit indiqué et trouva sa belle-fille pendue à une poutre. Il découvrit le message, le lut, et fut persuadé que la malheureuse s'était suicidée, rongée de remords en apprenant la mort de son mari. Incapable de supporter ce chagrin supplémentaire, le vieillard s'empoisonna le soir même. »

Le juge se tut et fit signe au Sergent de remplir sa tasse. Il avala quelques gorgées et reprit : « A partir de là, c'est sa veuve – la vieille Madame Liang à présent fixée à Pou-yang – qui devient le personnage principal de cette affaire.

« Femme intelligente, énergique et au courant de tout ce qui concernait la famille, elle connaissait la vertu éprouvée de sa feue belle-fille et trouva ce prétendu suicide fort louche. Elle

---

1. L'écriture chinoise se lit de haut en bas et de droite à gauche. (*N.d.T.*)

commença par donner l'ordre de liquider les avoirs de la maison Liang afin de rembourser les trois négociants, puis envoya son intendant au temple abandonné avec mission de procéder à une petite enquête. Or, pour écrire son message, la jeune Madame Liang avait étendu son mouchoir sur un oreiller que le sang avait taché en traversant le fin tissu. Ces légères traces permirent de reconstituer la première phrase du message. L'intendant fit part de sa trouvaille à la vieille Madame Liang, et celle-ci se rendit compte que Lin Fan n'avait pas seulement violé la jeune femme, mais qu'il avait aussi combiné l'assassinat de son mari, car il avait annoncé cette mort à sa victime avant que le cadavre de Liang Hong fût découvert.

« Madame Liang accusa donc Lin Fan du double crime devant le tribunal de Canton. Mais Lin Fan, en possession à présent d'une partie de l'or volé, avait réussi à corrompre un fonctionnaire local et à soudoyer de faux témoins. L'un d'eux, un jeune homme sans mœurs, se présenta comme l'amant de la morte, et l'affaire fut classée. »

Ma Jong voulut placer un mot, mais le juge lui fit signe de se taire et poursuivit : « Vers la même époque, la femme Lin Fan (une sœur de Liang Hong) disparut et ne fut jamais retrouvée. Lin Fan feignit d'éprouver un immense chagrin, mais sa haine pour tous les membres de la famille Liang était connue, et bien des gens le soupçonnèrent d'avoir tué la malheureuse et caché son cadavre.

« Tels sont les faits rapportés dans le premier des documents en ma possession. Il a été rédigé il y a vingt ans.

« Voyons maintenant la suite. La famille Liang

est réduite à la vieille dame, ses deux petits-fils et une petite-fille. Bien qu'elle ait perdu les neuf dixièmes de son capital, le renom de la maison de commerce restait intact et ses diverses succursales fonctionnaient toujours. Sous la ferme direction de la vieille Madame Liang, les pertes furent bientôt réparées, et peu à peu la prospérité revint dans la famille.

« Pendant ce temps-là, Lin Fan avait organisé une vaste affaire de contrebande pour accroître encore sa fortune mal acquise. Quelques-uns de ses hommes furent pris et les autorités locales se doutèrent du rôle joué par lui dans l'opération. Mais elles n'étaient pas habilitées à juger ce genre de délit et Lin Fan n'ignorait pas qu'il risquait d'être traduit devant la Cour Provinciale, beaucoup moins favorable à son égard. Il décida donc d'employer une ruse diabolique pour détourner de lui le danger et pour perdre définitivement Madame Liang.

« Il acheta l'officier du port, fit placer en secret des caisses contenant des marchandises de contrebande parmi la cargaison de deux jonques appartenant aux Liang, puis il paya quelqu'un pour dénoncer la vieille dame. Après l'accablante découverte des caisses par les autorités du port, les biens de la maison Liang et de ses succursales furent saisis en totalité et confisqués par le Gouvernement. Madame Liang accusa de nouveau son ennemi de toujours, mais deux non-lieux furent prononcés, l'un par le tribunal du district, l'autre par la Cour Provinciale.

« La vieille dame comprit alors que Lin Fan ne s'arrêterait pas avant d'avoir exterminé toute sa famille. Elle décida de chercher refuge dans une ferme éloignée appartenant à l'un de ses cousins. Cette ferme s'élevait sur le site d'une ancienne forteresse et l'une des redoutes existait encore. Elle servait à présent d'entrepôt à grain, mais, bâtie en pierre de taille, pourrait fournir un excellent abri si des brigands à la solde de Lin Fan venaient les attaquer.

« L'attaque se produisit quelques mois plus tard. Madame Liang, ses trois petits-enfants, le vieil intendant et six fidèles serviteurs se barricadèrent dans la redoute où ils avaient emmagasiné eau et nourriture. Les bandits tentèrent de forcer la porte avec un bélier, mais elle était en fer et résista à leurs assauts. Ils rassemblèrent alors du bois sec et en firent des fagots auxquels ils mirent le feu avant de les lancer à travers les barreaux des fenêtres. »

Le juge Ti s'arrêta un instant pour respirer. Ma Jong serrait ses énormes poings et le Sergent Hong tiraillait sa moustache avec colère. Le magistrat reprit : « Les assiégés suffoquaient. Il leur fallut bien effectuer une sortie. Le plus jeune des petits-fils de Madame Liang, sa petite-fille, le vieil intendant et les six serviteurs furent égorgés par les bandits, mais, profitant de la confusion, Madame Liang réussit à s'échapper avec l'aîné de ses petits-fils, Liang Ko-fa.

« Dans son rapport, le chef des brigands prétendit avoir tué tout le monde et Lin Fan se réjouit à la pensée que la famille Liang n'existait plus. Le terrible meurtre collectif excita l'indignation des Cantonais. Ceux qui connaissaient la haine portée par Lin Fan à la famille Liang devinèrent tout de suite quel était l'instigateur de ce crime atroce, mais comme Lin Fan se trouvait être à présent l'un des plus riches négociants de la ville, personne n'osa souffler mot. Le misérable hypocrite afficha une grande douleur et alla jusqu'à offrir une récompense substantielle à qui ferait connaître le repaire des brigands. Le chef de ceux-ci s'entendit secrètement avec lui et sacrifia quatre de ses hommes qui furent arrêtés, condamnés et décapités avec tout le cérémonial voulu.

« Madame Liang et son petit-fils Liang Ko-fa s'étaient réfugiés chez un parent éloigné et restèrent quelque temps cachés, vivant sous des noms d'emprunt. Elle réussit pourtant à rassembler des preuves contre Lin Fan et, il y a cinq ans, sortit de sa retraite pour l'accuser du nonuple meurtre.

« Ce crime avait si bien fait marcher les langues que le magistrat local hésita tout d'abord à couvrir Lin Fan de sa protection; le meurtrier dut lui faire cadeau sur cadeau pour obtenir le rejet de la plainte. Sur ces entrefaites, un homme connu pour son intégrité fut nommé Gouverneur de la Province et Lin Fan trouva sage de disparaître pendant quelques années. Il chargea donc un intendant dévoué de veiller sur ses affaires, embarqua ses concubines et quelques serviteurs sur trois grandes jonques fluviales et quitta secrètement la ville.

« Il fallut trois années à Madame Liang pour découvrir sa retraite, mais en apprenant qu'il s'était établi à Pou-yang, elle décida de l'y suivre et de chercher le moyen de se venger. Son petit-fils Ko-fa tint à l'accompagner, car n'est-il pas écrit : *Le fils ne vivra pas sous le même ciel que l'assassin de son père.* »

Le juge Ti fit une nouvelle pause pour boire un peu de thé, puis il reprit : « Il y a deux ans, grand-mère et petit-fils débarquèrent donc dans cette ville, et nous en arrivons à la seconde partie de l'affaire, celle qui correspond à la plainte déposée devant Son Excellence Fong. Dans ce document – le juge posa sa main sur le rouleau placé devant lui – Madame Liang accuse Lin Fan d'avoir enlevé son petit-fils, Liang Ko-fa. Aussitôt arrivé ici, précise-t-elle, Liang Ko-fa entreprit une enquête sur les activités de Lin Fan à Pou-yang. Un jour, il confia à sa grand-mère qu'il venait de découvrir des faits susceptibles d'intéresser la justice, Malheureusement, il ne voulut pas en dire plus long.

« D'après la vieille dame, Lin Fan a dû se rendre compte de la surveillance dont il était l'objet et il a fait disparaître le jeune homme. Néanmoins, comme elle n'avait rien d'autre que l'hostilité régnant entre les deux familles pour étayer son accusation, on ne peut blâmer mon prédécesseur le juge Fong d'avoir rendu un non-lieu.

« A présent, je vais vous exposer mon plan. J'ai beaucoup réfléchi au problème pendant mes longues heures en palanquin. J'ai formé une petite théorie sur les occupations illégales de Lin Fan ici, et certains faits rapportés par Tao Gan sont venus la confirmer.

« En premier lieu, je me suis demandé pourquoi cet homme avait choisi une ville de si moyenne importance comme lieu de retraite. Les gens riches et influents préfèrent d'ordinaire les grandes villes ou même la capitale. Ils peuvent y passer davantage inaperçus tout en jouissant de beaucoup plus de confort.

« Me souvenant de ses rapports avec les contrebandiers, et n'oubliant pas son extrême cupidité, je suis arrivé à la conclusion suivante : c'est la position de notre ville, si favorable à la contrebande, qui a déterminé son choix. »

Un éclair de compréhension passa dans les yeux de Tao Gan. Il opina de la tête, tandis que le juge Ti poursuivait : « Depuis les jours de notre glorieuse dynastie Han, la vente du sel est un monopole du Gouvernement. Pou-yang se trouve à la fois sur le Canal et pas très loin des salines de la côte. Je pense donc que si Lin Fan s'est installé à Pou-yang, c'est pour gagner de l'argent avec la contrebande du sel. Préférer un exil solitaire, mais rémunérateur, à une vie confortable mais dispendieuse, correspond tout à fait à son caractère avide.

« Le rapport de Tao Gan vint confirmer mes soupçons. Si Lin Fan a choisi cette vieille demeure dans un quartier désert et à proximité de la grille d'entrée du fleuve, c'est parce que son emplacement est favorable au transport clandestin du sel. Le terrain acheté par lui en dehors de la ville joue son rôle dans l'affaire. Le chemin pour s'y rendre en partant de la maison de Lin est assez long, puisqu'il faut faire un détour pour sortir par la Porte du Nord. Mais si vous consultez un plan de la ville, vous verrez que par eau la distance est très courte [1]. La grande grille qui contrôle l'entrée du fleuve empêche la circulation batelière, c'est entendu, mais de petits ballots peuvent facilement passer entre ses barres et être coltinés d'une embarcation dans une autre. Et le Canal fournit à Lin Fan le moyen de transporter le sel où il le désire au moyen de ses jonques.

« Notre homme toutefois, semble avoir suspendu son trafic pour l'instant et paraît vouloir regagner sa ville natale. A notre point de vue c'est vraiment dommage car il a dû faire disparaître toute trace de ses activités illégales et, dans ces conditions, il nous sera difficile de rien prouver contre lui. »

Le Sergent Hong interrompit son maître :

– Il est évident, Votre Excellence, que Liang Ko-fa avait trouvé les preuves nécessaires et s'apprêtait à s'en servir contre son ennemi. Ne pourrions-nous pas rechercher à nouveau le disparu? Lin Fan le tient peut-être prisonnier quelque part?

Le juge Ti secoua la tête.

– Je crains bien que Liang Ko-fa ne soit plus de ce monde. Lin Fan ignore la pitié, Tao Gan en sait quelque chose! L'autre jour, Lin Fan l'a pris pour un agent de Madame Liang et sans l'intervention de Ma Jong, notre ami aurait été assassiné sur-le-champ. Non, le Cantonais a tué Liang Ko-fa, j'en ai peur.

– Cela nous laisse peu d'espoir de le démasquer, dit le Sergent. A présent que deux années se sont écoulées depuis le meurtre, je ne vois pas comment nous pourrions trouver la moindre preuve.

– Cela est malheureusement vrai. J'ai donc décidé d'adopter la ligne de conduite suivante :

« Tant que Madame Liang était son seul adversaire, il savait exactement quelles mesures prendre pour déjouer ses plans et il n'a jamais commis la moindre erreur. Mais je vais lui laisser entendre qu'à partir d'aujourd'hui il lui faut compter avec moi. Mon intention est de l'effrayer, de le harceler sans relâche afin de l'amener à commettre une imprudence qui nous fournira le moyen de passer sous sa garde.

« Écoutez donc mes instructions : pour commencer, le Sergent va lui porter ma carte cet après-midi même et lui annoncera mon intention de lui faire demain une visite officieuse. Au cours de la conversation je laisserai voir que je le soupçonne de quelque chose et lui ferai clairement comprendre qu'il ne doit pas quitter Pouyang sans autorisation.

170

« Deuxièmement : Tao Gan va aller voir le propriétaire du terrain avoisinant la demeure de Lin Fan et lui ordonnera, de la part du tribunal, de déblayer les ruines. Prétexte : elles servent d'abri aux vagabonds. L'administration du district partagera les frais des travaux, et Tao Gan embauchera lui-même les ouvriers nécessaires. Accompagné de deux sbires, il ira surveiller en personne les travaux qui devront commencer demain matin.

« Troisièmement : en sortant de chez Lin Fan, le Sergent Hong se rendra directement à l'état-major de la garnison et remettra au commandant en chef mes instructions écrites. Elles enjoindront aux soldats qui gardent les quatre portes de la ville d'arrêter pour le questionner sous un prétexte quelconque tout Cantonais entrant dans Pou-yang ou en sortant. Quelques soldats devront être postés près de la grille du fleuve et y monteront la garde nuit et jour. »

Se frottant les mains d'un air satisfait, le juge Ti conclut : « Tout cela donnera un peu à réfléchir à notre ami, je pense ! L'un de vous a-t-il d'autres suggestions à faire ? »

Avec un sourire, Tsiao Taï proposa :

— Nous pourrions aussi nous occuper de sa ferme ! Que diriez-vous si j'allais planter une tente de l'armée sur le terrain communal, juste en face de la ferme de Lin Fan. Je m'y installerais pour deux ou trois jours et, sous prétexte de pêcher dans le Canal, je surveillerais la grille et la ferme de façon si apparente que les habitants de cette dernière ne puissent manquer de s'en apercevoir. Ils iraient sans aucun doute faire part à Lin Fan de mon espionnage, et cela contribuerait à le tenir en haleine !

— Parfait ! s'exclama le juge, et, se tournant

vers Tao Gan qui tiraillait d'un air songeur les longs poils de sa verrue, il demanda :

— Et toi, Tao Gan, n'as-tu rien à dire?

— Lin Fan est un homme dangereux. Quand il se trouvera ainsi harcelé, il décidera peut-être d'assassiner Madame Liang. Elle morte, il n'y aura plus personne pour soutenir l'accusation. Je propose donc que nous veillions sur elle. Lorsque je lui ai rendu visite, j'ai noté que le magasin du marchand de soie, juste en face de chez elle, était fermé. Ma Jong et un ou deux sbires pourraient s'installer dans la boutique afin d'éviter qu'un malheur n'arrive à la vieille dame.

Le juge réfléchit un instant et répliqua :

— Depuis qu'elle est à Pou-yang, Lin Fan n'a rien tenté contre elle. Ne nous y fions pas cependant. Ma Jong, tu la prendras en charge dès aujourd'hui.

« Comme dernière mesure, je vais envoyer une circulaire aux postes de l'armée établis le long du Canal — au nord et au sud de Pou-yang — leur demandant d'arrêter toutes les jonques qui portent l'emblème de la maison Lin et de s'assurer qu'elles ne transportent pas du sel de contrebande. »

Le Sergent Hong sourit.

— D'ici quelques jours, remarqua-t-il, Lin Fan sera *comme une fourmi dans une poêle à frire chaude*, pour citer notre vieux proverbe!

Le juge Ti acquiesça et conclut :

— Quand il aura connaissance de toutes ces mesures, Lin Fan aura l'impression d'être pris au piège. Ici, il est loin de Canton, la ville où s'exerce son pouvoir, et il a renvoyé la plupart de ses séides. De plus, il ignore que je ne possède pas une seule preuve contre lui. Il va se demander si Madame Liang ne m'a pas révélé un fait ignoré de lui, ou si j'ai découvert son trafic de contrebande, ou bien si mon collègue de Canton ne m'a pas communiqué de dangereux renseignements supplémentaires.

« J'espère que tout cela va l'inquiéter au point de lui faire commettre une imprudence qui nous le livrera. La chance en est faible, je l'avoue, mais c'est la seule que nous ayons! »

XV

*Le juge Ti rend visite
à un négociant cantonais;
deux jeunes femmes
font une arrivée inattendue.*

Le lendemain, après l'audience de midi, le juge troqua son costume officiel pour une simple robe bleue, puis il monta dans son palanquin et commanda aux porteurs de le conduire chez Lin Fan. Deux sbires seulement l'accompagnaient.

Lorsque la chaise s'arrêta devant la demeure du Cantonais, le juge Ti souleva le rideau et vit une douzaine d'hommes occupés à déblayer les ruines amoncelées à gauche du grand portail. Assis sur un tas de briques, Tao Gan surveillait le travail, bien en vue et rayonnant.

Dès qu'un des sbires eut frappé, la porte s'ouvrit à double battant et les porteurs avancèrent jusque dans la grande cour. En descendant du palanquin, le juge aperçut un homme grand et mince, de mine plutôt imposante, qui l'attendait au bas des degrés de la salle de réception.

A part un personnage courtaud et trapu que le juge devina être l'intendant, il n'y avait pas de domestiques en vue.

L'homme grand et mince s'inclina profondément et dit d'une voix sourde :

– L'insignifiante personne qui a l'honneur de s'adresser à Votre Excellence est le négociant

Lin, dont le nom personnel est Fan. Que Votre Excellence daigne pénétrer dans ma misérable masure.

Après avoir gravi les marches, hôte et visiteur entrèrent dans une vaste salle meublée simplement mais avec goût. Dès qu'ils furent assis sur des sièges en ébène sculptée, l'intendant servit le thé, puis apporta des confiseries cantonaises.

Les rituelles phrases de politesse furent échangées. Lin Fan parlait le langage des provinces du nord de façon aisée, mais avec un perceptible accent cantonais. Tout en parlant, le juge examinait discrètement son hôte.

Lin Fan portait une robe d'une sévère simplicité et une casaque damassée comme les affectionnent les habitants de Canton. Un simple bonnet de gaze noire lui couvrait la tête. Il devait avoir environ cinquante ans, décida le juge. Une moustache peu fournie et une barbiche grise ornaient son long visage mince, mais ses yeux surtout frappèrent le magistrat. Ils possédaient une étrange fixité et semblaient ne se mouvoir qu'avec la tête du négociant. Sans l'immobilité de ce regard froid, il eût été difficile de croire que cet homme digne et bien élevé avait une douzaine de meurtres sur la conscience.

— Ma visite n'a rien d'officiel, commença le juge Ti. Je désire seulement avoir avec vous un petit entretien privé à propos d'une certaine affaire.

Lin Fan s'inclina et répondit de sa voix monocorde :

— L'humble marchand ignorant qui vous écoute se met sans réserve à la disposition de Votre Excellence.

— Il y a quelques jours, continua le juge, une vieille dame de Canton nommée Liang s'est présentée devant le tribunal et a raconté une longue histoire fort incohérente dans laquelle elle vous accusait de toutes sortes de crimes. J'avais du mal à bien la comprendre. Par la suite, l'un de mes assistants m'informa que cette pauvre femme avait le cerveau dérangé. Elle m'a remis une liasse de documents que je n'ai pas pris la peine de lire, puisqu'ils sont certainement remplis des divagations de sa pauvre tête malade.

« Malheureusement, la loi m'interdit de classer une affaire sans avoir entendu le plaignant au moins une fois en audience publique. J'ai donc décidé de vous rendre une visite – une visite tout amicale – pour qu'au cours de cette démarche officieuse nous puissions trouver un moyen de donner à la vieille dame une sorte de satisfaction apparente tout en évitant de perdre, tous deux, trop de temps.

« Cette façon de procéder est extrêmement irrégulière, vous le comprenez bien. Mais il est si évident que la pauvre femme n'a plus tout son esprit à elle, et, d'un autre côté, vous êtes un homme d'une probité si universellement reconnue, que mon action se trouve parfaitement justifiée. »

Lin Fan se leva et vint s'incliner très bas devant le juge pour lui exprimer ses remerciements, puis il se rassit et, secouant la tête d'un air attristé, dit :

– C'est une bien lamentable histoire. Mon feu père était le meilleur ami du défunt mari de Madame Liang. Pendant des années j'ai tout fait pour continuer, pour renforcer même, les traditionnels liens d'amitié qui unissaient nos deux familles. Ce fut une tâche parfois bien pénible.

« Votre Excellence saura que, si mes affaires prospéraient, celles de la famille Liang mar-

176

chaient de plus en plus mal. Cela était dû en partie à une série de calamités contre lesquelles on ne pouvait rien, mais aussi au manque de sens commercial de Liang Hong, le fils de l'ami de mon père. De temps à autre je leur tendais une main secourable, mais, selon toute apparence, le Ciel s'était déclaré contre leur maison. Liang Hong fut assassiné par des voleurs de grands chemins et la vieille dame prit la direction des affaires. Elle commit de graves erreurs de jugement et il en résulta pour elle de lourdes pertes. Harcelée par ses créanciers elle en commit une encore plus grave en s'associant avec des contrebandiers. Tout fut découvert et les biens de la famille furent entièrement confisqués.

« La vieille dame décida alors de se retirer à la campagne. Des brigands brûlèrent sa ferme, tuèrent deux de ses petits-enfants et plusieurs serviteurs. Après l'histoire de contrebande, il m'avait fallu rompre les relations avec elle, mais l'affreux malheur arrivé à une famille si longtemps amie de la mienne fut plus que je n'en pouvais supporter. J'offris une généreuse récompense à qui ferait arrêter les assassins et j'eus la satisfaction de voir la justice châtier ces misérables.

« Hélas, cette suite d'épreuves finit par déranger le cerveau de Madame Liang et l'idée que j'étais responsable de ses malheurs germa dans son esprit malade.

– Quelle idée absurde! s'exclama le juge Ti. Vous, son meilleur ami!

Lin Fan hocha tristement la tête et soupira.

– Oui. Aussi Votre Excellence n'aura pas de peine à comprendre combien cette affaire a pu me désoler. Madame Liang n'a cessé de me persécuter, de me calomnier, excitant par tous les moyens les gens contre moi.

« Je peux dire en confidence à Votre Excellence que si j'ai quitté temporairement Canton, c'est en grande partie pour me mettre à l'abri de ses machinations. Votre Excellence comprendra ma position : d'un côté je ne pouvais me résoudre à invoquer la protection de la loi contre le chef d'une famille à laquelle je suis allié. D'un autre côté, si je ne répondais pas à ces accusations, mon crédit sur la place de Canton en souffrirait. Je pensais trouver le calme et le repos à Pou-yang, mais cette femme m'a poursuivi jusqu'ici, m'accusant d'avoir enlevé son petit-fils! Son Excellence Fong rendit immédiatement une ordonnance de non-lieu. Madame Liang vient sans doute de renouveler cette accusation?

Avant de répondre, le juge Ti avala quelques gorgées de thé. Puis, sans se presser, il goûta aux sucreries apportées par l'intendant.

— Ah, que je regrette donc de ne pouvoir rejeter sa plainte purement et simplement! finit-il par dire. Mais, bien que je sois désolé, croyez-moi, de vous causer ce dérangement, je vais être dans l'obligation de vous convoquer devant mon tribunal afin d'entendre votre défense. Pure formalité, bien entendu, car votre innocence saute aux yeux!

A nouveau, Lin Fan s'inclina. Son regard si curieusement fixe se posa sur le juge.

— Quand Votre Excellence se propose-t-elle de m'entendre?

Le juge caressa ses favoris.

— Voilà qui m'est difficile à préciser. Il y a d'autres affaires pendantes et j'ai beaucoup de travail administratif sur les bras. De plus, mon assistant va être obligé – toujours pour la forme – d'étudier les paperasses remises par Madame Liang afin de m'en faire un résumé. Je suis donc

178

navré de ne pouvoir vous fixer de date. Soyez assuré, cependant, que nous agirons avec toute la diligence possible!

— L'humble négociant que je suis vous en sera profondément reconnaissant. D'importantes affaires réclament ma présence à Canton. J'avais l'intention de partir demain en laissant la charge de la maison à mon intendant. C'est à cause de ce départ imminent que ma modeste demeure a l'air d'une bâtisse abandonnée. La plupart de mes serviteurs sont partis la semaine dernière, ce qui vous explique pourquoi mon hospitalité est si misérable et je vous en demande mille et mille fois pardon!

— Je ferai de mon mieux pour régler tout cela le plus rapidement possible, quoique, je l'avoue, je regrette que vous soyez obligé de nous quitter! La présence d'un si éminent citoyen de notre riche province du sud honore grandement mon pauvre district. Ce que nous pouvons vous offrir ici est si loin du luxe et du raffinement auxquels vous êtes habitué dans la magnifique cité de Canton, que j'ai du mal à comprendre comment un homme de votre importance a pu choisir notre humble ville comme lieu de retraite, même momentanée!

— L'explication de ce fait est bien simple, répliqua Lin Fan. Mon feu père était un homme très actif. Il aimait descendre et remonter le Canal dans nos jonques pour inspecter les différentes succursales de notre maison.

« En traversant Pou-yang, il fut si charmé par son délicieux décor qu'il décida d'y bâtir une villa pour l'époque où il se retirerait des affaires. Hélas, mon père est parti rejoindre ses ancêtres avant d'avoir pu mettre son projet à exécution. Aussi ai-je pensé que le devoir filial me comman-

179

dait de faire en sorte que la maison des Lin possédât une propriété à Pou-yang.

– Exemple fort louable de piété filiale!

– Plus tard, peut-être consacrerai-je entièrement cette demeure à la mémoire de mon père. La maison est ancienne mais convenablement construite et j'y ai déjà apporté les améliorations compatibles avec mes modestes moyens. Votre Excellence me permettra-t-elle de lui faire les honneurs de cet humble logis?

Le juge Ti accepta la proposition et son hôte lui fit traverser une seconde cour qui desservait une salle de réception plus vaste encore que la première.

Un épais tapis tissé spécialement pour la pièce en couvrait le sol. Les solives et les colonnes qui les supportaient étaient délicatement sculptées et incrustées de nacre. Le mobilier en bois de santal répandait un délicat parfum et, au lieu d'utiliser le papier ou la soie pour les fenêtres, on avait eu recours à de minces lamelles de coquillage qui diffusaient une douce lumière irisée.

En arrivant dans l'arrière-cour, Lin Fan dit avec un petit sourire :

– Puisque toutes les femmes sont parties, je puis vous faire visiter leurs appartements.

Le juge Ti refusa poliment mais son hôte insista et le magistrat comprit que Lin Fan voulait lui montrer qu'il n'avait absolument rien à cacher.

De retour dans la première salle, le juge but une seconde tasse de thé et s'arrangea pour donner à la conversation un tour plus général. Il apprit ainsi que Lin Fan était le banquier de certains hauts personnages de la capitale, et que sa firme possédait des succursales dans la plupart des grandes villes de l'Empire. Quand le magistrat prit enfin congé du Cantonais, celui-ci le reconduisit cérémonieusement jusqu'à son palanquin.

Revenu au Yamen, le juge se rendit droit à son bureau et parcourut d'un œil distrait les papiers apportés en son absence par le second scribe. Il trouvait difficile de penser à autre chose qu'à sa visite. Lin Fan disposait de vastes ressources, c'était un bien dangereux adversaire. Tomberait-il dans le piège tendu? Le juge commençait à en douter.

Il réfléchissait encore à ce problème quand son intendant entra.

— Qu'est-ce qui t'amène ici? demanda le magistrat en levant la tête. J'espère que tout est en ordre dans ma maison?

L'intendant semblait mal à l'aise. Selon toute apparence, il ne savait comment s'y prendre pour faire part à son maître de l'objet de sa visite.

— Allons, parle! s'exclama le juge impatienté.

— Deux palanquins fermés viennent d'arriver dans la troisième cour, Votre Excellence. Une vieille femme est sortie du premier. Elle m'informa que, sur l'ordre de Votre Excellence, elle amenait deux jeunes dames. Elle n'a pas voulu m'en dire plus long. Comme votre Première Épouse se repose, je n'ai pas osé la déranger. J'ai consulté Seconde Épouse et Troisième Épouse, mais elles ne sont au courant de rien. Je me suis donc permis de venir trouver Votre Excellence.

La nouvelle de cette arrivée parut faire plaisir au juge Ti.

— Qu'on installe ces deux demoiselles dans les appartements de la quatrième cour, dit-il, et qu'on leur donne à chacune une servante. Porte mes remerciements à la personne qui les a amenées et dis-lui qu'elle peut s'en retourner. Je m'occuperai moi-même du reste dans le courant de l'après-midi.

Soulagé, l'intendant s'inclina profondément et se retira.

Le juge passa plusieurs heures à débrouiller un partage de succession en compagnie de l'Archiviste et du Premier Scribe, et il était assez tard quand il regagna la partie du Yamen où s'élevaient les appartements privés.

Il se rendit chez la Première Épouse qu'il trouva en train de vérifier les comptes de la maison avec l'intendant.

Elle s'empressa de se lever en voyant entrer son mari. Il renvoya le serviteur et, s'asseyant devant la table carrée, fit signe à son épouse de l'imiter. Il lui demanda si leurs enfants travaillaient bien et si le précepteur était satisfait. La Première Épouse répondit avec sa politesse coutumière, mais elle gardait les yeux baissés et le juge voyait bien que quelque chose la tracassait. Après avoir échangé un certain nombre de phrases avec elle, il dit :

— Vous avez sans doute appris que deux jeunes femmes sont arrivées ici cet après-midi?

D'un ton détaché, elle répondit :

— J'ai pensé que mon devoir me commandait d'aller dans la quatrième cour m'assurer que les nouvelles venues avaient bien tout ce qu'il leur fallait. J'ai désigné Aster et Chrysanthème pour s'occuper d'elles. Chrysanthème est, comme vous le savez, une très bonne cuisinière.

Le juge Ti acquiesça d'un signe de tête et son épouse poursuivit :

« En revenant de la quatrième cour, je me suis demandé si mon seigneur n'aurait pas mieux fait de me prévenir de ses intentions. Son humble servante aurait pu lui choisir de nouvelles épouses avec tout le soin convenable. »

182

Le juge leva les sourcils.

– Je suis désolé que vous n'approuviez pas mon choix, dit-il.

– Je ne me permettrais jamais de critiquer les préférences de mon seigneur, répliqua la Première Épouse d'un ton plutôt froid, mais je dois aussi me préoccuper de l'harmonieuse atmosphère de votre maison. Comment ne pas s'apercevoir que ces jeunes femmes sont différentes de vos autres épouses? Et je crains bien que les lacunes de leur éducation ne facilitent pas le maintien du bon accord qui a régné jusqu'ici dans cette demeure.

Le juge Ti se leva et dit d'un ton sec :

– Dans ce cas votre devoir est parfaitement clair. Vous allez vous arranger pour que ces lacunes – dont je reconnais l'existence – disparaissent au plus vite. Vous vous chargerez personnellement d'instruire les nouvelles venues. Qu'elles apprennent la broderie et les autres arts familiers aux femmes de votre rang. Qu'on leur inculque aussi quelques notions d'écriture. Je comprends très bien votre point de vue, je le répète. Pour l'instant, qu'elles n'aient donc de contact qu'avec vous. Vous me tiendrez informé de leurs progrès.

La Première Épouse s'était levée en même temps que le juge. Quand celui-ci se tut, elle dit :

– Le devoir de votre humble servante est d'attirer l'attention de son seigneur sur un autre fait. Avec ce que je reçois pour tenir le ménage, j'aurai du mal à faire face aux nouvelles dépenses imposées par cet accroissement de votre maison.

Le juge sortit un lingot d'argent de sa manche et le posa sur la table.

– Voici pour l'achat de l'étoffe nécessaire à la confection de leurs vêtements et pour les autres frais supplémentaires.

La Première Épouse s'inclina très bas.

Le juge sortit en poussant un gros soupir. Les difficultés commençaient!

Une succession de couloirs l'amena dans les appartements de la quatrième cour où il trouva Mlle Abricot et Mlle Jade-Bleu en train d'admirer le nouveau cadre de leur existence.

S'agenouillant devant le juge, elles le remercièrent de sa bonté. Il les pria de se relever et Mlle Abricot lui tendit respectueusement de ses deux mains une enveloppe cachetée.

Le juge ouvrit le pli. Il contenait le reçu de l'argent versé pour l'achat des deux jeunes femmes, accompagné d'un petit mot fort poli de l'intendant de Magistrat Lo. Il fourra la lettre dans sa manche et rendit le reçu à Mlle Abricot, lui recommandant de le conserver avec soin au cas où leur ancien maître prétendrait un jour avoir encore des droits sur elles. Puis il ajouta :

– La Première Épouse va s'occuper de vous personnellement. Elle vous mettra au courant de nos usages et achètera de l'étoffe pour vous habiller de neuf. Pendant une dizaine de jours – jusqu'à ce que vos nouveaux vêtements soient prêts – vous ne sortirez pas de cet appartement.

Il leur parla encore quelques minutes avec bienveillance, puis regagna son bureau où il dit aux serviteurs de lui préparer un lit pour la nuit.

Il fut très long à trouver le sommeil, assailli de doutes sur la sagesse de sa conduite et se demandant avec anxiété si la tâche qu'il entreprenait ne dépassait pas ses forces. Personnage influent, immensément riche, ce Lin Fan allait être un adversaire dangereux et impitoyable. Le froid survenu dans ses relations avec la Première Épouse le rendait également malheureux car, jusqu'ici, sa vie familiale était le paisible refuge où il venait oublier le fardeau de ses devoirs officiels.

Retournant dans sa tête tous ces motifs d'inquiétude, il ne réussit pas à s'endormir avant une heure avancée de la nuit.

XVI

*Le négociant cantonais
rend sa visite au juge Ti;
un grave magistrat se déguise
en diseur de bonne aventure.*

Le rapport des trois lieutenants ne signala rien de particulier pendant les deux jours qui suivirent.

Lin Fan ne sortait pas de chez lui et semblait passer tout son temps dans sa bibliothèque. Tao Gan avait ordonné aux ouvriers qui déblayaient les ruines de respecter le mur de la seconde cour. Ils taillèrent dedans un escalier de fortune et en nivelèrent le sommet. Confortablement assis au soleil, Tao Gan surveillait de là-haut la maison Lin en jetant un regard féroce à l'intendant chaque fois qu'il apercevait ce dernier.

D'après le rapport de Tsiao Taï, la ferme abritait trois hommes qui passaient leur temps à cultiver les légumes ou à travailler sur la grande jonque toujours à l'ancre. Tsiao Taï pêcha deux magnifiques carpes dans le Canal et les porta triomphalement au cuisinier du juge Ti.

Ma Jong s'était installé dans le vaste grenier du magasin de soieries situé en face de chez Madame Liang. Là, il s'amusait à enseigner la lutte et la boxe à un jeune sbire particulièrement doué. Madame Liang n'avait pas une seule fois mis le nez hors de chez elle. Sa vieille sorcière de servante sortait de temps à autre pour faire les emplettes. Aucun individu suspect ne s'était montré dans les parages.

Le troisième jour, un Cantonais se présenta à la Porte du Sud. Les soldats de garde prirent prétexte d'un cambriolage commis dans le quartier voisin pour l'arrêter. Cet homme était porteur d'une épaisse lettre destinée à Lin Fan.

Le juge Ti la lut avec attention sans rien y découvrir de louche. Il s'agissait d'un rapport purement commercial envoyé par l'agent de la maison Lin d'une autre ville. L'importance des sommes en jeu (plusieurs milliers de pièces d'argent pour une seule affaire) surprit cependant le magistrat.

La lettre copiée, on remit son porteur en liberté, et Tao Gan le vit se présenter chez Lin Fan dans l'après-midi.

Le soir du quatrième jour, Tsiao Taï qui se promenait sur les bords du Canal se trouva nez à nez avec l'intendant de Lin Fan. L'homme venait sans doute de descendre le fleuve à la nage en passant sous la grille sans se faire remarquer par les soldats.

Jouant le voleur de grands chemins, Tsiao Taï assomma l'intendant et le dépouilla d'une lettre qu'il portait. Ce message adressé à un haut fonctionnaire de la capitale suggérait en termes voilés le déplacement immédiat du magistrat de Pou-yang. Un bon de cinq cents lingots d'or l'accompagnait!

Le lendemain matin, un serviteur de Lin Fan apporta une lettre au juge Ti. Elle informait ce dernier que l'intendant du négociant cantonais venait d'être attaqué et dévalisé par un voleur. Le juge fit aussitôt placarder une affiche offrant une récompense de cinquante pièces d'argent à toute personne capable de fournir un renseignement utile sur le lâche agresseur. Puis il plaça le message subtilisé par Tsiao Taï dans le dossier, afin de s'en servir à l'occasion.

C'était le premier signe encourageant depuis le début de l'affaire, mais il ne fut suivi d'aucun autre, et une seconde semaine s'écoula sans rien apporter de nouveau.

Le juge perdit un peu de sa sérénité et devint irritable. Chose curieuse, il s'intéressa aux déplacements de l'armée et se mit à étudier les circulaires de magistrats voisins signalant des mouvements de troupes. Il alla même jusqu'à cultiver l'amitié du commandant de la place (personnage des plus ennuyeux malgré ses talents militaires) et le questionnait pendant des heures sur la répartition des effectifs de la région.

Dans le sud-ouest de la province, les fanatiques d'une nouvelle religion s'étaient unis à une bande de brigands pour tenter un soulèvement armé, et le juge prit de nombreuses notes sur ce complot. Comme il paraissait hautement improbable que les désordres gagnassent jamais Pou-yang, le Sergent Hong se creusait en vain la tête pour deviner la raison de cet intérêt.

Mais le juge Ti ne lui fournit aucune explication, et le Sergent fut vexé de ne pas être mis dans la confidence. Le brave homme était d'autant plus malheureux qu'il se rendait compte de la mésintelligence survenue entre son maître et la Première Épouse.

Il arrivait parfois au magistrat de passer la nuit chez sa Seconde ou chez sa Troisième, mais la plupart du temps, il dormait seul dans son cabinet.

Une ou deux fois il se rendit au matin dans les appartements de la quatrième cour pour y boire une tasse de thé avec Mlle Abricot et Mlle Jade-Bleu. Il bavardait un peu avec les deux jeunes femmes, puis regagnait vite son bureau.

Deux semaines après sa visite au négociant cantonais, l'intendant de Lin Fan vint au Yamen avec la carte de son maître et demanda si celui-ci pourrait être reçu. Le Sergent Hong l'informa que le juge se sentirait très honoré par une telle visite.

Lin Fan arriva en palanquin fermé. Le juge Ti l'accueillit avec la plus grande cordialité, le fit asseoir dans la salle de réception et insista pour lui offrir des fruits et des gâteaux.

L'air toujours aussi impénétrable, Lin Fan commença par les habituelles formules de politesse, puis, de sa voix sourde, il demanda :

— Avez-vous découvert un indice permettant d'identifier l'agresseur de mon domestique? Je l'avais envoyé à la ferme avec un message. Sorti de la ville par la Porte du Nord, il marchait le long du fleuve quand un bandit l'a assommé à coups de poing et l'a jeté à l'eau après l'avoir dépouillé de tout ce qu'il avait sur lui. Mon serviteur a pu heureusement rejoindre la berge, sans quoi il périssait noyé.

— Ah! quel coquin! s'exclama le juge avec une colère bien imitée. Assommer un homme et tenter ensuite de le noyer! Je vais porter la récompense à cent pièces d'argent.

Lin Fan le remercia gravement, puis, fixant sur lui son curieux regard mort, il ajouta :

— Votre Excellence a-t-elle trouvé le temps de s'occuper de mon autre affaire?

Le juge secoua tristement la tête.

— Le Premier Scribe passe ses journées sur les documents remis par Madame Liang. Certains détails ne sont pas très clairs, il doit demander des explications à la vieille dame, et vous savez que les instants de lucidité de cette dernière sont très rares. J'espère néanmoins que tout sera bientôt prêt.

Lin Fan s'inclina très bas.

— Ces deux choses sont d'ailleurs de minime importance, déclara-t-il. Je ne me serais pas permis de vous faire perdre un temps précieux si un nouveau problème ne se posait pour moi que seule Votre Excellence a le pouvoir de résoudre.

— Parlez en toute liberté et considérez-moi comme entièrement à votre service!

— Votre Excellence est en rapports constants avec les plus hautes autorités du pays. Elle est au courant de toutes les affaires de l'Empire, extérieures aussi bien qu'intérieures, et ne se doute pas à quel point nous autres marchands pouvons être ignorants de ces choses-là! Pourtant, leur connaissance nous éviterait souvent de perdre des millions de pièces d'argent!

« Or mon représentant à Canton m'informe qu'une maison rivale vient de s'assurer les services officieux d'un fonctionnaire du Gouvernement qui a bien voulu devenir leur conseiller. Il me semble que ma modeste firme se doit de suivre cet exemple. Malheureusement, l'humble marchand qui ose en ce moment vous ouvrir son cœur n'a aucune relation parmi les hautes personnalités officielles. J'apprécierais donc grandement la faveur que me ferait Votre Excellence si Elle daignait me suggérer un nom.

Le juge Ti s'inclina.

— Vous me faites un immense honneur en condescendant à me demander une opinion dépourvue de valeur, répliqua-t-il avec une imperturbable gravité. N'étant que le magistrat insignifiant d'un tout petit district, il m'est impossible de trouver parmi mes amis ou mes relations une personne possédant assez de savoir et d'expérience pour servir de conseiller honoraire à une firme aussi importante que la grande maison Lin.

Lin Fan avala une gorgée de thé.

— Comme légère marque de sa reconnaissance, dit-il, mon rival verse dix pour cent de ses revenus à ce conseiller honoraire. Ce pourcentage est vraiment peu de chose pour un haut fonctionnaire – cinq mille pièces d'argent par mois, peut-être – mais cela aide tout de même quand on a une importante maison à tenir!

Le juge se caressa la barbe d'un air pensif et répliqua :

— J'espère que vous comprendez combien je déplore d'être incapable de vous aider. Si je n'éprouvais pas pour vous une estime aussi haute, je vous recommanderais à l'un de mes collègues, mais, à mon humble avis, ce qui existe de meilleur est à peine assez bon pour la Maison Lin!

Lin Fan se leva.

— Je prie Votre Excellence de bien vouloir accepter mes excuses pour avoir abordé si maladroitement ce sujet, mais je voudrais lui faire comprendre que la somme mentionnée par moi à la légère est probablement au-dessous de la vérité. Le double, peut-être?... Non? Enfin, quand Votre Excellence aura pris le temps de réfléchir, peut-être aura-t-elle un nom à me proposer?

Le juge Ti se leva à son tour.

— Je regrette infiniment, dit-il, mais il me serait impossible de trouver dans le cercle très limité de mes amis une personne ayant la compétence voulue.

Le visiteur s'inclina encore une fois très profondément et prit congé du juge qui le reconduisit jusqu'à son palanquin.

Après cette visite, le Sergent Hong remarqua que la bonne humeur de son maître était revenue. Le juge lui raconta la conversation qu'il venait d'avoir et conclut :

— Le rat se sent pris. Il essaie de grignoter le piège!

Le lendemain cependant, le magistrat était de nouveau maussade. Même l'enthousiasme de Tao Gan pour décrire la mine furibonde de l'intendant cantonais quand celui-ci l'apercevait sur son perchoir ne réussit pas à le dérider.

Une autre semaine s'écoula encore. Puis, un jour que le juge était seul dans son cabinet après l'audience de midi et parcourait distraitement une liasse de circulaires administratives, il entendit un bruit de voix dans le couloir. Deux scribes se faisaient part des dernières nouvelles. Le juge Ti n'accordait pas grande attention à leur bavardage quand le mot « *soulèvement* » le frappa. Il se leva et, sans bruit, vint coller son oreille à la cloison. L'un des deux hommes disait : « ... il n'y a donc aucune crainte de voir le soulèvement s'étendre, mais, à titre de précaution, le Gouverneur de notre province veut concentrer des troupes près de Tsin-houa pour impressionner la population. »

Le second répondit :

— C'est donc cela! Mon ami le caporal m'a confié que toutes les garnisons de ce district ont reçu l'ordre de gagner Tsin-houa ce soir. S'il en est ainsi, l'avis officiel ne va pas tarder à arriver au Yamen...

Le juge n'en écouta pas davantage. Il ouvrit le coffre de fer dans lequel il conservait les documents confidentiels et en sortit plusieurs papiers et un gros paquet.

Lorsque le Sergent arriva, il fut stupéfait de voir que l'apathie récente de son maître avait complètement disparu.

— Je dois immédiatement partir en secret pour une mission de la plus haute importance, dit le juge. Écoute bien mes instructions, je n'aurai pas le temps de les répéter ni de te donner d'explications supplémentaires. Exécute mes ordres à la lettre. Demain tu comprendras tout. Lui tendant quatre enveloppes, il poursuivit : Voici des cartes de visite à moi. Elles sont adressées à quatre citoyens marquants de ce district, hommes d'une intégrité reconnue et estimés de tous. Je les ai choisis après mûres réflexions, et en tenant compte de l'endroit où ils habitent.

« Ce sont : Monsieur Bao, le général en retraite; Monsieur Wan, l'ancien juge de la Cour Provinciale; Monsieur Ling, le Maître de la Guilde des Orfèvres; Monsieur Wen, le Maître de la Guilde des Charpentiers. Va les trouver ce soir de ma part et préviens-les que je vais avoir besoin d'eux comme témoins dans une affaire de la plus haute importance. Qu'ils ne parlent de ceci à personne et se tiennent prêts demain matin une heure avant le lever du soleil, avec leur palanquin et quelques serviteurs choisis.

« Ensuite, tu rappelleras secrètement Ma Jong, Tsiao Taï et Tao Gan de leurs présents postes où des sbires les remplaceront. Dis-leur de se trouver dans la Grande Cour du Yamen demain matin deux heures avant l'aube, Ma Jong et Tsiao Taï à cheval, en tenue de combat avec le sabre et l'arc!

« A vous quatre, vous réveillerez sans bruit tous nos sbires et tous nos scribes. Tu veilleras à ce que mon palanquin officiel soit prêt dans la Grande Cour. Le personnel du tribunal se rassemblera autour, chacun à sa place habituelle, les sbires avec leurs matraques, leurs chaînes et leurs fouets. Tout cela devra se faire sans le moindre bruit et sans allumer de lanternes. Tu placeras aussi mon costume d'audience dans le palanquin. Le Geôlier-Chef et ses hommes assureront la garde du tribunal.

« A présent, il faut que je parte. A demain matin donc, Sergent, deux heures avant l'aube! »

Et sans laisser au Sergent Hong le temps de placer un mot, le juge quitta son bureau, le paquet qu'il avait retiré du coffre de fer sous le bras.

Il traversa ses appartements sans s'arrêter et se rendit dans ceux de la quatrième cour. Il trouva Mademoiselle Abricot et Mademoiselle Jade-Bleu occupées à broder une nouvelle robe.

Il eut avec elles un grave entretien de près d'une demi-heure, puis ouvrit son paquet. Un costume de diseur de bonne aventure apparut, avec sa haute coiffure noire et une pancarte annonçant en gros caractères :

MAÎTRE PENG
CONNU DANS TOUT L'EMPIRE
PRÉDIT L'AVENIR AVEC PRÉCISION
SUIVANT LA TRADITION SECRÈTE
DE L'EMPEREUR JAUNE

Les deux jeunes femmes aidèrent le juge Ti à endosser son déguisement. Il glissa dans sa manche la pancarte-annonce soigneusement roulée et dit à Mademoiselle Abricot :

— Je m'en remets absolument à vous et à votre

sœur! Toutes les deux s'inclinèrent très bas.

Le magistrat sortit par une petite porte de derrière. Il avait choisi cet appartement de la quatrième cour pour Mademoiselle Abricot et Mademoiselle Jade-Bleu parce qu'il était indépendant du gynécée proprement dit et aussi à cause de cette porte dérobée. Elle donnait sur un parc, ce qui lui permettait, en cas de besoin, de sortir du Yamen sans être vu.

Dès qu'il se trouva dans la rue principale, il déroula sa pancarte et se mêla à la foule.

Il passa le reste de l'après-midi à parcourir au hasard les rues écartées de Pou-yang, buvant d'innombrables tasses de thé dans de petites auberges. Si quelqu'un s'approchait pour l'interroger sur l'avenir, le prétendu diseur de bonne aventure s'excusait de ne pouvoir s'arrêter à cause d'un rendez-vous avec un client important.

Lorsque la nuit fut tombée, il dîna très simplement dans un petit restaurant situé près de la Porte du Nord. Libre de sa soirée, il pensa qu'il pourrait aller se promener du côté du Temple de la Sagesse Transcendante, car les fantômes dont avait parlé Ma Jong excitaient sa curiosité.

D'après le garçon du restaurant, ce sanctuaire devait s'élever dans les environs et, en demandant son chemin à plusieurs reprises, le juge finit par trouver la ruelle qui y conduisait. Il avança prudemment dans l'obscurité, se guidant sur une lueur aperçue au bout de l'étroit passage.

Les récits de Ma Jong l'avaient familiarisé d'avance avec le spectacle qui l'attendait sur le parvis et il ne fut pas surpris de voir Cheng Pa trôner comme de coutume le dos au mur entouré de ses fidèles qui jouaient inlassablement aux dés.

Tous levèrent les yeux à l'approche du nouveau venu, le regardant d'abord d'un air soupçonneux. Mais, en voyant la pancarte, Cheng Pa cracha avec dégoût.

– Va-t-en, l'ami. Va-t-en vite! s'écria-t-il. Cela m'attriste trop de songer à mon passé pour avoir envie de connaître mon avenir. Enfonce-toi dans le mur comme une licorne ou bien gagne le ciel comme un dragon volant, mais disparais, ta vue m'est désagréable!

– Pourrais-je, par hasard, trouver ici un homme appelé Cheng Pa? demanda poliment le faux diseur de bonne aventure.

Deux des malandrins vinrent aussitôt l'encadrer, tandis que leur chef bondissait sur ses pieds avec une agilité inattendue.

– Je n'ai jamais entendu ce nom! proclama-t-il. Pourquoi viens-tu demander cela, fils de chien?

– Oh, il ne faut pas vous fâcher! répondit suavement le juge. Je viens de rencontrer un de mes confrères et, voyant que je dirigeais mes pas de ce côté, il m'a remis deux ligatures de sapèques qu'un ami de la Guilde des Mendiants lui avait confiées avec mission de les remettre à un nommé Cheng Pa. Il paraît qu'on le trouve d'ordinaire en ce lieu, mais puisqu'il n'est pas là, n'en parlons plus!

Le juge fit mine de s'en aller.

– Chien de malheur! s'exclama son interlocuteur furieux. Sache que Cheng Pa, c'est moi. N'essaie pas de t'approprier un argent qui appartient au Conseiller de la Guilde!

Le juge Ti se hâta de lui tendre les sapèques. Le chef des malandrins les lui arracha des mains et se mit à les compter. Ayant trouvé le nombre de pièces voulu, il se radoucit. « C'est très aimable à toi de t'être chargé de cette commission, l'ami », déclara-t-il. « Excuse mon impolitesse de tout à l'heure, mais, vois-tu, nous avons reçu d'étranges visites récemment. Un garçon que j'ai pris pour un estimable coquin est venu me demander de lui rendre un service. Je l'ai fait, naturellement, et à présent des amis m'avertissent que loin d'être un honnête homme c'était un suppôt du tribunal. Que va devenir l'Empire si l'on ne peut plus se fier aux gens? Ah, j'aimais pourtant bien jouer aux dés avec lui! Assieds-toi donc un peu pour te reposer. Je n'ose pas te proposer une partie, puisque tu connais le futur! »

Le juge s'accroupit sur ses talons et la conversation devint bientôt générale.

Le juge Ti avait beaucoup étudié les mœurs de la pègre et savait employer son argot à l'occasion. Il commença par narrer de petites histoires comiques qui eurent un certain succès, puis il entama une très macabre histoire de fantômes.

Cheng Pa leva aussitôt la main pour lui imposer silence.

— Tais-toi! cria-t-il d'un ton solennel. Nous avons des âmes errantes comme voisins. Je ne permettrai pas qu'on dise du mal d'eux en ma présence.

Le juge feignit la surprise, et Cheng Pa s'empressa de raconter l'histoire du temple abandonné, sans rien dire que le magistrat n'eût déjà entendu.

— Ce n'est pas moi qui parlerai mal des revenants ou des gobelins, dit le faux diseur de bonne aventure. Ce sont un peu mes associés, si j'ose dire. Je les consulte parfois pour annoncer l'avenir, et leur bienveillant concours m'a permis de ramasser pas mal de sapèques! En retour, je place souvent des gâteaux frits dans les endroits hantés par eux. Ils sont très friands de ce genre de pâtisserie.

Cheng Pa se claqua la cuisse en s'écriant :

— Voilà donc où sont passés ceux que j'avais mis de côté hier soir pour mon souper. Au moment de les manger, impossible de mettre la main dessus! On s'instruit tous les jours.

Le juge remarqua un sourire narquois sur les lèvres d'un des malandrins. Sans paraître s'en apercevoir, il demanda :

— Cela vous ennuierait-il que je visite ce temple?

— Puisque tu es l'ami des fantômes, je n'y vois pas d'inconvénient, répondit Cheng Pa. Tu pourrais même leur dire que nous sommes d'honnêtes gens et que ce serait aimable à eux de ne pas déranger notre repos bien gagné par leurs ébats nocturnes!

Sans répondre, le juge Ti emprunta une torche à l'un des hommes et gravit le haut perron qui menait au portail du sanctuaire.

Une tige de fer barrait les portes massives. En levant sa torche, le juge vit qu'une bande de papier était collée sur le cadenas. Elle portait le sceau du juge Fong et les mots : « *Tribunal de Pou-yang* » suivis d'une date vieille de deux ans.

Le juge fit le tour de la terrasse et finit par découvrir une porte plus petite, également verrouillée, mais dont le panneau supérieur était fait d'un treillis de bois.

Il éteignit se torche en l'écrasant contre le mur et, se dressant sur la pointe des pieds s'efforça de percer l'obscurité, puis l'oreille tendue, il écouta.

Très loin, vers le fond du temple, il lui sembla entendre des pas traînants, mais le vol d'une chauve-souris pouvait produire ce genre de bruit. Un instant plus tard, tout était de nouveau absolument silencieux.

Se demandant si ses oreilles ne l'avaient pas trompé, il continua d'écouter.

Une sorte de martellement sourd lui parvint, puis cessa brusquement, et rien ne vint plus rompre le silence.

Le premier bruit pouvait s'expliquer de façon naturelle, mais le martellement était bien étrange. Une enquête s'imposait certainement.

Quand le magistrat redescendit les marches du perron, Cheng Pa s'écria :

— Tu es resté rudement longtemps? Qu'as-tu vu?

— Oh, rien de bien spécial. Seulement deux démons bleus qui jouaient aux dés avec des têtes humaines fraîchement coupées.

— Auguste Ciel! s'exclama Cheng Pa. Quel monde! Enfin... on ne choisit pas ses voisins!

Le magistrat prit congé de la bande et se dirigea vers la grande rue. Il aperçut dans une voie transversale un hôtel qui lui parut assez propre. « Les Huit Immortels », proclamait son enseigne [1]. Le juge loua une chambre pour la nuit et, lorsque le garçon lui apporta un pot de thé bouillant, il l'avertit qu'il partirait le matin de bonne heure afin de sortir de la ville dès l'ouverture des portes.

Après avoir bu deux tasses de thé, il s'enveloppa étroitement dans sa robe et s'allongea sur le lit branlant pour essayer de dormir une heure ou deux.

---

1. « Les Huit Immortels » sont des génies que vénèrent particulièrement les taoïstes. Au figuré, ce groupe de mots signifie le Bonheur. *(N.d.T.)*

XVII

L'aube voit d'étranges visiteurs
se diriger vers un temple;
le tribunal siège de façon extraordinaire
devant la salle du Bouddha.

Le juge se leva bien avant l'aube. Il se rinça la bouche avec du thé froid, remit un peu d'ordre dans ses vêtements et quitta « Les Huit Immortels ».

Marchant à grands pas dans les rues désertes, il arriva bientôt devant le Yamen. Un sbire à moitié endormi lui ouvrit la porte en jetant un regard étonné à son étrange costume. Sans s'arrêter, le juge Ti gagna la Grande Cour où il distingua vaguement dans l'ombre un groupe d'hommes qui attendait en silence autour de son palanquin.

Le Sergent Hong alluma une lanterne de papier et l'aida à monter dans sa chaise. Là, le juge retira sa défroque de diseur de bonne aventure et enfila sa robe officielle. Après avoir placé sur sa tête un bonnet de soie noire, il souleva le rideau et fit un signe à Ma Jong et à Tsiao Taï.

Les deux hommes avaient fière allure sous la lourde cotte de maille d'officier de cavalerie, le casque pointu en tête, et armés chacun de deux longs sabres et d'un grand arc avec un carquois rempli de flèches.

A voix basse, le juge leur dit :

— Nous allons nous rendre d'abord chez le

général Bao, ensuite nous irons chez le juge Wan, et, enfin, nous prendrons Monsieur Ling et Monsieur Wen. Vous deux allez chevaucher en tête.

Ma Jong s'inclina.

– Nous avons enveloppé de paille les sabots de nos montures, dit-il. Personne ne nous entendra passer!

Le juge fit un signe d'approbation et donna l'ordre du départ. La petite troupe prit en silence la direction de l'ouest, puis, après avoir contourné le mur du Yamen, se dirigea vers le nord et arriva bientôt devant la demeure du général.

Dès que le Sergent eut frappé, la porte s'ouvrit à double battant. Un palanquin militaire était au milieu de la cour, entouré d'une trentaine de serviteurs.

La chaise du juge s'avança jusqu'aux degrés menant à la salle d'accueil au bas desquels le général Bao, en grande tenue, attendait son visiteur. Fort imposant malgré ses soixante-dix ans, le général portait une robe de soie violette brodée d'or et une cotte de maille dorée. Un énorme sabre au fourreau incrusté de pierres précieuses pendait à sa ceinture, et les guidons des cinq divisions jadis menées par lui à la victoire formaient un éventail multicolore à la haute pointe de son casque.

Le juge descendit de son palanquin et les deux hommes s'inclinèrent cérémonieusement l'un devant l'autre. Le juge prit la parole :

– Je regrette profondément de déranger Votre Excellence à cette heure indue, mais nous allons démasquer un infâme criminel et le témoignage de Votre Excellence sera nécessaire pour obtenir sa condamnation. Je vous supplie donc de suivre avec attention ce qui va se passer afin de pouvoir en témoigner ensuite devant le tribunal.

Le général semblait tout joyeux à l'idée d'une expédition nocturne. Du ton d'un vrai soldat, il répondit :

– Vous êtes le Magistrat de notre district, je suis à vos ordres. Partons!

Le juge tint un discours analogue au juge Wan et aux Maîtres de la Guilde des Orfèvres et de la Guilde des Charpentiers, Monsieur Ling et Monsieur Wen.

Quand le cortège, composé à présent de cinq palanquins et d'une centaine d'hommes, approcha de la Porte du Nord, le juge appela Ma Jong et lui dit d'un ton bref :

– Dès que nous serons sortis de la ville, Tsiao Taï et toi donnerez à tous la consigne suivante : défense de se détacher du cortège sous peine de mort. Tsiao Taï et toi chevaucherez sur nos deux flancs, la flèche prête à partir. Le premier qui fera mine de quitter les rangs devra la recevoir aussitôt dans le cœur. A présent, va dire aux soldats de garde d'ouvrir la porte!

Quelques instants plus tard les lourds battants ferrés s'écartaient pour leur livrer passage. La petite troupe prit la direction de l'est et se dirigea vers le Temple de l'Infinie Miséricorde.

Lorsqu'elle fut arrivée devant le portail, le Sergent Hong frappa. La tête d'un moine ensommeillé apparut au judas.

– Nous appartenons au tribunal, cria le Sergent. Un voleur vient de se réfugier dans l'enceinte du Temple. Ouvrez-nous vite!

On entendit le grincement d'une barre qu'on tire et un espace d'un pouce ou deux sépara les battants de la porte. Ma Jong et Tsiao Taï qui venaient de descendre de leurs montures pesèrent de toutes leurs forces et la porte s'ouvrit violemment. Les deux hommes se hâtèrent d'enfermer dans la loge le moine-portier et ses acolytes, verts de peur, promettant de venir leur couper la gorge s'ils faisaient le moindre bruit.

Le cortège pénétra dans la première cour. Le juge Ti descendit de sa chaise, imité par les quatre témoins. A voix basse, il leur demanda de l'accompagner, ordonnant au reste de la troupe de ne pas bouger. Précédés de Tao Gan qui leur montrait le chemin, les cinq hommes se dirigèrent vers la Grande Salle. Ma Jong et Tsiao Taï suivaient en silence.

La vaste cour vaguement éclairée par les reflets des lanternes de bronze allumées toute la nuit devant la statue de la Déesse Kouan-Yin.

Le Juge Ti leva la main. Une mince silhouette drapée dans le manteau à capuchon des nonnes bouddhistes se détacha de l'ombre et s'approcha du juge. Après s'être profondément inclinée, elle murmura quelques mots à son oreille.

Le magistrat se tourna aussitôt vers Tao Gan.

— Conduis-nous à la chambre du Père Abbé! commanda-t-il.

Tao Gan grimpa les marches de la terrasse et prit à droite de la Grande Salle. Arrivé au fond du couloir, il indiqua une porte fermée.

Le juge Ti fit un signe à Ma Jong. D'un coup d'épaule, ce dernier enfonça la porte, puis il s'effaça pour laisser passer son maître.

La pièce, luxueusement meublée, était éclairée par deux grosses bougies. Une entêtante odeur de parfum mêlé d'encens flottait dans l'air. Allongé sur un beau lit d'ébène, le Père Abbé ronflait de toute la force de ses poumons sous une couverture de soie richement brodée.

— Enchaînez cet homme! ordonna le juge. Liez-lui les bras derrière le dos

Ma Jong et Tsiao Taï tirèrent le dormeur de son lit, le jetèrent sur le plancher et lui attachèrent les poignets avant qu'il ne fût complètement réveillé.

Ma Jong le remit sur ses pieds sans douceur excessive et lui cria :

— Prosterne-toi devant le Magistrat du district!

Le visage du religieux était couleur de cendre. Peut-être prenait-il les deux lieutenants en cotte de maille pour les suppôts du Juge Noir des Régions Infernales!

Le juge Ti s'adressa aux témoins :

— Je vous demande d'examiner soigneusement cet homme et de regarder avec une attention toute particulière le sommet de son crâne rasé! Se tournant vers le Sergent Hong, il ajouta : Va vite trouver les sbires que nous avons laissés dans la première cour. Commande-leur d'enchaîner tous les moines qu'ils trouveront. Ils peuvent allumer les lanternes, à présent. Tao Gan leur montrera où logent ces gens-là.

En un clin d'œil, la cour fut pleine de lanternes brillantes sur lesquelles les mots « *Tribunal de Pou-yang* » se détachaient en gros caractères. L'opération se poursuivit dans un bruit de chaînes, d'ordres lancés à pleine voix et de coups de pied dans les portes, sans oublier les hurlements de terreur poussés par les moines quand les sbires faisaient tournoyer leurs matraques pour frapper ceux qui n'obéissaient pas assez vite. A la fin, une soixantaine de moines terrifiés se trouvèrent groupés au centre de la Grande Cour.

Du haut des marches, le juge Ti commanda :

— Faites-les s'agenouiller par rangs de six, face à la terrasse!

204

La chose faite, il ordonna :

– Que tous ceux qui m'ont accompagné se rangent en bon ordre sur les trois côtés de cette cour.

Puis il appela Tao Gan et lui dit de le conduire au jardin clos. Se tournant vers la jeune femme vêtue du manteau de nonne, il ajouta :

– Et vous, Jade-Bleu, vous allez nous montrer le pavillon dans lequel se trouve Mademoiselle Abricot. »

Tao Gan ouvrit la porte donnant accès au jardin et ils s'engagèrent dans l'allée sinueuse. Sous la lumière papillotante de leurs lanternes, ce parc si élégamment tracé ressemblait à un rêve du Paradis Occidental [1]!

Mademoiselle Jade-Bleu s'arrêta devant un délicieux petit pavillon caché dans un bosquet de bambous verdoyants.

Le juge fit signe aux témoins d'approcher et leur montra le sceau intact sur la porte fermée à clef.

Il inclina la tête vers Mademoiselle Jade-Bleu. Elle arracha les scellés, mit sa clef dans la serrure et la fit tourner.

Le juge frappa en disant d'une voix forte :

– C'est moi, le Magistrat de ce district! puis il fit un pas en arrière.

La porte laquée de rouge s'ouvrit, révélant Mademoiselle Abricot en chemise de nuit légère, un chandelier à la main. Lorsqu'elle aperçut le général Bao et le juge Wan, elle alla vite s'envelopper d'un manteau de nonne.

---

1. Les bouddhistes du nord de la Chine s'écartent un peu des traditions indiennes et croient en un lieu de délices appelé « le Paradis Occidental », où l'on ne connaît ni la souffrance ni la mort, et où les saints jouissent d'un bonheur perpétuel au milieu de paysages d'une inimaginable beauté. (N.d.T.)

Tous pénétrèrent dans le pavillon. La magnifique peinture de la déesse pendue au mur, le grand lit avec ses couvertures de soie brochée et le somptueux arrangement de la pièce les remplirent d'admiration.

Le juge Ti s'inclina avec respect devant Mademoiselle Abricot. Les quatre témoins l'imitèrent, ce qui fit galamment onduler le cimier du vieux général.

– A présent, montrez-moi l'entrée secrète, demanda le juge.

Mademoiselle Abricot s'approcha de la porte. Elle tourna l'un des ornements de cuivre qui décoraient sa surface laquée : une étroite ouverture apparut au beau milieu du panneau.

Tao Gan se frappa le front.

– Penser que j'ai pu être trompé par une malice pareille! s'exclama-t-il d'un ton incrédule. J'ai regardé partout... sauf à l'endroit qui me crevait les yeux!

Se tournant vers Mademoiselle Abricot, le juge demanda :

– Les cinq autres pavillons sont-ils tous occupés?

La jeune femme inclina affirmativement la tête et le juge poursuivit :

– Allez avec Jade-Bleu aux appartements des invités, dans la première cour, et dites aux maris de ces dames de venir ouvrir les portes des pavillons et de faire sortir leurs épouses. Les maris se rendront ensuite dans la Grande Cour – seuls – pour être présents quand commenceront les débats préliminaires.

Mademoiselle Abricot et Mademoiselle Jade-Bleu s'éloignèrent. Le juge Ti examina avec soin toute la pièce. Désignant un objet sur le guéridon placé au chevet du lit, il dit aux quatre témoins :

– J'attire l'attention de vos honorables personnes sur cette petite boîte d'ivoire qui contient de la pommade pour les lèvres; rappelez-vous bien sa position! Le général Bao va maintenant apposer les scellés sur cette boîte qui sera présentée au moment voulu comme pièce à conviction. »

En attendant le retour de Mademoiselle Abricot, Tao Gan étudia le panneau secret. On pouvait le manœuvrer sans bruit d'un côté de la porte ou de l'autre en tournant l'un des motifs ornementaux.

Mademoiselle Abricot reparut et dit au juge que les occupantes des cinq autres pavillons étaient à présent dans la première cour et que leurs époux attendaient devant la Grande Salle du temple.

Le juge fit visiter les cinq maisonnettes à ses compagnons et Tao Gan trouva sans difficulté l'entrée secrète de chacune d'elles.

Le magistrat rassembla les témoins. Baissant la voix, il leur dit : « Je vais vous demander de bien vouloir m'aider à travestir légèrement la vérité sur un certain point. Ceci dans un sentiment de commisération. Je me propose de déclarer tout à l'heure que deux de ces pavillons – nous nous abstiendrons soigneusement de préciser lesquels – ne possédaient pas d'entrée secrète. Vos honorables personnes sont-elles d'accord?

– Bien parlé! s'exclama le juge Wan. Cela montre votre amour de l'intérêt public. Je donne mon accord, à condition que la vérité soit rétablie dans un rapport séparé, à l'usage exclusif des autorités.

Lorsque tous eurent exprimé leur accord, le juge Ti déclara :

– Rendons-nous à présent devant la Grande Salle et j'ouvrirai les débats préliminaires.

Lorsqu'ils arrivèrent sur la terrasse, les premières lueurs de l'aube commençaient à rosir le crâne rasé des soixante moines agenouillés au-dessous d'eux.

Le juge commanda au Chef des sbires de faire apporter du réfectoire une grande table et des sièges. Quand ce tribunal improvisé fut prêt, Ma Jong traîna au pied de la terrasse le Père Abbé tout frissonnant de froid dans l'air matinal.

En voyant le juge Ti, le moine cria d'une voix sifflante :

– Chien de fonctionnaire, tu as accepté mes présents!

– Tu te trompes, répondit le juge d'un ton glacial. Je les ai considérés comme un prêt. Et jusqu'à la dernière sapèque, ils ont servi à préparer ta propre perte!

Le général Bao et le juge Wan furent priés de s'asseoir à la droite du juge Ti et les deux Maîtres de Guilde à sa gauche, derrière la grande table. Le Sergent Hong apporta des tabourets pour Mademoiselle Abricot et Mademoiselle Jade-Bleu, tandis que lui-même restait debout.

Le Premier Scribe s'installa avec ses auxiliaires à une table plus petite. Ma Jong et Tsiao Taï se mirent au garde-à-vous respectivement à droite et à gauche du groupe.

Quand chacun fut en place, le juge Ti regarda le singulier tableau qui s'offrait à ses yeux, puis, dans le silence, dit d'une voix grave :

– Moi, Magistrat de ce district, déclare ouverte la séance préliminaire du procès contre le Père Abbé du Temple de l'Infinie Miséricorde et contre un nombre encore inconnu de ses moines. Ils sont accusés de quatre crimes : adultère avec la complicité de femmes mariées; viol de femmes mariées; profanation d'un lieu du culte reconnu par l'État; extorsion de fonds.

Le juge se tourna vers le Chef des sbires.

— Amenez la plaignante! ordonna-t-il.

Mademoiselle Abricot fut conduite devant la grande table et s'agenouilla.

— Ceci est une audience extraordinaire, continua le juge. Je décide donc que la plaignante n'a pas à se mettre à genoux.

Mademoiselle Abricot se leva aussitôt, rejeta le capuchon qui lui couvrait le visage, et se tint modestement les yeux baissés.

L'expression austère du magistrat s'adoucit un instant tandis qu'il regardait la mince silhouette drapée dans le manteau des religieuses.

— Que la requérante nous dise son nom et qu'elle dépose sa plainte.

D'une voix mal assurée, la jeune femme répondit :

— L'insignifiante personne qui se tient devant le tribunal se nomme Yang de son nom de famille, et son nom personnel est Abricot. Elle est née dans la Province de Hou-nan.

— Continuez! commanda le juge Ti en se renversant sur son siège, tandis que le Premier Scribe commençait à noter la déposition.

XVIII

*Une jolie pèlerine
fait de surprenantes révélations;
le juge Ti donne des explications
confidentielles à ses lieutenants.*

Les mots sortirent d'abord timidement des lèvres de Mlle Abricot, puis la jolie pèlerine s'enhardit peu à peu, et bientôt sa voix sonna claire dans la grande cour silencieuse.

– Hier après-midi, expliqua-t-elle, je me présentai à la porte de ce sanctuaire, accompagnée de ma sœur, Jade-Bleu. On me conduisit auprès du Père Abbé et je lui demandai l'autorisation d'aller prier devant la statue miraculeuse de la Déesse Kouan-Yin. Le Père Abbé me répondit que mes prières auraient plus de force si je passais la nuit dans le temple à méditer sur l'infinie miséricorde de la Déesse. Il me demanda de payer d'avance les frais d'hébergement et je lui remis un lingot d'or.

« Hier soir, il nous mena, ma sœur et moi, dans un petit pavillon du jardin clos. Il m'expliqua que je logerais là, tandis que ma sœur dormirait dans la partie du temple réservée aux invités. Pour mettre ma réputation à l'abri des calomnies, ajouta-t-il, ma sœur allait m'enfermer elle-même à clef et apposer son sceau personnel sur une bande de papier collée en travers de la serrure. Ceci fait, il lui dit de conserver la clef jusqu'au lendemain.

« Lorsque je fus seule dans le pavillon, je m'agenouillai devant l'image qui ornait le mur de ma chambre et offris une longue prière à la Déesse. Quand je sentis la fatigue me gagner, je me couchai, laissant une bougie allumée sur la table de toilette.

« Vers minuit un léger bruit me réveilla. J'aperçus le Père Abbé près de mon lit. " Je viens, " dit-il, " faire le nécessaire pour que ta prière soit exaucée ". Puis, soufflant la bougie, il se jeta sur moi et me contraignit à subir ses caresses. Le hasard voulut que ma boîte de pommade à lèvres fût restée ouverte sur le guéridon, aussi, sans qu'il s'en aperçût, je traçai avec le cosmétique une marque rouge sur son crâne. Après m'avoir brutalement violée, le Père Abbé me dit : " Lorsque le temps sera venu, un petit héritier te montrera que la Déesse a exaucé ta prière. N'oublie pas alors d'envoyer un présent convenable à notre pauvre monastère. Si tu y manquais, ton honorable époux pourrait apprendre des choses désagréables sur ton compte! " Puis, sans que je comprisse comment, il disparut. »

Des murmures indignés montèrent de l'assistance.

« Allongée sur mon lit », poursuivit Mlle Abricot, « je sanglotais amèrement, quand, soudain, je vis un autre moine à mon côté. « Ne pleure plus, la belle », me dit-il, « ton amoureux arrive! » En dépit de mes supplications, il me prit de force à son tour. Malgré ma grande détresse, je réussis à le marquer de la même manière que le Père Abbé.

« J'étais résolue à rassembler toutes les preuves possibles pour tirer vengeance du traitement infâme qu'on me faisait subir. Feignant de la sympathie pour ce moine qui me parut plutôt stupide, je rallumai la bougie avec une braise du réchaud à thé. Puis, tantôt le cajolant, tantôt usant de taquinerie, je réussis à me faire montrer l'entrée secrète de la chambre.

« Lorsqu'il m'eut quittée, un troisième moine apparut. Je fis la malade et, tout en le repoussant, je m'arrangeai pour le marquer aussi avec ma pommade rouge.

« Il y a une heure, Jade-Bleu vint frapper à ma porte. Elle me cria que le Magistrat du district arrivait dans le Temple pour procéder à une enquête. " Préviens-le que je désire déposer une plainte contre le Père Abbé ", lui répondis-je. »

D'une voix grave, le juge déclara :

— Je prie les honorables témoins de s'assurer que la marque mentionnée par la plaignante figure bien sur la tête du premier accusé.

Le général Bao se leva, imité par ses trois compagnons. Sous les rayons du soleil levant, une tache rouge apparaissait, bien visible, sur le crâne rasé du religieux.

Le juge Ti ordonna au Chef des sbires de passer le long des moines agenouillés et de faire sortir des rangs ceux qui portaient une marque analogue.

Deux d'entre eux furent bientôt poussés à côté de leur Supérieur, et tous les spectateurs distinguèrent clairement la tache rouge sur leurs crânes tondus.

— La culpabilité de ces trois criminels est établie de façon évidente! proclama le juge. La plaignante peut se rasseoir. L'affaire sera entendue régulièrement au tribunal de Pou-yang pendant l'audience de cet après-midi. Je récapitulerai les faits, et les autres moines seront soumis à la question afin que nous puissions découvrir tous les coupables.

A cet instant, un très vieux moine agenouillé au premier rang cria d'une voix tremblante :

— Je supplie Votre Excellence de bien vouloir m'écouter!

Le juge fit signe au Chef des sbires, et le vieillard fut amené devant lui.

— Vo... Votre Excellence, bégaya-t-il, le pauvre moine ignorant que je suis se nomme Complète-Compréhension et je suis le légitime Supérieur du Temple de l'Infinie Miséricorde. Le soi-disant Père Abbé à genoux près de moi n'est qu'un imposteur qui n'a même pas été ordonné prêtre. Il y a quelques années, il est arrivé dans ce temple et m'a contraint sous la menace à m'effacer devant lui. Quand j'osai protester contre la façon infâme dont il traitait les pèlerines venues prier la Déesse Kouan-Yin, il me fit enfermer dans une cellule de l'arrière-cour. Depuis des années il m'y tient prisonnier et j'en suis sorti pour la première fois il y a une heure, quand les hommes de Votre Excellence en ont défoncé la porte.

Le juge Ti leva la main et dit au Chef des sbires :

— Faites votre rapport!

— Nous avons en effet trouvé ce vénérable moine enfermé dans une cellule. Il y avait un petit judas, et nous l'avons entendu appeler d'une voix faible. J'ai fait enfoncer la porte. Ce vieillard n'a offert aucune résistance et a demandé à être conduit devant Votre Excellence.

Le juge inclina lentement la tête et dit au vieux moine :

— Poursuivez!

— L'un de mes deux anciens disciples menaça le nouvel Abbé de le dénoncer au Grand Prêtre. Il fut empoisonné. Le second, qui se trouve à présent devant le tribunal de Votre Excellence, feignit de se rallier à mon successeur afin de l'espionner et de me rapporter ce qu'il pourrait surprendre. Il ne découvrit rien d'utile car seules les âmes damnées du nouveau Supérieur savaient de quelle façon les choses se passaient. J'ordonnai donc à mon disciple de se taire pour le moment, puisque s'il parlait nous serions aussitôt assassinés, ce qui ferait s'évanouir le dernier espoir de mettre un terme à la profanation de ce saint lieu. Mais il pourra vous désigner les renégats qui ont participé aux lubriques entreprises de l'imposteur. Les autres moines sont de vrais croyants, et s'il y a dans le nombre quelques paresseux attirés par la vie facile menée dans ce temple, je supplie Votre Excellence de bien vouloir les épargner.

Sur un signe du juge, deux sbires libérèrent le vieillard de ses chaînes. Il les conduisit près d'un vénérable religieux qui, détaché à son tour, s'avança le long des moines agenouillés et en désigna dix-sept parmi les plus jeunes.

Aussitôt poussés devant le magistrat et jetés à genoux, tous se mirent à hurler et à jurer horriblement. Certains clamaient que Vertu-Spirituelle les avait contraints à violer les pèlerines, d'autres suppliaient qu'on les épargnât, d'autres encore voulaient confesser leurs fautes.

– Silence! tonna le juge.

Fouets et matraques s'abattirent sur la tête et les épaules des enragés, transformant les vociférations en gémissements. Le calme enfin rétabli, le juge ordonna :

– Qu'on relâche les religieux innocents. Ils peuvent rejoindre Sa Révérence Complète-Compréhension et reprendre leurs occupations habituelles.

Quand les vingt accusés se trouvèrent seuls au milieu de la cour, la foule des spectateurs – à laquelle s'étaient joints les habitants des environs attirés par les cris – s'avança en grondant vers les coupables.

– Reculez! cria le juge Ti. Et faites silence, votre Magistrat va parler.

« Les misérables criminels rassemblés devant vous rongeaient comme des rats malfaisants les racines de notre Société. Ils sont coupables de crime contre l'État, car la famille est la base de celui-ci, comme l'a démontré le Sage sans pareil, notre maître Confucius. En abusant d'honnêtes épouses venues prier la Déesse, ces coquins se croyaient sûrs de l'impunité, persuadés que leurs victimes garderaient le silence pour ne pas ternir l'honneur de leur famille.

« Heureusement, les scélérats n'ont pas eu l'audace de munir d'entrées secrètes la totalité des six pavillons. Deux d'entre eux n'en comportaient pas. Grâce à la miséricorde des Pouvoirs d'En-Haut, il est donc clair que le fait, pour une pèlerine, d'avoir passé la nuit dans ce temple ne veut pas dire que son enfant soit illégitime. Je vous supplie tous de bien comprendre cela!

« J'interrogerai les criminels cet après-midi. Ils pourront alors confesser leur faute et s'expliquer librement devant le tribunal. » Se tournant vers le Chef des sbires, le juge ajouta : « Notre prison est trop étroite pour contenir tous ces coquins. Vous allez les enfermer provisoirement dans l'enclos situé le long du mur est du Yamen. Conduisez-les là-bas avec toute la célérité possible! »

Pendant que les sbires entraînaient Vertu-Spirituelle, le faux religieux cria :

– Pauvre imbécile! Bientôt ce sera ton tour de t'agenouiller, et alors c'est *moi* qui te condamnerait!

Un petit sourire froid parut sur les lèvres du juge Ti.

Les sbires firent ranger les vingt hommes en deux files, les attachèrent les uns aux autres avec de lourdes chaînes, et les firent avancer à coups de matraque.

Le juge commanda au Sergent Hong d'escorter Mlle Abricot et Mlle Jade-Bleu jusqu'à la première cour et de les faire reconduire au Yamen dans son propre palanquin.

Il appela ensuite Tsiao Taï.

– Quand la nouvelle de ce qui vient de se passer se répandra dans Pou-yang, lui dit-il, j'ai peur que la foule ne tente de faire un mauvais parti à ces moines. Monte donc à cheval et rends-toi auprès du commandant de la garnison. Tu lui diras d'envoyer un escadron de lanciers et des archers montés pour établir un double cordon autour de l'enclos. Le quartier général n'est pas loin du tribunal, les soldats arriveront là-bas avant les prisonniers.

Comme Tsiao Taï sautait sur sa monture pour exécuter l'ordre reçu, le général Bao remarqua :

– Sage précaution, Noble Juge!

Sans lui répondre, le magistrat poursuivit :

– Je vais être obligé de demander aux honorables témoins encore un peu de leur temps si précieux. Le Temple de l'Infinie Miséricorde abrite un véritable trésor. Nous ne pouvons partir avant d'avoir inventorié et mis sous scellés les objets de valeur et les nombreux lingots d'or et d'argent qu'il contient. Les hautes autorités vont vraisemblablement ordonner la confiscation du tout, et dans cette éventualité il me faut en joindre la liste à mon rapport.

« L'aumônier possède certainement un inventaire de ces biens, mais il faudra le vérifier article par article. Cela va nous prendre plusieurs heures, et je propose d'aller déjeuner avant de nous atteler à ce travail! »

Un sbire fut dépêché aux cuisines avec les instructions nécessaires, puis la petite troupe se dirigea vers le vaste réfectoire du monastère tandis que la foule s'écoulait en ruminant sa colère contre les moines.

Le juge Ti pria le général et les autres témoins de bien vouloir l'excuser s'il se dérobait à ses devoirs d'hôte, mais pour gagner du temps, expliqua-t-il, il comptait donner quelques directives supplémentaires à ses lieutenants au cours du repas.

Pendant que le général Bao, le juge Wan et les deux Maîtres de Guilde faisaient assaut de politesse afin de décider qui présiderait leur table, le juge Ti en choisit une autre à l'écart et s'assit en compagnie du Sergent Hong, de Tao Gan et de Ma Jong.

Deux novices vinrent placer devant eux des bols de gruau de riz et des légumes. Les quatre hommes mangèrent d'abord en silence, puis, dès que les moinillons se furent éloignés, le juge dit avec un petit sourire :

— Vous avez dû me trouver difficile à servir, ces dernières semaines. Toi surtout, mon brave Sergent! A présent, je puis enfin m'expliquer.

Il finit son gruau, posa la cuiller sur la table et reprit : « Quand j'ai accepté les trois lingots d'or et les trois lingots d'argent de ce misérable moine, tu as dû bien souffrir, Sergent! A ce moment-là, vois-tu, si mon plan n'était pas tout à fait mûr, je savais tout de même qu'un jour ou l'autre j'aurais besoin d'argent pour le mettre à exécution. Je n'ai que mon traitement pour vivre, comme tu sais, et je n'osais pas emprunter d'argent au tribunal. Je pensais aux espions du Père Abbé et je ne voulais pas leur mettre la puce à l'oreille.

« Or il se trouve que ce pot-de-vin me fournit la somme exacte dont j'avais besoin pour tendre mon piège! Deux lingots d'or servirent à racheter les deux courtisanes au propriétaire de la « maison de joie » dont elles étaient pensionnaires. Je remis le troisième à Mlle Abricot avec mission de l'utiliser pour obtenir du Père Abbé qu'il la gardât une nuit dans le temple. Un lingot d'argent revint à l'intendant du juge Lo pour le remercier de la part prise par lui dans le rachat des deux jeunes femmes et pour les frais de leur voyage à Pou-yang. Avec le second lingot d'argent, ma Première Épouse leur fit confectionner des vêtements plus appropriés aux rôles qu'elles allaient jouer. Le reste paya leurs manteaux de pèlerines et la location des deux luxueux palanquins dans lesquels elles se rendirent hier après-midi au Temple de l'Infinie Miséricorde. Donc, Sergent, inutile de te tracasser plus longtemps à ce sujet! »

Le juge observa avec un sourire indulgent la mine soulagée de ses trois compagnons et poursuivit : « J'ai choisi ces deux jeunes femmes parce que j'ai tout de suite reconnu en elles les vertus qui font de notre classe paysanne la véritable armature de notre glorieux Empire. Vertus si fortes que l'exercice d'une déplorable profession n'a pu les altérer. En les voyant, je compris que si elles acceptaient de m'aider, mon plan ne pouvait manquer de réussir.

« Je leur ai laissé croire que je les achetais comme concubines, et je n'ai pas même osé détromper ma Première Épouse, car je craignais que le Père Abbé n'ait glissé des espions parmi nos serviteurs. Ensuite, il m'a fallu attendre que Mlle Abricot et sa sœur se fussent adaptées à leur nouveau mode de vie et soient en état de jouer le rôle d'une femme de haut rang et de sa suivante.

« Grâce aux soins assidus de ma Première Épouse, Mlle Abricot fit des progrès extraordinairement rapides et je décidai de l'envoyer chez l'ennemi. »

Le juge attrapa quelques brins de légumes avec ses baguettes et poursuivit : « Hier donc, après t'avoir quitté, Sergent, je gagnai l'appartement de ces demoiselles. Je leur expliquai de quoi je soupçonnais le Père Abbé et demandai à Mlle Abricot si elle voulait bien m'aider à lui arracher son masque. J'ajoutai qu'elle était entièrement libre de refuser, ayant en réserve un second plan qui ne nécessiterait pas sa collaboration. Mais elle consentit sur-le-champ, me disant qu'elle s'en voudrait toute sa vie si elle laissait échapper une telle chance de sauver d'autres femmes de ces monstres lubriques.

« Je leur dis de revêtir les costumes confectionnés sous les ordres de ma Première Épouse et de les dissimuler sous l'ample manteau des nonnes bouddhistes. Ensuite, elles devaient sortir discrètement par la porte de derrière et descendre jusqu'à la place du marché pour y louer deux beaux palanquins. En arrivant au Temple, Mlle Abricot raconterait au Père Abbé l'histoire suivante : elle était la concubine d'un fonctionnaire de la capitale si haut placé qu'elle ne pouvait révéler son nom; en butte à la jalousie de la Première Épouse, et sentant l'amour de son maître se refroidir, elle craignait d'être renvoyée et considérait le Temple de l'Infinie Miséricorde comme sa dernière ressource, car son Seigneur n'avait pas d'enfant et si elle pouvait lui donner un fils, sa situation serait de nouveau assurée.

« Cette histoire ne manquait pas de vraisemblance, mais je savais combien le Père Abbé était méfiant. Je craignais qu'il ne voulût pas la recevoir à cause du refus de donner son nom. Je suggérai donc à Mlle Abricot d'utiliser les deux passions dominantes de cet homme pour parvenir à ses fins, c'est-à-dire de lui offrir un lingot d'or et de laisser voir qu'elle était belle en feignant de n'être pas insensible à sa mâle prestance.

« Pour finir, je dis à la jeune femme ce qu'elle devrait faire si les choses tournaient autrement que nous ne l'imaginions. Après tout, les miraculeux pouvoirs de la Déesse expliquaient peut-être la richesse du Temple! J'inclinais presque à le croire depuis que mon envoyé n'avait pu découvrir d'issue secrète. »

Tao Gan baissa le nez dans son bol de riz d'un air penaud. Avec un sourire indulgent, le juge reprit :

« Donc, je prévins Mlle Abricot que si la Déesse lui apparaissait, il lui faudrait se prosterner devant elle et avouer humblement la vérité en lui exposant que son Magistrat était le seul responsable de sa présence frauduleuse dans le Temple. En revanche, si un simple mortel pénétrait dans le pavillon, elle devait s'arranger pour découvrir par quel moyen il était entré. Ensuite, elle n'aurait qu'à se laisser guider par les circonstances, mais je lui remis cependant une petite boîte de pommade pour les lèvres avec des instructions particulières!

« Un peu avant l'aube, Mlle Jade-Bleu avait pour mission d'aller frapper deux fois à la porte du pavillon. Si on lui répondait par quatre coups, cela signifierait que mes soupçons étaient mal fondés, si au contraire sa sœur frappait trois fois, c'est qu'elle avait du nouveau à nous apprendre. Vous savez le reste! »

Ma Jong et Tao Gan applaudirent bruyamment, mais le Sergent semblait mal à l'aise. Après avoir un peu hésité, il finit par dire :

– L'autre soir, quand Votre Excellence m'a fait part de ce que j'ai cru être son opinion définitive sur le problème du Temple de l'Infinie Miséricorde, Votre Excellence a ajouté une chose qui continue à me tracasser. Même si l'on trouvait des preuves irréfutables de l'inconduite des moines, m'avez-vous dit, même s'ils passaient aux aveux, cela n'empêcherait pas la coterie bouddhiste d'intervenir et de les faire remettre en liberté. Comment justice sera-t-elle faite, en ce cas?

Le juge Ti fronça ses épais sourcils et tira pensivement sur sa barbe sans répondre.

A ce moment, on entendit le bruit d'une galopade effrénée. Quelques secondes plus tard, Tsiao Taï se précipitait vers le magistrat, de grosses gouttes de sueur perlant à son front.

– Votre Excellence! cria-t-il d'une voix haletante, je n'ai trouvé que quatre fantassins dans tout le casernement. Le reste de la garnison est parti pour Tsin-houa hier sur l'ordre pressant de Son Excellence le Gouverneur. Pour revenir ici, je suis passé devant l'enclos où sont enfermés les prisonniers. Une foule furieuse se montant à plusieurs centaines de personnes arrachait les palissades. Tous les sbires se sont réfugiés dans le Yamen!

– Voilà une malheureuse coïncidence! murmura calmement le juge. Retournons vite là-bas!

Il expliqua la situation au général Bao et le chargea de terminer l'inventaire avec l'aide du Maître de la Guilde des Orfèvres, puis il pria le juge Wan et Monsieur Wen de bien vouloir l'accompagner.

Il grimpa dans le palanquin du général avec le Sergent tandis que le vieux juge et son compagnon disparaissaient dans leurs propres chaises. Ma Jong et Tsiao Taï sautèrent sur leurs chevaux, et ce cortège réduit retourna vers la ville aussi vite que le permettaient les jambes des porteurs.

La multitude qui emplissait la rue principale accueillit le juge avec de grandes acclamations. De tous côtés des gens hurlaient : « Vive Son Excellence le juge Ti! », ou bien : « Que le Ciel accorde mille années de vie à notre Magistrat! »

Mais à mesure qu'on approchait du tribunal la foule était de moins en moins dense.

Quand les palanquins tournèrent le coin nord-ouest du Yamen un silence de mort planait sur la rue déserte. A travers la palissade à demi arrachée, le juge et ses compagnons aperçurent les restes mutilés des vingt moines. Une populace en démence les avait tués à coups de pierre avant de piétiner horriblement leurs cadavres.

XIX

Le juge Ti rédige le texte
d'une admonestation
aux citoyens de Pou-yang;
il décide de visiter
le Temple de la Sagesse Transcendante.

Il était inutile de chercher le moindre signe de
vie dans ces lambeaux de chair boueux et sanglants. Le juge n'eut pas besoin de quitter son
palanquin pour s'en rendre compte. Il ordonna
aux porteurs de poursuivre leur chemin.

Les gardes ouvrirent le portail du Yamen à
double battant et le cortège s'engouffra dans la
Grande Cour. Huit sbires terrifiés apparurent
aussitôt et vinrent se prosterner devant la chaise
du juge, frappant les dalles de leur front. L'un
d'eux se mit à réciter un discours d'excuses
laborieusement préparé, mais le juge arrêta net ce
morceau d'éloquence.

– Vous n'avez pas à vous justifier, dit-il. A
huit, il vous était impossible de contenir une telle
foule. La tâche en incombait aux cavaliers que
j'avais envoyé chercher mais qui n'ont malheureusement pu venir.

Puis il descendit de sa chaise, imité par le juge
Wan et par Monsieur Ling. Ses deux lieutenants
sautèrent à bas de leurs montures, et les cinq
hommes se rendirent dans le cabinet du magistrat.

Parmi les divers papiers arrivés en son absence,

le juge prit sur sa table une grande enveloppe portant le sceau du Gouverneur Provincial.

— Ceci doit être l'avis officiel du départ de la garnison, dit-il au juge Wan. Je vous demande de bien vouloir vous en assurer.

Le vieux juge fit sauter le cachet. Ayant parcourur la lettre, il hocha affirmativement la tête et rendit le document au juge Ti.

— On a dû apporter cette lettre hier soir, après mon départ du tribunal, pour une enquête urgente et confidentielle, reprit celui-ci. J'ai passé la nuit dans un petit hôtel du quartier nord de la ville appelé « Les Huit Immortels ».

« Je suis revenu ici avant l'aube, mais, obligé de partir immédiatement pour le Temple de l'Infinie Miséricorde, j'ai changé de vêtements dans mon palanquin sans traverser ce bureau.

« Je vous serais très obligé si vous vouliez bien, Monsieur Ling et vous, interroger à ce sujet mes serviteurs, le patron des « Huit Immortels », et le soldat qui apporta le message du Gouverneur. Simple formalité, bien entendu, mais je désire joindre votre témoignage à mon rapport afin qu'on ne puisse pas imputer la mort de ces malheureux criminels à une négligence de ma part.

— Il en sera fait comme vous le désirez, répondit le juge Wan. J'ai reçu ces jours derniers une lettre d'un vieil ami qui habite la capitale. Il me dit que l'Église bouddhiste a pris beaucoup d'influence dans les milieux gouvernementaux. Ces gens-là vont étudier votre rapport avec autant d'attention qu'un verset de leurs livres sacrés! S'ils y trouvent le plus léger vice de forme, ils essaieront de vous discréditer auprès du Gouvernement.

— Les habitants de Pou-yang sont très reconnaissants à Votre Excellence d'avoir démasqué ces scélérats, s'empressa d'ajouter Monsieur Ling. Nous en sommes à la fois joyeux et soulagés. Il est toutefois bien regrettable que la foule, dans sa légitime indignation, se soit conduite d'une façon si peu conforme à la loi; je prie humblement le Seigneur Juge d'excuser mes concitoyens! »

Le juge Ti remercia les deux hommes, et ils s'en allèrent recueillir les témoignages demandés.

Une fois seul, le magistrat prit son pinceau pour rédiger une proclamation aux habitants de Pou-yang. Ce texte condamnait de façon sévère le massacre des moines, précisant que le châtiment des criminels incombait exclusivement à l'État. Pour terminer, le juge prévenait ses administrés que toute personne coupable d'un nouvel acte de violence serait exécutée sur-le-champ.

Comme le personnel du tribunal se trouvait encore au Temple de l'Infinie Miséricorde, le juge chargea Tao Gan d'établir, en gros caractères, cinq copies de son manuscrit. Lui-même en prépara cinq autres de sa belle calligraphie de lettré. Puis, ayant apposé le sceau du tribunal sur ces documents, il demanda au Sergent Hong de les placarder à la porte du Yamen et en divers points de la ville. Il lui commanda également de faire placer les restes des vingt moines dans des paniers en attendant leur incinération.

Dès que son subordonné fut parti exécuter ces ordres, le juge dit à Ma Jong et à Tsiao Taï :

– La violence engendre la violence. Si nous ne prenons pas immédiatement les mesures nécessaires, d'autres désordres peuvent se produire et des magasins risquent d'être pillés. Sans garnison dans la ville, il sera difficile de ramener l'ordre si nous laissons la populace se déchaîner. Je vais monter dans le palanquin du général et me faire conduire dans les artères principales afin que ma vue apaise les esprits. Vous allez m'accompagner tous deux à cheval avec vos arcs, prêts à abattre tout perturbateur de l'ordre public.

La première visite fut pour le Temple de la Divinité Tutélaire de la Cité. La petite troupe comprenait seulement le juge Ti en palanquin, Ma Jong et Tsiao Taï qui chevauchaient à ses côtés, deux sbires en tête du cortège et deux autres fermant la marche. Revêtu de son costume officiel, le juge était assis bien en vue dans le palanquin ouvert. Les gens s'écartaient respectueusement sur son passage, l'air un peu embarrassé et sans pousser d'acclamations. Ils paraissaient avoir honte de leur récente conduite.

Arrivé au temple, le juge brûla des bâtonnets d'encens et, dans une fervente prière, supplia la Divinité de pardonner au peuple la souillure de Sa ville. La Divinité Tutélaire d'une Cité, c'est un fait reconnu, déteste voir le sang humain arroser le sol qu'elle protège; c'est pour cette raison que le terrain réservé aux exécutions capitales se trouve toujours en dehors de la ville.

Le juge se rendit ensuite au temple de Confucius et y brûla de l'encens devant les tablettes votives du Sage Immortel et de ses illustres disciples, puis, de là, se dirigea vers le Temple du Dieu de la Guerre à qui il offrit aussi une prière.

Les gens paraissaient calmes. Ils venaient de lire sa proclamation et l'on ne remarquait aucun signe de désordre. Le massacre des moines avait épuisé la colère de la foule.

Certain, à présent, que des troubles n'étaient plus à craindre, le juge Ti regagna le Yamen.

226

Le général Bao arriva bientôt du Temple de l'Infinie Miséricorde accompagné de tout le personnel du tribunal.

Le général remit l'inventaire au juge Ti. L'argent trouvé dans le temple et les objets précieux, vases d'autel compris, avaient été placés dans la chambre au trésor du temple, et des scellés apposés sur ses portes.

– J'ai pris la liberté d'envoyer chercher des piques et des sabres dans mon magasin d'armes personnel, ajouta le général, et je les ai fait distribuer à vingt de mes hommes et à dix sbires du tribunal que j'ai chargés de garder le temple.

Le vieux militaire était d'excellente humeur; cette diversion à la monotonie de sa vie de retraité semblait lui plaire infiniment.

Le juge Wan et Monsieur Ling arrivèrent à leur tour. Ils venaient de vérifier les détails donnés par le juge Ti et se déclarèrent prêts à témoigner qu'il avait été matériellement impossible à celui-ci de prendre connaissance de la lettre relative au déplacement des troupes.

Tous gagnèrent ensuite la grande salle de réception où des rafraîchissements variés les attendaient.

Les sbires apportèrent des tables et des sièges supplémentaires. Chacun s'installa et, sous la direction du juge Ti, un rapport détaillé sur les événements de la journée fut établi.

Chaque fois que cela parut nécessaire, les scribes enregistrèrent les dépositions des témoins. Mlle Abricot et Mlle Jade-Bleu quittèrent leurs appartements pour venir faire une relation complète de leur aventure et apposer la marque de leur pouce sur le document.

Le juge Ti ajouta un paragraphe spécial expliquant l'impossibilité de découvrir les coupables du meurtre des moines dans une foule comprenant des centaines et des centaines de personnes. Et comme la conduite des religieux justifiait jusqu'à un certain point la colère populaire et que les désordres ne s'étaient pas renouvelés, le juge terminait en conseillant très respectueusement à ses supérieurs de ne pas prendre de sanctions contre les habitants de Pou-yang.

La nuit était tombée quand le rapport et toutes ses pièces annexes furent enfin achevés. Le juge Ti invita le général Boa, le juge retraité et les deux Maîtres de Guilde à partager son repas du soir.

L'infatigable militaire aurait volontiers accepté, mais les trois autres demandèrent qu'on voulût bien les excuser, ayant besoin de repos après une journée aussi épuisante. Le général fut donc également obligé de refuser, et tous prirent congé du magistrat qui les accompagna jusqu'à leurs palanquins en les remerciant une fois encore de leur précieux concours.

Dès qu'ils furent partis, le juge échangea son costume de cérémonie contre une robe plus confortable et gagna ses appartements.

Dans la grande salle, il trouva sa Première Épouse en train de présider un festin de réjouissance, entourée de Madame Seconde, de Madame Troisième, de Mlle Abricot et de Mlle Jade-Bleu.

Les cinq femmes se levèrent pour lui souhaiter la bienvenue. Il s'assit à sa place habituelle et, tout en dégustant les mets délicats, s'abandonna au plaisir de retrouver l'harmonieuse atmosphère qui lui avait tant manqué pendant les dernières semaines.

Quand la table fut desservie et que l'intendant

vint servir le thé, le juge dit à Mlle Abricot et à Mlle Jade-Bleu :

— Cet après-midi, en rédigeant mon rapport, j'ai proposé qu'on vous fît don de quatre lingots d'or prélevés sur les biens confisqués au temple de l'Infinie Miséricorde. Ce serait une légère récompense pour l'aide que vous m'avez apportée dans cette affaire.

« En attendant que ma proposition soit agréée, je vais envoyer un message officiel au magistrat de votre district natal lui demandant de rechercher vos parents. Le Ciel permettra peut-être qu'ils soient encore vivants. Dans le cas contraire, d'autres membres de votre famille seront certainement heureux de vous recueillir. Dès qu'un convoi militaire partira pour le Hou-nan, je vous confierai aux soins de son chef. »

Avec un sourire bienveillant, le juge poursuivit : « Je vous remettrai une lettre d'introduction pour les autorités locales. Grâce à la récompense du Gouvernement, vous pourrez acquérir des terres, ou bien ouvrir un petit commerce, et en temps voulu, votre famille vous trouvera à chacune un époux convenable. »

Les deux sœurs se prosternèrent devant le juge Ti en faisant quatre fois le ko-téou pour lui exprimer leur gratitude.

Le magistrat se leva et prit congé de ses épouses et des deux jeunes filles. En regagnant le tribunal, au moment où il traversait l'allée qui reliait le jardin au grand portail du Yamen, il entendit des pas légers derrière lui. Se retournant, il aperçut Mlle Abricot, toute seule et les yeux baissés.

Elle s'inclina très bas sans rien dire.

— Eh bien, Abricot, dit doucement le juge, si je puis faire autre chose pour vous, n'hésitez pas à parler.

– Il est bien vrai, Seigneur Juge, qu'on regrette toujours sa terre natale. Mais puisqu'un destin bienveillant nous a placées sous la protection de Votre Excellence, ma sœur et moi aurions beaucoup de peine à quitter cette demeure qui nous est devenue chère. Et puisque la Première a bien voulu nous dire qu'elle accepterait volontiers...

Le juge leva la main et l'interrompit en souriant :

– Après la rencontre, la séparation, c'est la loi de ce monde! Vous serez plus heureuses, vous vous en rendrez vite compte, comme première épouse d'un honnête fermier de votre village plutôt qu'en devenant la quatrième ou la cinquième femme d'un juge de district. En attendant que tout soit réglé, votre sœur et vous serez considérées dans ma demeure comme des invitées.

Ayant ainsi parlé, le juge s'inclina cérémonieusement devant la jeune fille et décida que les perles liquides qui brillaient sur la joue de Mlle Abricot étaient certainement une illusion née d'un rayon de lune.

Arrivé dans la grande cour, il vit que le tribunal était éclairé. Les scribes devaient mettre au net le rapport préparé cet après-midi! Il trouva le Sergent et ses trois lieutenants dans son cabinet en train d'écouter le Chef des sbires. Ce dernier venait, sur l'ordre du Sergent Hong, d'interroger les divers observateurs postés autour de la demeure de Lin Fan. Aucun d'eux n'avait rien remarqué de particulier pendant leur absence.

Le juge renvoya le Chef des sbires et, s'étant assis à son bureau, examina les documents officiels récemment arrivés. Il mit trois lettres de côté et dit au Sergent :

– Ce sont les rapports des postes militaires

230

placés le long du Canal. Ils ont arrêté plusieurs jonques portant la marque de la maison Lin Fan mais n'ont rien trouvé de suspect dans leurs cargaisons. Je crains qu'il ne soit trop tard pour obtenir par ce moyen la preuve des occupations illégales de notre ami!

Il lut le reste de sa correspondance, traçant de son pinceau vermillon quelques directives pour le Premier Scribe dans la marge des documents.

Ceci fait, il but une tasse de thé et se carra dans son fauteuil.

— Hier soir, dit-il à Ma Jong, j'ai rendu visite, sous un déguisement, à ton ami Cheng Pa. J'en ai profité pour regarder d'assez près le Temple de la Sagesse Transcendante. J'ai entendu des bruits étranges. Il doit se passer des choses plutôt bizarres derrière ces murs-là!

Ma Jong lança un regard inquiet au Sergent; Tsiao Taï avait l'air franchement mal à l'aise, mais Tao Gan se contenta de tirailler les trois poils de sa verrue. Tous gardèrent le silence le plus complet.

Un manque d'enthousiasme aussi manifeste ne troubla pas le juge.

« Ces bâtiments excitent ma curiosité, poursuivit-il. Une singulière aventure nous est arrivée ce matin dans un temple bouddhiste; pourquoi ne nous occuperions-nous pas d'un sanctuaire taoïste pour changer? »

Ma Jong se massa les genoux avec ses énormes mains et, un sourire contraint sur les lèvres, répliqua :

— Je ne crains personne dans un combat d'homme à homme, Noble Juge. Mais quand il s'agit de se frotter aux habitants de l'autre monde...

— Je ne suis pas un mécréant, l'interrompit le

231

juge, et je serais le dernier à prétendre qu'en certaines occasions les habitants des Régions Infernales n'aient le pouvoir de se mêler à notre vie. Mais d'un autre côté, je suis fermement convaincu qu'avec une conscience nette on n'a rien à craindre des fantômes ou des gobelins. La Justice a toujours le dernier mot dans le monde invisible aussi bien que dans le visible.

« De plus, mes loyaux amis, je ne vous cacherai pas que les événements d'aujourd'hui et la période d'attente qui les a précédés m'ont quelque peu énervé. Une petite enquête dans ce temple taoïste me remettra d'aplomb! »

Le Sergent Hong tirailla sa barbiche d'un air pensif.

– Si nous allons là-bas, fit-il observer, que vont s'imaginer Cheng Pa et sa bande? Je suppose que notre visite doit rester secrète?

– J'ai pensé à cela. Tao Gan, tu vas tout de suite aller trouver le Surveillant Général du quartier. Tu lui diras de se rendre devant le Temple de la Sagesse Transcendante et d'intimer à Cheng Pa l'ordre de vider immédiatement les lieux. Ces gens-là ne tiennent pas à entrer en conflit avec l'autorité et toute la bande aura disparu avant que le Surveillant ait fini de parler! Mais, par précaution, dis au Chef des sbires d'aller-là-bas avec dix hommes, dans le cas où la force serait nécessaire.

« Pendant ce temps nous allons nous habiller de façon à ne pas trop attirer l'attention et, dès le retour de Tao Gan, nous fréterons des palanquins ordinaires. Je n'emmène personne d'autre que vous quatre, mais n'oubliez pas de prendre des lanternes en papier et une bonne provision de bougies! »

Tao Gan passa par le corps de garde et

commanda au Chef des sbires de rassembler dix hommes.

Tout en bouclant son ceinturon, celui-ci dit à ses subordonnés avec un sourire satisfait :

— C'est curieux comme le contact d'un homme de mon expérience peut faire de bien à un magistrat! Quand Son Excellence est arrivée, il a voulu à toute force s'occuper de ce vulgaire assassinat de la rue de la Demi-Lune où il n'y avait pas une seule sapèque à ramasser. Mais aussitôt après, remarquez-le, il s'est intéressé à un temple bouddhiste assez comparable au palais du Dieu de la Richesse lui-même! Entre nous, je ne serai pas fâché de retourner travailler là-bas quand les hautes autorités auront pris leur décision.

— J'imagine que votre tournée d'inspection du côté de chez Lin Fan, cet après-midi, n'a pas été sans *profit* pour vous, fit malicieusement remarquer l'un de ses hommes.

— Il s'agissait seulement d'un simple échange de politesse, protesta la Chef des sbires. L'intendant de Monsieur Lin Fan a voulu me montrer qu'il savait apprécier la courtoisie de mon attitude.

— La voix de cet intendant avait un son remarquablement argentin, remarqua un camarade du premier sbire.

Avec un soupir, le Chef sortit de sa ceinture une pièce de monnaie qu'il lui lança. Elle fut prestement saisie au vol.

— Vous pouvez vous la partager; je ne suis pas chien, reprit-il. Mais, puisque rien n'échappe à vos yeux, autant vous dire toute l'histoire. Cet intendant m'a mis quelques pièces d'argent dans la main en me demandant si je consentirais à me charger le lendemain d'une lettre pour un de ses amis. J'ai répondu : « Certainement, si je suis là demain ». Comme demain je n'y serai pas, je ne pourrai pas prendre la lettre. Je ne désobéirai donc pas aux ordres de Son Excellence, et je ne vexe pas non plus cet intendant si aimable en refusant un cadeau courtoisement offert. En un mot, je reste fidèle à la consigne de rigide honnêteté que je me suis fixée une fois pour toutes!

Ses hommes s'accordèrent à trouver cette attitude fort raisonnable, et tout le monde partit rejoindre Tao Gan.

XX

Un temple abandonné
pose d'embarrassants problèmes;
une cour déserte révèle son macabre secret.

Le veilleur de nuit venait de passer pour la seconde fois quand Tao Gan reparut. Le juge Ti acheva sa tasse de thé, enfila une simple robe bleue et posa sur sa tête une petite calotte de soie noire. Puis, accompagné du Sergent et de ses trois lieutenants, il sortit du Yamen par une porte de service.

Les cinq hommes prirent des palanquins dans la rue et se firent conduire au carrefour le plus proche du Temple de la Sagesse Transcendante. Après avoir payé les porteurs, ils continuèrent leur route à pied.

On n'y voyait goutte devant le temple, mais tout paraissait calme. Le Surveillant Général s'était bien tiré de sa mission, Cheng Pa et sa bande avaient disparu.

A voix basse, le juge Ti donna ses instructions à Tao Gan :

— Tu vas forcer la serrure de la petite porte à gauche du grand portail. Fais le moins de bruit possible!

Tao Gan s'accroupit pour entortiller son foulard autour d'une lanterne, puis il battit le briquet et l'alluma. Le mince rayon lumineux qui filtrait entre les plis de l'étoffe lui permit d'atteindre sans encombre le sommet des larges marches.

Quand il eut trouvé la porte, il l'examina avec un soin tout particulier. Son amour-propre souffrait encore de l'échec infligé par les panneaux secrets du Temple de l'Infinie Miséricorde et il voulait se rattraper! Il sortit de sa manche un assortiment de petits crochets en fer et se mit au travail sur le cadenas qui ne fut pas long à céder. Tao Gan souleva la barre transversale, donna une légère poussée : la porte s'ouvrit. Il alla vite prévenir son maître que la voie était libre.

Suivi de ses quatre compagnons, le juge Ti gravit l'escalier. Il s'arrêta pour prêter l'oreille. Un silence sépulcral continuant de régner dans le temple, la petite troupe se glissa dans l'ouverture, le juge en tête.

Toujours à voix basse, le magistrat commanda au Sergent Hong d'allumer sa lanterne. Le Sergent obéit et quand il l'éleva au-dessus de sa tête, ils virent qu'ils étaient bien dans la première salle du sanctuaire. A leur droite se trouvait le triple portail, pourvu de lourdes barres transversales; sans la petite porte ouverte par Tao Gan, il leur aurait fallu défoncer ces épais vantaux pour pénétrer dans le temple!

A gauche, trois gigantesques statues dorées représentaient la triade taoïste trônaient sur un autel haut de dix pieds au moins. On distinguait le geste de bénédiction de leurs mains, mais la partie supérieure des personnages disparaissait dans la pénombre.

Le juge se baissa pour examiner le plancher. Il était couvert d'une épaisse couche de poussière sur laquelle se discernaient seulement les traces légères laissées par les pattes des rats.

Faisant signe à ses lieutenants de le suivre, le

juge contourna l'autel et s'engagea dans un couloir obscur. Quand le Sergent eut levé sa lanterne pour les éclairer, Ma Jong laissa échapper un juron. La lumière venait de tomber sur une tête de femme aux traits convulsés par la souffrance, une tête coupée encore dégouttante de sang qu'une main griffue tenait par les cheveux.

Tao Gan et Tsia Taï demeurèrent immobiles, saisis d'horreur, mais le juge dit avec calme :

– Reprenez vos esprits, mes enfants! Comme le veut la coutume des temples taoïstes, les Dix Cercles de l'Enfer sont représentés sur les murs de ce couloir. Mais seuls les êtres de chair et d'os sont à craindre!

Malgré ces paroles rassurantes, ses compagnons détournèrent leurs yeux du spectacle de cauchemar qu'un artiste de jadis avait taillé dans le bois et peint de couleurs réalistes. Une succession de personnages grandeur nature subissaient les châtiments infligés aux âmes des méchants dans l'enfer taoïste. Ici, des diables bleus et rouges sciaient en deux les coupables, les embrochaient sur de longues épées, ou dévidaient leurs intestins à l'aide de fourches en fer. Là, ils précipitaient les malheureux dans des chaudrons d'huile bouillante tandis que de démoniaques oiseaux de proie leur becquetaient les yeux.

Après avoir traversé cette Galerie des Horreurs, le juge arriva devant une grande porte qu'il ouvrit avec précaution. Elle donnait sur la première cour du temple, et la lune, enfin levée, éclairait de sa froide lumière le jardin redevenu sauvage.

Au centre, tout près d'un étang couvert de lotus, se trouvait une plate-forme en pierre d'environ vingt pieds carrés et haute de six. Quatre piliers laqués de rouge montaient de ses angles pour supporter un gracieux toit pointu en tuiles vernissées. La grosse cloche du temple, habituellement suspendue aux chevrons de cet abri, reposait à présent sur la plate-forme. En l'absence des moines, il est en effet d'usage de les décrocher pour éviter de possibles accidents. Celle-ci avait au moins dix pieds de hauteur, et un entrelacs de lignes compliquées la décorait.

Le juge contempla un instant ce paisible tableau, puis, toujours accompagné de ses lieutenants, il parcourut la galerie qui entourait la cour.

Elle était bordée de logettes vides aux planchers poussiéreux. En temps normal, on y recevait probablement les pèlerins ou les personnes venues consulter les saints livres.

A l'extrémité de la galerie une autre porte donnait accès à la seconde cour, autour de laquelle s'ouvraient les anciennes cellules des moines. Plus loin, une cuisine spacieuse semblait être le dernier bâtiment du Temple de la Sagesse Transcendante.

En examinant le mur d'enceinte, le juge remarqua une étroite ouverture, tout près de la cuisine. « La porte de service », murmura-t-il. « Nous allons voir dans quelle rue donne cette partie du temple. »

Il fit signe à Tao Gan, et en un clin d'œil la barre transversale fut libérée de son cadenas rouillé.

A leur vive surprise, les explorateurs découvrirent une troisième cour, deux fois plus vaste que les précédentes. Pavée de larges dalles, elle était entourée de constructions d'un étage. Là aussi régnait un profond silence, mais ces bâtiments déserts avaient été habités jusqu'à une époque relativement récente, comme en témoignaient leur parfait état de conservation et l'absence d'herbe entre les pavés.

— Voilà qui est étrange! s'exclama le Sergent Hong. Cette troisième cour paraît superflue. Quel pouvait bien en être l'usage?

Pendant que les cinq hommes discutaient, la lune se cacha et l'obscurité redevint complète. Le Sergent et Tao Gan se hâtèrent de rallumer leurs lanternes. A ce même instant, une porte claqua au fond de la cour.

Le juge arracha son lumignon au Sergent et se précipita vers l'endroit d'où était venu le bruit. Il arriva devant une massive porte de bois qu'il ouvrit. Elle tourna silencieusement sur ses gonds bien huilés, et le juge, élevant la lanterne au-dessus de sa tête, découvrit un étroit passage. Prêtant l'oreille, il perçut un bruit de pas précipités suivi de celui d'une porte qu'on referme.

Le magistrat se mit à courir, mais fut bientôt arrêté par une nouvelle porte, en fer cette fois. Il se baissa pour l'examiner tandis que Tao Gan regardait par-dessus son épaule.

Se redressant, le juge remarqua :

— Elle est neuve, mais je ne vois ni serrure ni poignée d'aucune sorte. Jettes-y donc un coup d'œil, Tao Gan!

Celui-ci scruta la surface unie pouce par pouce, puis il inspecta le chambranle sans découvrir le moindre mécanisme.

— Il faut la forcer tout de suite, Excellence! s'écria Ma Jong. Sans quoi nous ne saurons jamais quel est le coquin qui vient de nous épier. Si nous ne lui mettons pas immédiatement la main au collet, il va nous échapper!

Le juge Ti secoua doucement la tête en tapotant le métal lisse.

— Il nous faudrait un lourd bélier pour cela!

déclara-t-il. Allons plutôt explorer les bâtiments de la cour.

Les cinq hommes rebroussèrent chemin. Le juge choisit une porte au hasard : elle n'était pas fermée à clef, et il entra dans une grande pièce vide au sol recouvert de nattes. Le juge avisa une échelle posée contre le mur; il s'en servit pour atteindre une trappe ménagée dans le plafond et se trouva bientôt dans un vaste grenier.

Ses lieutenants l'y rejoignirent et regardèrent autour d'eux avec curiosité. Il s'agissait plutôt d'une longue salle que d'un grenier, et de gros piliers de bois soutenaient le haut plafond.

Étonné, le juge demanda :

— L'un de vous a-t-il jamais vu pareille chose dans un temple taoïste... ou même boud-dhiste?

Tirant sur sa maigre barbiche, le Sergent répondit :

— Ce sanctuaire possédait peut-être une importante bibliothèque. Cette salle aurait alors servi à ranger des livres?

— Dans ce cas, intervint Tao Gan, il y aurait des rayons le long des murs. Ça m'a plutôt l'air d'un entrepôt ou d'une resserre!

Ma Jong secoua la tête.

— Qu'est-ce qu'un temple taoïste ferait d'un entrepôt ou d'une resserre? Regardez-moi ces épaisses nattes qui couvrent le plancher. Je suis sûr que Tsiao Taï sera de mon avis : ceci est une salle d'armes pour l'escrime au sabre ou à la lance.

Son camarade examinait les murs.

— Oui, répondit-il, voyez ces deux crochets. Ils devaient supporter de longues lances. Je suis persuadé, Noble Juge, que nous sommes dans l'ancien quartier général de quelque société secrète. Ses membres pouvaient s'entraîner ici au maniement des armes sans craindre les regards indiscrets. Ces fichus moines étaient leurs complices et servaient de couverture à l'entreprise!

— Tu dois être dans le vrai, reconnut le juge Ti d'un air songeur. Et les conspirateurs sont restés après les religieux. Ils étaient encore là il y a peu de temps. On a nettoyé cette salle tout récemment, il n'y a pas un grain de poussière sur les nattes! Tiraillant sa barbe avec colère, il ajouta : « Ils ont dû laisser un ou deux hommes derrière eux, l'un de ceux-ci étant le coquin qui s'intéresse à nos investigations. Il est vraiment dommage que je n'aie pas pensé à consulter un plan de la ville avant de venir ici. Où diable peut bien conduire la porte de fer que nous avons vue en bas?

— Nous pourrions essayer de grimper sur le toit, suggéra Ma Jong. De là, nous verrions ce qui se trouve au-delà du temple.

Aidé de Tsiao Taï, il ouvrit les lourds volets de la fenêtre. En allongeant le cou, ils aperçurent, au-dessus d'eux, les pointes recourbées vers le bas qui garnissaient le bord de la toiture.

— Rien à faire! murmura tristement Tsiao Taï. Il nous faudrait des échelles de siège pour arriver là-haut. Et le mur d'enceinte nous coupe la vue. De plus, il est hérissé d'autant de pointes que le bord du toit!

Le juge haussa les épaules.

— Alors, inutile de rester ici plus longtemps, dit-il avec mauvaise humeur. En tout cas, nous avons au moins appris que l'arrière-corps de ce temple est utilisé à des fins secrètes. Espérons que le Lotus Blanc ne s'agite pas encore et ne nous prépare pas le même genre d'ennuis qu'à

Hanyuan [1]! Nous reviendrons en plein jour avec le matériel nécessaire. Un sérieux examen des lieux s'impose!

Ils redescendirent tous, mais, avant de quitter la cour, le juge murmura à l'oreille de Tao Gan : « Colle une bande de papier sur la porte de fer. Quand nous reviendrons nous saurons au moins si elle a été ouverte après notre départ! »

Tao Gan sortit de sa manche deux minces languettes de papier toutes préparées. Il les humecta du bout de sa langue et les colla en travers de l'étroit espace qui séparait la porte du chambranle, l'une assez haut, l'autre à ras du sol. Puis tous reprirent le chemin de la première cour.

A la porte de la Galerie des Horreurs, le juge s'arrêta pour regarder une fois de plus le jardin abandonné. Sous les rayons lunaires les motifs qui ornaient la cloche de bronze prenaient un relief étrange. Brusquement, le magistrat eut conscience d'un danger inconnu : quelque chose de maléfique se cachait sous la paisible apparence de ce tableau nocturne.

Caressant lentement sa barbe, il essayait d'analyser ses sentiments quand il vit le regard interrogeur du Sergent.

– On entend parfois raconter de curieuses histoires sur ces lourdes cloches de bronze, expliqua-t-il. Pendant que nous y sommes, nous pourrions nous assurer que celle-ci ne recèle pas de criminel sous ses flancs!

En approchant de la plate-forme de pierre, Ma Jong remarqua :

– Les parois de ces grosses cloches ont souvent

1. Voir *Meurtre sur un bateau-de-fleurs*, Coll. 10/18, n° 1632.

plusieurs pouces d'épaisseur. Nous aurons besoin d'outils pour la soulever.

— Va donc jusqu'à la grande salle avec Tsiao Taï, répondit le juge. Vous y trouverez certainement de ces lourdes piques et de ces tridents que les moines emploient pour exorciser les mauvais esprits. Cela fera d'excellents leviers.

Tandis que Ma Jong et Tsiao Taï se précipitaient vers l'endroit indiqué, le juge Ti et ses deux autres lieutenants se frayèrent un chemin à travers les broussailles. Lorsqu'ils eurent pris pied sur l'étroit espace resté libre entre la cloche et le bord de la plate-forme, Tao Gan montra le petit toit à ses compagnons et dit :

— Les Têtes-Chauves ont emporté les poulies, mais nous arriverons bien à soulever cette cloche avec les leviers dont a parlé Son Excellence.

Le juge Ti acquiesça d'un air absent. Il se sentait de plus en plus mal à l'aise.

Ma Jong et Tsiao Taï reparurent avec de longues piques en fer. Avant de grimper sur la plate-forme, ils se débarrassèrent de leurs surtouts, puis chacun d'eux enfonça la pointe de son arme sous la cloche. Glissant ensuite l'épaule sous le manche de ce levier improvisé, ils réussirent à soulever la masse de bronze d'un demi-pouce.

— Glisse une pierre dessous! cria Ma Jong à Tao Gan.

Quand celui-ci eut obéi, Ma Jong et Tsiao Taï poussèrent leurs piques plus en avant, aidés cette fois par le juge et par Tao Gan. La cloche s'inclina peu à peu, et lorsque l'espace lui parut suffisant, le juge commanda au Sergent Hong :

— Roule ce fût de pierre ici!

Le Sergent se hâta de faire basculer le siège en pierre qui ornait un coin de la plate-forme et le roula vers la cloche, mais le bord de celle-ci n'était pas encore assez haut.

Le juge enleva sa première robe et glissa de nouveau son épaule sous le manche de la pique. Tous firent un dernier effort... le cou puissant des deux anciens Chevaliers des Vertes Forêts se gonfla... le Sergent put enfin glisser le cylindre de pierre dans l'espace libre.

Ma Jong et Tsiao Taï jetèrent leurs leviers de fortune et chacun s'épongea le front. A ce moment la lune disparut une fois de plus derrière les nuages. Le Sergent Hong sortit une bougie de sa manche et l'alluma pour inspecter le dessous de la cloche. Ce qu'il vit lui arracha une exclamation.

Le juge se hâta de regarder à son tour : sur les dalles couvertes de poussière et de débris divers gisait un squelette humain.

Prenant la lanterne des mains de Tsiao Taï, le magistrat se mit à plat ventre pour se glisser sous le dôme de bronze. Ma Jong, Tsiao Taï et le Sergent le suivirent aussitôt. Quand Tao Gan voulut les imiter, le juge lui cria :

– Il n'y a pas assez de place. Reste dehors et surveille les alentours!

Puis, accroupi sur ses talons, il examina le squelette. Les vers et les fourmis blanches étaient passés par là et il ne restait absolument que les os. Les poignets et les chevilles avaient été attachés avec une lourde chaîne devenue un amas de ferraille rouillée. Une ancienne fracture mal ressoudée – et bien antérieure à la mort – apparaissait au bras gauche. Le crâne, examiné avec une attention particulière, ne révéla aucune trace de coups.

Levant la tête, le juge remarqua d'un ton courroucé :

– Ce malheureux vivait encore lorsqu'on l'a emprisonné sous la cloche. On l'a condamné à mourir de faim. Quelle agonie atroce!

Le Sergent débarrassait avec précaution les vertèbres cervicales de leur épaisse couche de poussière.

— Regardez! s'écria-t-il soudain en désignant un petit objet brillant. Un médaillon en or!

Le juge prit le bijou, le frotta du bout de sa manche, et l'approcha d'une lanterne.

L'extérieur du médaillon était uni, mais son intérieur portait, finement gravé, le caractère « Lin ».

— Tiens, tiens! s'exclama Ma Jong. C'est donc ce vilain bougre de Lin Fan qui a fait le coup! Il a dû perdre ce bijou en poussant sa victime sous la cloche.

— Alors ce squelette est celui de Liang Ko-fa, conclut le Sergent Hong.

En entendant cette surprenante nouvelle, Tao Gan se glissa auprès de ses camarades et tous contemplèrent les ossements blanchis.

— Oui, dit le juge, c'est Lin Fan qui a commis ce meurtre atroce. A vol d'oiseau, sa demeure est toute proche du Temple de la Sagesse Transcendante. Les deux arrière-cours ont un mur commun, et la mystérieuse porte de fer les fait probablement communiquer.

— Cette troisième cour dont l'existence nous paraissait incompréhensible devait servir à entreposer le sel de contrebande, dit Tao Gan. Les membres de la Société Secrète ont dû déménager plus tôt que nous le pensions, en même temps que les moines.

Le juge Ti acquiesça.

— Nous possédons maintenant de bonnes preuves contre Lin, dit-il. Demain j'entamerai la procédure.

A cet instant, le cylindre de pierre fut brusquement tiré du dehors, et, avec un bruit sourd, la lourde cloche retomba, emprisonnant les cinq hommes.

XXI

Le juge et ses hommes
tombent dans un piège singulier;
un dangereux criminel
est pris dans sa propre demeure.

La colère des prisonniers éclata de façons diverses. Ma Jong et Tsiao Taï jurèrent de tout leur cœur et se mirent à explorer fébrilement la paroi polie; Tao Gan se lamenta sur sa propre bêtise.

– Silence! ordonna le juge Ti. Écoutez-moi bien, car le temps est précieux. Impossible de soulever cette maudite cloche de l'intérieur. Il n'existe donc qu'un seul moyen d'en sortir : la déplacer de quelques pieds afin que son bord dépasse celui de la plate-forme. Cela donnera une ouverture par laquelle nous pourrons nous laisser glisser jusqu'au sol.

– Les piliers ne vont-ils pas nous gêner? demanda Ma Jong d'un ton anxieux.

– Je l'ignore. Mais si l'ouverture est trop étroite pour nous permettre de sortir, elle nous empêchera au moins d'être asphyxiés. Éteignez les lanternes, il ne faut pas que la fumée rende inutilisable le peu d'air dont nous disposons. Et maintenant assez parlé, déshabillons-nous, et au travail!

Le juge Ti jeta sa calotte par terre, se débarrassa de ses vêtements, puis après avoir planté solidement son pied dans l'interstice de deux pavés, il arqua le dos et se mit à peser de toutes ses forces contre la paroi.

Les autres se hâtèrent de suivre son exemple.

Au bout de peu de temps le manque d'air rendit la respiration difficile, mais la cloche avait indubitablement avancé. Peut-être d'un pouce, peut-être d'un peu plus, mais la preuve était faite qu'on pouvait la déplacer, et les cinq hommes redoublèrent d'efforts.

Aucun d'eux ne sut jamais pendant combien d'heures (ou de minutes) ils se démenèrent ainsi dans cette prison de bronze. La sueur coulait en cascade le long de leur échine, leur respiration était devenue haletante, l'air vicié leur embrasait les poumons. Le Sergent Hong fut le premier trahi par ses forces. Il s'effondra juste au moment où le bord de la cloche commençait à dépasser celui de la plate-forme.

Une bouffée d'air frais monta de la petite ouverture en forme de croissant. Le juge plaça le corps inanimé de façon que le visage du Sergent fût en contact avec l'air pur, puis tous se préparèrent pour un nouvel effort.

La cloche avança encore un peu. A présent, un enfant aurait pu se faufiler à travers l'espace libre. Ils se remirent à pousser... cette fois-ci en vain. Leur prison venait probablement de rencontrer l'un des piliers de l'abri.

Sans rien dire, Tao Gan s'approcha du bord de la plate-forme et, les pieds en avant, se laissa glisser dans le trou. La pierre rugueuse lui déchira le dos, mais il était résolu à passer coûte que coûte. Se tortillant comme un ver, il réussit à dégager ses épaules et dégringola dans les broussailles.

Quelques secondes plus tard, une pique apparaissait à sa place. Ma Jong et Tsiao Taï la saisirent et firent légèrement tourner la cloche. Bientôt l'ouverture devint assez large pour y descendre le Sergent Hong. Le juge suivit, puis ses deux autres lieutenants.

Tous s'effondrèrent dans l'herbe, épuisés. Au bout d'un instant, le juge se releva et vint appliquer son oreille contre le cœur du Sergent.

— Transportons-le près de l'étang aux lotus, dit-il. Nous pourrons lui asperger d'eau la tête et la poitrine. Mais ne le laissez pas se mettre debout trop tôt!

Se retournant, le magistrat aperçut Tao Gan à genoux qui frappait le sol de son front.

— Relève-toi, lui dit-il. Et que cela te serve de leçon. Tu as vu ce qui arrive quand on n'exécute par scrupuleusement mes ordres! A présent, viens avec moi, nous allons essayer de découvrir comment notre assassin a pu déplacer le cylindre de pierre.

Un simple morceau d'étoffe autour des reins, le juge grimpa sur la plate-forme, suivi par un très humble Tao Gan.

Ils comprirent tout de suite comment leur agresseur s'y était pris. Glissant l'une des piques abandonnées derrière le fût de pierre et appuyant la pointe de l'arme contre un pilier, il lui avait été facile de faire basculer le cylindre.

Ce point éclairci, le juge et Tao Gan prirent chacun une lanterne et gagnèrent la troisième cour.

Les bandelettes de papier collées sur la porte de fer étaient déchirées.

— Ceci prouve clairement que Lin Fan est le coupable, dit le juge. Il a ouvert cette porte de l'intérieur et nous a suivis jusqu'à la première cour. Quand il nous a vus tous réunis sous la cloche, il a compris que c'était l'occasion ou jamais de se débarrasser définitivement de nous! Après un dernier regard autour de lui, il conclut : A présent, retournons voir comment va notre Sergent!

Ce dernier avait repris connaissance. En apercevant le juge, il voulut se lever, mais le magistrat lui ordonna fermement de ne pas bouger et, se baissant, tâta son pouls [1].

– On n'a pas besoin de toi pour l'instant, assura-t-il d'un ton affectueux. Reste où tu es jusqu'à l'arrivée des sbires.

Puis s'adressant à Tao Gan, il ajouta : « Cours chez le Surveillant de ce quartier et ordonne-lui de venir ici avec ses hommes. Que l'un d'eux monte à cheval et aille dire au tribunal de nous envoyer immédiatement vingt sbires et deux chaises à porteur. Après cela, tu pourras te rendre chez l'apothicaire le plus proche pour te faire panser. Tu saignes de partout, mon pauvre ami! »

Tao Gan partit en courant. Pendant ce temps, Ma Jong était allé ramasser les habits du juge restés sous la cloche. Les ayant vigoureusement secoués, il les tendit à son maître.

A sa grande stupéfaction, celui-ci se contenta d'enfiler un vêtement de dessous dont il roula les manches afin de laisser toute leur liberté à ses bras bien musclés. Il partagea ensuite sa longue barbe en deux tresses qu'il fit passer par-dessus ses épaules avant d'en attacher ensemble les deux extrémités derrière sa tête.

Ma Jong examina le juge d'un œil critique. Malgré un peu de graisse superflue, ce serait un

---

1. La pulsologie était très en honneur dans la Chine ancienne et formait une branche importante de sa médecine (N.d.T.)

redoutable adversaire dans un corps à corps, décida-t-il.

Le magistrat compléta ses préparatifs en nouant un mouchoir autour de ses cheveux et expliqua :

— Je ne suis pas d'un naturel vindicatif, mais ce Lin Fan a tenté de nous faire périr de façon horrible. Si nous n'avions pas réussi à déplacer la cloche, de sensationnelles disparitions seraient venues alimenter la chronique de Pou-yang. Je ne veux pas me priver du plaisir d'arrêter moi-même cette canaille... et j'espère qu'il résistera un peu!

Se tournant vers Tsiao Taï, il ajouta :

« Reste avec le Sergent. Quand nos sbires arriveront, tu leur diras de remettre la cloche dans sa première position. Mais auparavant, recueille les ossements et place-les dans un panier. Tu tamiseras soigneusement toutes les saletés qui se trouvent sous la cloche pour tâcher de découvrir d'autres indices. »

Ces ordres donnés, il quitta le temple par la porte de côté, suivi du fidèle. Ma Jong. Après avoir parcouru nombre de ruelles plus étroites les unes que les autres, les deux hommes arrivèrent enfin devant la demeure de Lin Fan.

Ma Jong s'avança seul vers les quatre sbires de garde. Il murmura quelques mots à l'oreille du plus âgé; celui-ci fit signe qu'il avait compris et alla frapper à la porte. Quand le judas s'entrouvrit, il cria au portier :

— Ouvre-nous vite! Un voleur vient d'entrer dans ta cour. Qu'arriverait-il, chien de paresseux, si nous autres sbires n'étions pas si vigilants? Allons, ouvre avant que le filou ne s'enfuie avec toutes tes économies!

Dès que le portier eut obéi, Ma Jong sauta sur

lui et appuya sa main sur la bouche du malheureux pendant que les sbires s'empressaient de le
ligoter et de le bâillonner.

Dès que ce fut fait, le juge Ti et Ma Jong se
précipitèrent dans la grande propriété.

La première et la seconde cour étaient désertes,
mais dans la troisième l'intendant de Lin Fan
jaillit de l'obscurité.

— Je t'arrête sur l'ordre du tribunal! cria le
juge.

L'homme porta la main à sa ceinture et un long
poignard brilla dans la clarté lunaire.

Ma Jong voulut bondir sur lui, mais, plus
rapide, le juge envoya son poing dans la poitrine
de l'intendant qui s'écroula. Un coup de savate
sous le menton projeta en arrière la tête du
coquin; elle entra brusquement en contact avec
une dalle de pierre et l'homme resta immobile.

— Du beau travail! murmura Ma Jong avec
respect. Pendant qu'il se baissait pour ramasser le
poignard, le juge Ti s'élança vers la dernière cour
où une seule fenêtre laissait filtrer sa lumière
jaunâtre.

Ma Jong le rattrapa au moment où il ouvrait la
porte d'un coup de pied. Les deux hommes
entrèrent ensemble dans une chambre à coucher,
petite mais fort élégante, qu'éclairait une lanterne
en soie montée sur un pied en ébène sculptée. A
droite on apercevait un lit, également en ébène
sculptée, et à gauche une luxueuse table de
toilette avec deux bougies allumées.

Lin Fan, vêtu d'une robe de nuit en soie
blanche, était assis devant la table, le dos tourné
vers la porte.

Le juge le fit brutalement pivoter sur lui-
même.

Sans chercher à se défendre, le négociant

cantonais regarda son visiteur d'un air terrifié. Son visage était pâle, ses traits tirés, et il avait au front une large entaille sur laquelle il appuyait un onguent lors de la peu cérémonieuse entrée du juge. Son épaule gauche, dénudée, n'était pas jolie non plus avec ses vilaines meurtrissures rougeâtres.

Très désappointé de voir son adversaire hors d'état de lutter. le juge annonça d'un ton glacé :

Lin Fan, je vous arrête. Préparez-vous à nous suivre au tribunal!

Lin Fan se leva sans dire un mot. Ma Jong commençait à dérouler la mince chaîne qu'il portait autour de sa taille quand, brusquement, le prisonnier saisit un cordon de soie qui pendait à gauche de sa table de toilette. Le juge lui envoya aussitôt un terrible coup de poing dans la mâchoire. Lin Fan s'écrasa contre le mur sans lâcher le cordon que son poids suffit à tirer complètement lorsqu'il roula par terre sans connaissance.

Un violent juron, poussé derrière lui, fit se retourner le magistrat juste à temps pour voir Ma Jong s'enfoncer dans le plancher. Il l'empoigna par le col de sa robe, l'empêchant ainsi de disparaître dans le trou noir qui venait de s'ouvrir sous ses pieds.

Lorsqu'il eut tiré son lieutenant de sa fâcheuse position, le juge se pencha sur la trappe béante. Elle pouvait avoir quatre pieds carrés et commandait un escalier de pierre fort raide qui se perdait dans l'obscurité.

Quelle veine tu as eue de te trouver près du bord Ma Jong. Sans cela tu te brisais au moins les jambes en dégringolant le long de ces marches-là!

Un second cordon pendait à droite de la table

de toilette. Le juge le tira. Tournant sur ses charnières, la trappe se mit à remonter lentement. On entendit un déclic. Le plancher avait repris son aspect normal.

— Je n'aime pas frapper un blessé, remarqua le juge, mais si je ne l'avais pas assommé, qui sait quels autres tours il n'aurait pas tenté de nous jouer?

— Vous savez vous servir de vos poings, Noble Juge! constata Ma Jong avec une sincère admiration. Je me demande où notre oiseau a bien pu attraper sa vilaine blessure au front et les contusions de son épaule. Ce n'était pas la première fois aujourd'hui qu'il se frottait à quelqu'un de pas commode!

— Nous saurons tout cela en temps utile. A présent, tu vas l'enchaîner solidement et tu procéderas à la même opération avec l'intendant. Ensuite, va chercher les sbires de garde à la porte et fouillez la maison. Si tu trouves d'autres serviteurs, arrête-les et emmène tout ces gens-là au tribunal. Moi, je vais voir où mène le passage secret.

Et tandis que Ma Jong se penchait sur Lin Fan pour l'attacher, le juge ouvrit la trappe, puis, ayant pris une bougie allumée sur la table de toilette, il s'engagea dans l'escalier.

Après une douzaine de marches, il se trouva dans un étroit boyau. Levant la bougie, il aperçut à sa gauche une sorte de plate-forme en pierre. Une eau noirâtre coulait sur deux larges degrés avant de disparaître sous une voûte basse qui s'ouvrait dans la muraille. A droite, le passage se terminait par une grande porte en fer à la serrure compliquée.

Le juge remonta. Dès que ses épaules furent au niveau du plancher, il dit à Ma Jong:

Il y a, en bas, une porte qui doit être celle que nous avons en vain essayé d'ouvrir tout à l'heure! Les ballots de sel entreposés dans la troisième cour du temple empruntaient un canal souterrain pour rejoindre le fleuve, avant ou après la grille de sortie. Explore les manches de Lin Fan; peut-être contiennent-elles un trousseau de clefs qui me permettraient d'ouvrir cette porte.

Ma Jong fouilla les manches d'une robe fleurie jetée en travers du lit. Il en tira deux clefs aux pannetons très travaillés et les tendit au magistrat. Celui-ci se hâta de redescendre et les introduisit l'une après l'autre dans la serrure. La lourde porte s'ouvrit révélant la troisième cour du Temple de la Sagesse Transcendante baignée par la douce clarté de la lune.

Le juge lança un joyeux au revoir à Ma Jong et, respirant à pleins poumons l'air pur de la nuit, il se dirigea vers ses sbires dont il entendait au loin les voix.

XXII

L'archiviste principal
rend compte de faits passés;
le juge Ti expose trois chefs d'accusation

Des douzaines de grandes lanternes en papier illuminaient à présent la première cour. Toutes portaient en gros caractères : « TRIBUNAL DE POU-YANG ».

Surveillés par le Sergent et Tsiao Taï, un petit groupe de sbires mettaient diligemment en place de nouvelles poulies sous l'abri de la cloche. Dès qu'il aperçut son maître, le Sergent se précipita vers lui, et le juge vit avec satisfaction que le brave homme ne semblait pas se ressentir de sa récente mésaventure. Tout en se rhabillant avec son aide, il lui conta l'arrestation de Lin Fan et la découverte du passage secret, puis il dit à Tsiao Taï :

Prends cinq hommes et va jusqu'à la ferme de Lin Fan. Arrête tous ceux que tu trouveras là ou à bord de la jonque. Cette nuit est bien fatigante pour toi, mon valeureux ami, mais j'aimerais savoir cette bande sous les verrous le plus tôt possible!

Tsiao Taï répliqua gaiement que ce genre de besogne ne lui déplaisait pas du tout et choisit cinq robustes gaillards parmi les sbires présents.

Le juge s'approcha de la plate-forme. La lourde cloche s'élevait lentement, tirée par deux grosses cordes, et elle eut bientôt repris sa position normale à trois bons pieds du sol.

Le juge Ti contempla un long moment la surface piétinée qui s'offrait maintenant à sa vue. Les frénétiques efforts faits par ses compagnons et lui pour s'évader de leur prison de bronze avaient éparpillé de tous côtés les débris du squelette. S'adressant au Chef des sbires, il lui dit :

— Tsiao Taï a dû vous transmettre mes instructions. Je vous les rappelle : après avoir recueilli ces ossements, vous tamiserez avec précaution la poussière et les autres saletés. Peut-être découvrirez-vous des indices importants. Ensuite vous aiderez mes lieutenants à perquisitionner chez Lin Fan et vous y laisserez quatre hommes de garde. Faites-moi un rapport demain matin.

Accompagné du Sergent Hong, il rejoignit les chaises à porteur qui attendaient devant l'entrée et se fit reconduire au Yamen.

Le lendemain fut une magnifique journée d'automne. Le juge donna l'ordre aux archivistes de chercher dans le cadastre les articles concernant le Temple de la Sagesse Transcendante et la propriété de Lin Fan. Après quoi, il prit son petit déjeuner dans le jardin tout proche, servi par le Sergent Hong.

Quand il fut de nouveau assis à sa table de travail avec une tasse de thé devant lui, Ma Jong et Tsiao Taï apparurent.

Le juge fit apporter deux tasses supplémentaires et, s'adressant à Ma Jong, demanda :

— Les hommes de Lin Fan se sont-ils laissé arrêter facilement?

— Tout s'est passé le mieux du monde, Noble

Juge. J'ai retrouvé l'intendant – toujours sans connaissance – à l'endroit où Votre Excellence l'avait mis hors de combat. Je l'ai confié aux sbires, ainsi que Lin Fan. Nous avons ensuite fouillé toute la maison, mais notre seule découverte a été un gros coquin qui a voulu faire le méchant. Nous nous sommes un peu occupés de lui et nos arguments persuasifs l'on vite convaincu de se laisser gentiment ligoter. Total donc, quatre prisonniers : Lin Fan, son intendant, le gros coquin et le vieux portier de la maison.

Tsiao Taï prit la parole à son tour.

– J'amène un seul prisonnier, dit-il, la ferme était simplement habitée par trois braves paysans cantonais. Sur la jonque nous avons trouvé cinq hommes : le capitaine et quatre matelots. Ces derniers sont des bateliers stupides, mais leur chef a tout l'air d'un criminel endurci. J'ai remis matelots et paysans au Surveillant du quartier. Quant au capitaine, je l'ai fourré dans la geôle du tribunal.

– Très bien, déclara le juge. Puis, s'adressant à un scribe, il ordonna : Appelez le Chef des sbires. Ensuite vous vous rendrez chez Mme Liang et vous lui direz que je désire la voir le plus tôt possible.

Le Chef des sbires arriva aussitôt. Il s'inclina respectueusement devant le magistrat, l'air un peu las, mais visiblement satisfait.

– Selon les instructions données par Votre Excellence, commença-t-il d'un ton important, nous avons recueilli les ossements de Laing Ko-fa et les avons mis dans un panier, à présent déposé au tribunal. Le soigneux tamisage de la poussière ramassée sous la cloche n'a fourni aucun indice nouveau. Nous nous sommes ensuite rendus chez Lin Fan et, surveillés par moi, mes hommes ont procédé à une perquisition complète. Des scellés ont été apposés sur toutes les portes. Enfin, j'ai exploré personnellement le canal souterrain.

« J'ai découvert une petite embarcation à fond plat amarrée sous la voûte. Après avoir fixé une torche à ce bateau, je l'ai manœuvré à la perche le long du canal et suis arrivé au fleuve, juste en dehors de la grille de sortie. Une arche de pierre, semblable à celle du passage secret, s'ouvre dans l'escarpement de la berge. Elle est dissimulé par des arbustes et est si basse que le bateau ne peut passer dessous. Mais on a pied dans l'eau et on peut facilement gagner le fleuve de cette manière.

Caressant lentement sa barbe, le juge lui lança un regard peu amène.

— Vous avez montré un zèle remarquable cette nuit, observa-t-il. Je regrette que vos explorations souterraines ne vous aient pas fait découvrir de trésor caché. J'imagine cependant que chez Lin Fan de petits objets de valeur qui traînaient de côté ou d'autre ont trouvé le chemin de vos amples manches. Je vous conseille de refréner ces instincts acquisitifs, mon ami, sans quoi il vous arrivera des ennuis. Vous pouvez disposer!

Le Chef des sbires disparut sans demander son reste, et le juge dit à ses lieutenants :

— Le rapport de ce coquin avide nous permet au moins de comprendre comment l'intendant a pu quitter la ville, l'autre jour, sans attirer l'attention des gardes. Il avait évidemment emprunté le canal souterrain.

Comme le juge Ti achevait ces mots, l'archiviste principal arriva. Après s'être respectueusement incliné, il déposa un rouleau de papiers sur la table.

— Suivant les instructions de Votre Excellence,

commença-t-il, je viens d'examiner les demandes d'inscriptions au cadastre qui figurent dans nos dossiers. J'ai trouvé les présents documents relatifs aux propriétés de M. Lin Fan.

« Le premier est daté d'il y a cinq ans et enregistre l'achat de la demeure, du temple et de la ferme. Le précédent propriétaire était Monsieur Ma, qui vit à présent dans une terre à l'est de la ville.

« Ce temple servait de quartier général à une secte d'orthodoxie douteuse qui fut dissoute par les autorités. La mère de M. Ma croyait fermement à l'efficacité de la magie taoïste. Elle installa dans le temple six prêtres qu'elle chargea de prier pour son défunt mari. La nuit, ils se livraient à des opérations magiques au cours desquelles les âmes des morts étaient évoquées pour permettre à la brave dame de converser avec eux au moyen de la planchette. C'est elle qui fit pratiquer le passage entre les deux enceintes pour se rendre dans le temple à n'importe quelle heure du jour ou de la nuit.

« Elle mourut il y a six ans, et M. Ma mit le clef sous la porte, mais permit aux prêtres taoïstes de rester dans le temple à condition de l'entretenir en bon état. Les prêtres pouvaient gagner l'argent nécessaire à leur subsistance en célébrant des offices et en vendant des amulettes aux fidèles.

L'archiviste toussota pour s'éclaircir la voix et reprit :

« Une année plus tard, M. Lin se mit en quête d'une propriété dans le quartier nord-est de la ville. Il acheta maison, temple et ferme et paya le tout un bon prix. Voici l'acte de vente; il contient un plan détaillé des bâtiments. »

Le juge jeta un coup d'œil à l'acte et déroula le

plan. Faisant signe à ses lieutenants d'approcher, il leur dit :

— Il est facile d'imaginer pourquoi Lin Fan n'a pas lésiné sur le prix! Cette propriété était le rêve pour un contrebandier! De l'index, il indiqua un détail du dessin. Comme vous le voyez, à l'époque de cet achat la maison et le temple communiquaient par un escalier à ciel ouvert. La porte de fer et la trappe furent ajoutées plus tard. Mais je ne vois aucune indication de canal souterrain. Il nous faudra consulter des plans plus anciens pour le retrouver.

— Le second document, reprit l'archiviste, est daté d'il y a deux ans. C'est une lettre adressée par Lin Fan au tribunal. Il y explique que les prêtres ne respectent pas leurs vœux, mènent une vie de débauche et passent leur temps à boire et à jouer. Il termine en disant : « Je me vois donc dans l'obligation de les expulser du temple et vous demande de bien vouloir faire apposer les scellés sur ses portes. »

— Ceci doit correspondre au moment où il a découvert que Mme Liang venait de retrouver sa trace, fit observer le juge Ti. Au lieu d'expulser les moines, il est probable qu'il les a gentiment priés de s'en aller en leur glissant une substantielle indemnité. Comme il est à peu près impossible de retrouver des moines itinérants de ce genre, nous ne saurons jamais quelle part ils ont pu prendre aux agissements secrets de Lin Fan, ni s'ils étaient au courant du rôle joué par leur grande cloche de bronze dans la disparition de Liang Ko-fa. S'adressant à l'archiviste, le magistrat conclut : « C'est bien, je conserve les documents. Tâchez de découvrir un plan de la ville remontant à une centaine d'années. »

Le vieil archiviste s'inclina et sortit. Un scribe

arriva ensuite avec une lettre cachetée. Il la tendit respectueusement des deux mains en précisant qu'un officier venait de l'apporter.

Le juge fit sauter le cachet et la parcourut avant de la passer au Sergent.

— On m'avise officiellement du retour de la garnison, dit-il. Puis, après avoir demandé du thé bouillant, il se carra dans son fauteuil et ajouta : « Appelez Tao Gan. Je désire vous exposer à tous la façon dont je compte ouvrir la procédure contre Lin Fan. »

Quand Tao Gan fut arrivé, chacun avala le liquide odorant à petites gorgées. Au moment où le magistrat reposait sa tasse, le Chef des sbires vint annoncer Mme Liang.

Le juge regarda ses lieutenants.

— Ce ne sera peut-être pas facile de mettre la vieille dame au courant, murmura-t-il.

Bien coiffée, l'œil vif, Mme Liang semblait aller beaucoup mieux que lors de sa dernière visite. Quand le Sergent l'eut fait asseoir dans un fauteuil confortable, le juge commença d'un ton grave :

— Lin Fan est arrêté, madame. Nous possédons suffisamment de preuves pour le garder sous les verrous. J'ai aussi découvert qu'il avait assassiné quelqu'un à Pou-yang.

— Vous avez trouvé le cadavre de mon petit-fils!

— Je ne puis affirmer qu'il s'agisse de Liang Ko-fa. Il ne reste qu'un squelette et rien ne permet de l'identifier.

— C'est lui! gémit la pauvre femme. Lin Fan a décidé de le tuer dès qu'il a su que nous étions sur ses traces! Peut-être le renseignement suivant vous sera-t-il utile : lorsque nous nous sommes enfuis de la redoute en flammes, une poutre est tombée sur le bras gauche de mon petit-fils. J'ai fait réduire la fracture dès que nous avons été en lieu sûr, mais les os ne se ressoudèrent pas correctement.

Le juge la regarda d'un air songeur en passant lentement les doigts dans sa barbe.

– J'ai le regret de vous dire, madame, que le bras gauche du squelette présente une fracture mal ressoudée.

– Je savais bien que Lin Fan l'avait assassiné! sanglota-t-elle. Un tremblement la saisit, tandis que les larmes coulaient le long de ses joues creuses. Le Sergent Hong s'empressa de lui tendre une tasse de thé brûlant.

Le juge attendit qu'elle soit un peu calmée et reprit :

– Je vous promets que ce meurtre sera vengé, madame. Je suis au désespoir d'augmenter votre peine, mais il faut que je vous pose encore quelques questions. D'après le compte rendu que vous m'avez remis, lorsque Liang Ko-fa et vous avez fui la redoute en flammes, vous êtes allés demander asile à un parent éloigné. Pouvez-vous me dire avec plus de détails comment vous avez réussi à échapper aux malandrins qui vous attaquaient et comment vous vous êtes rendus chez ce parent?

Mme Liang regarda le juge d'un air hébété, puis éclata brusquement en sanglots.

– Ce fut... ce fut horrible! bégaya-t-elle. Je ne veux pas y... y repenser!

Sa voix s'éteignit et le magistrat fit signe au Sergent. Celui-ci passa son bras autour des épaules de la pauvre femme et l'emmena.

– Rien à faire, observa le juge Ti d'un ton résigné.

– Mais pourquoi tous ces détails sur la fuite de Mme Liang sont-ils si importants, Excellence?

demanda Tao Gan en tiraillant les trois poils de sa verrue.

— Certains points m'intriguent, répondit le juge. Mais nous parlerons de cela plus tard. Pour l'instant, voyons plutôt ce que nous allons faire contre Lin Fan. C'est un rusé coquin et il nous faut bien réfléchir avant de formuler notre accusation.

— Il me semble, Noble Juge, que l'assassinat de Liang Ko-fa nous fournit la meilleure arme, dit le Sergent. C'est une affaire sérieuse, et si nous arrivons à le convaincre de ce crime, nous pourrons laisser de côté la contrebande et même la tentative d'assassinat contre nous.

Ses trois camarades approuvèrent de la tête, mais le juge ne se hâta pas de répondre, perdu dans ses réflexions. A la fin, cependant, il expliqua :

— Lin Fan a disposé de tout le temps voulu pour faire disparaître les traces de ses exploits de faux saunier. Je ne crois pas que nous puissions rassembler les preuves suffisantes pour soutenir une accusation de contrebande. D'ailleurs, arriverions-nous à obtenir ses aveux qu'il nous filerait tout de même entre les doigts. La transgression de lois qui protègent un Monopole d'État est un crime dépassant ma juridiction. L'affaire serait du ressort de la Cour Provinciale, et Lin Fan aurait le temps de mobiliser amis et parents qui distribueraient force pots-de-vin dans tous les endroits voulus.

« Mais avoir tenté de nous emprisonner sous la cloche du temple, voilà qui entre dans la catégorie « Voies de faits avec intention homicide ». Et sur la personne d'un fonctionnaire impérial, par-dessus le marché! Si ma mémoire est bonne, ceci nous permettrait même de considérer son acte comme un crime contre l'État. Il faut que je consulte le Code, mais je crois, mes amis, que nous avons quelque chose là! »

– L'assassinat de Liang Ko-fa ne nous fourni-rait-il pas un meilleur chef d'accusation? demanda Tao Gan.

Le magistrat secoua la tête.

– Non, répondit-il. Pas avec les preuves dont nous disposons. Nous ne savons ni quand ni comment le meurtre a été commis. Sur nos procès-verbaux, il est dit que Lin Fan a fermé le temple à cause de la conduite débauchée des moines. Il pourrait prétendre que Liang Ko-fa avait lié connaissance avec ceux-ci en venant l'espionner, et que ses nouveaux amis l'ont tué au cours d'une querelle de jeu et ont caché eux-mêmes son cadavre sous la grande cloche.

Ma Jong ne semblait pas satisfait.

– Puisque nous savons que cet homme est coupable d'une foule de crimes, s'écria-t-il, pourquoi nous embarrasser de finesses légales? Appliquons-lui le supplice des poucettes et il finira bien par avouer!

– Tu oublies, répliqua le juge Ti, que Lin Fan est un vieillard. Si nous nous servons de moyens trop rudes, il peut y laisser sa peau et nous aurions de sérieux ennuis. Non, notre seul espoir, c'est d'obtenir des preuves formelles. J'ai l'intention d'interroger son intendant et le capi-taine de la jonque pendant l'audience de cet après-midi. Ce sont tous deux de robustes gail-lards et avec eux nous pourrons employer les moyens de pression que la loi met à notre disposition.

« En attendant, tu vas aller perquisitionner chez lui avec le Sergent et Tao Gan. A vous trois, tâchez de dénicher des documents compromet-tants. Vous pourriez ainsi... »

La porte s'ouvrit brusquement, et le geôlier-chef fit irruption dans le bureau.

Il se laissa tomber à genoux et se mit à frapper sans arrêt le sol de son front.

— Voyons, parle! cria le juge Ti impatienté. Qu'est-il arrivé?

— L'indigne serviteur qui se traîne à vos pieds mérite la mort, gémit le geôlier-chef. De bonne heure ce matin, l'intendant de Lin Fan a réussi à engager la conversation avec l'un de mes stupides gardiens, et l'imbécile lui a révélé que Lin Fan était arrêté et allait être jugé pour meurtre. En faisant ma tournée d'inspection, je viens de trouver l'intendant mort dans sa cellule.

Le juge abattit violemment son poing sur la table.

— Chien de malheur! cria-t-il. Ne l'avais-tu pas fouillé pour voir s'il cachait du poison sur sa personne? Ne lui avais-tu pas enlevé sa ceinture?

— Nous avions pris toutes les précautions habituelles, Seigneur Juge! Mais il s'est tranché la langue avec ses dents. Quand nous l'avons trouvé, il avait perdu tout son sang et était déjà mort.

Le juge poussa un profond soupir et dit d'un ton plus calme :

— Tu n'y pouvais donc rien. Le coquin ne manquait pas de courage et quand un bandit de ce genre décide de se suicider, on ne peut guère l'en empêcher. Retourne à la prison, et fais enchaîner le capitaine de la jonque au mur de sa cellule par les mains et par les chevilles. Et qu'on lui mette un bâillon de bois entre les dents. Je ne veux pas perdre aussi mon second témoin!

Le geôlier-chef ne fut pas plus tôt sorti que l'archiviste reparut. Il déroula un long papier jauni par les années. C'était un plan de Pou-yang vieux de cent cinquante ans.

Le juge Ti posa son doigt sur le quartier nord-est de la ville et dit avec satisfaction :

— Notre canal est là, bien visible! A l'époque, il courait à ciel ouvert et alimentait un lac artificiel creusé à l'endroit où s'élève à présent le temple taoïste. Ce canal est devenu souterrain quand on a bâti la demeure que Lin Fan a achetée par la suite. Le Cantonais l'a probablement découvert par hasard et a dû se réjouir en s'apercevant que sa propriété convenait encore mieux à la contrebande qu'il ne l'espérait!

Il roula le plan et, d'un ton plus grave, dit à ses lieutenants :

« Partez, maintenant. Et tâchez de trouver de nouveau indices dans la propriété de Lin Fan car nous en avons bien besoin! »

Le Sergent, Ma Jong et Tao Gan s'en allèrent aussitôt, mais Tsiao Taï ne bougea pas. Il n'avait pris aucune part à la discussion, se contentant d'écouter les autres avec la plus grande attention. Tirant d'un air pensif sa petite moustache, il prit enfin la parole :

— Si je puis m'exprimer en toute franchise, Noble Juge, j'ai l'impression que Votre Excellence ne tient pas beaucoup à parler du meurtre de Liang Ko-fa.

Le juge leva vivement la tête.

— Ton impression est correcte, Tsiao Taï, répliqua-t-il avec calme. Il est trop tôt pour aborder ce sujet. Il m'est venu une idée là-dessus, mais elle est si fantastique que j'ai de la peine à l'admettre! Dans quelque temps je m'expliquerai devant vous tous. Puis, ayant pris un papier sur sa table, le magistrat se mit à lire. Tsiao Taï se leva et sortit.

Dès qu'il fut seul, le juge Ti posa le feuillet et prit dans son tiroir l'épais rouleau de documents relatifs à l'affaire « Liang contre Lin ». Le front creusé d'une ride profonde, il se plongea dans leur étude.

XXIII

Les lieutenants du juge Ti
fouillent une belle bibliothèque;
ils trouvent un précieux indice
dans une modeste auberge.

Quand le Sergent et ses deux compagnons arrivèrent dans la belle demeure de Lin Fan, ils se rendirent d'abord dans la bibliothèque.

Cette pièce donnait sur la seconde cour, et l'élégant jardin-paysager qu'on apercevait de ses fenêtres en faisait un séjour fort agréable. Un bureau massif, en ébène sculptée, attira tout de suite l'attention de Tao Gan. Pendant qu'il inventoriait négligemment le riche nécessaire à écrire posé sur sa tablette polie, Ma Jong essaya d'ouvrir le tiroir du milieu. Comme il n'y parvenait pas (bien qu'aucune serrure ne fût visible), Tao Gan lui dit :

– Laisse-moi cela, petit frère. J'ai habité Canton, je sais de quoi les ébénistes de ce pays sont capables!

Ses doigts explorèrent délicatement les motifs décoratifs sculptés dans le bois. Il ne fut pas long à découvrir le ressort secret, et le tiroir révéla d'épaisses liasses de documents divers.

Tao Gan les empila sur le bureau.

– Voilà du travail pour vous, Sergent! s'écria-t-il gaiement.

Pendant que le Sergent Hong s'installait dans

un fauteuil capitonné, Tao Gan pria Ma Jong de l'aider à déplacer un lourd divan afin de pouvoir inspecter le mur du fond. Après l'avoir sondé pouce par pouce, il enleva les livres rangés sur les hauts rayons et les examina un à un.

Une bonne heure s'écoula ainsi, pendant laquelle seuls les jurons de Ma Jong et le bruissement du papier troublèrent le silence. Enfin, le Sergent se leva.

— De la simple correspondance commerciale! annonça-t-il dégoûté. Mais j'emporte tout cela au tribunal pour l'étudier à loisir. Je me demande si certains passages ne contiennent par des allusions voilées aux affaires de contrebande. Et vous deux, avez-vous déniché quelque chose?

Tao Gan secoua la tête.

— Absolument rien! Allons voir la chambre à coucher.

Les trois hommes descendirent vers la cour du fond et entrèrent dans la pièce où se trouvait la trappe traîtresse. Tao Gan eut vite fait de découvrir un panneau mobile derrière le grand lit du maître de la maison; il le fit pivoter et vit la porte d'un coffre en fer munie d'une serrure d'apparence rébarbative. Il essaya aussitôt ses talents sur elle, mais au bout d'un quart d'heure d'efforts infructueux, il haussa les épaules et déclara :

— Nous demanderons à Lin Fan comment elle fonctionne. Allons jeter un coup d'œil au passage secret et à la troisième cour du temple. C'est là que le salaud entreposait les sacs de sel. Peut-être auront-ils laissé un peu de leur contenu sur le plancher!

Mieux encore que celle de la veille, cette visite en plein jour leur fit voir à quel point tout avait été consciencieusement nettoyé. Les nattes étaient d'une propreté incroyable et il ne restait pas un grain de poussière entre les dalles... encore moins un grain de sel!

Passablement découragés, les trois amis regagnèrent la grande maison. Ils fouillèrent les autres pièces les unes après les autres sans plus de succès. Toutes étaient vides, les meubles partis vers le sud, en même temps que les femmes et les serviteurs.

Midi approchait; les lieutenants du juge Ti commencèrent à sentir leur fatigue et éprouvèrent le besoin de se restaurer.

– La semaine dernière, remarqua Tao Gan, lorsque je me suis trouvé de garde ici, l'un des sbires m'a signalé une petite auberge à crabes près du marché au poisson. Le cuisinier bourre les carapaces vides avec un mélange de chair de crabe, de viande de porc et de petits oignons, le tout haché menu et cuit à l'étuvée. C'est une spécialité locale fort renommée.

– Tu me fais venir l'eau à la bouche! s'écria Ma Jong. Filons-y au plus vite!

Le restaurant, un petit rez-de-chaussée surmonté d'un étage, portait le joli nom de *« Pavillon du Martin-Pêcheur »*. Une longue banderole rouge accrochée à l'avant-toit annonçait en gros caractères que des liqueurs choisies – du Nord et du Sud – étaient servies à l'intérieur.

Lorsque les trois compagnons eurent écarté le rideau de l'entrée, ils furent accueillis par une appétissante odeur d'oignon frit. Le torse nu, un corpulent cuisinier se tenait derrière une énorme marmite en fer, une cuiller de bambou à la main. Des carapaces toutes garnies s'empilaient sur une claie posée au-dessus de la marmite, et leur contenu cuisait doucement dans la vapeur qui montait du récipient. A côté du cuisinier, un adolescent hachait de la viande sur un bloc de bois.

Avec un large sourire, le gros homme cria aux nouveaux venus :

– Que Vos Nobles Excellences veuillent bien se donner la peine de monter. On va les servir tout de suite!

Le Sergent commanda trois douzaines de crabes et trois cruches de vin, puis il suivit ses compagnons dans l'escalier branlant.

Ma Jong, qui venait en tête, entendit un bruit assourdissant.

– A en juger d'après ce vacarme, s'exclamat-il, une armée tout entière est attablée là-haut!

Ma Jong faisait erreur. La salle ne contenait qu'un client, une sorte de colosse penché sur la table placée devant la fenêtre. Mais il aspirait le contenu des petites carapaces avec une si prodigieuse vigueur qu'il produisait à lui seul ce bruit extraordinaire. Il portait sur ses larges épaules un splendide surtout en soie damassée noire.

Ma Jong fit signe à ses compagnons de ne pas bouger, puis, s'approchant de la table, il posa la main sur l'épaule du bruyant gourmet en disant de sa voix la plus forte :

– Il y a bien longtemps qu'on ne s'était rencontrés, frère cadet!

L'homme leva la tête, découvrant l'épaisse barbe graisseuse qui ornait le bas de son visage lunaire. Il jeta un regard inamical à Ma Jong, puis, l'air attristé, replongea son nez dans la nourriture. Au bout d'un instant, il écarta de l'index les carapaces vides qui jonchaient la table, poussa un gros soupir, et dit :

– Ce sont les gens comme toi, frère aîné, qui me font perdre confiance dans l'honnêteté des hommes. Quand tu es venu me voir, ne t'ai-je pas traité en ami? Et après cela, j'entends raconter que tu fais partie du tribunal! C'est sans doute toi qui nous as fait chasser de nos confortables abris du temple? Réfléchis à ta conduite, frère-né-avant-moi, et puisque tu appartiens au tribunal, juge-toi toi-même!

— Allons! allons! répliqua Ma Jong. Pas de mauvais sentiments entre nous! Chacun a sa tâche à remplir ici-bas : la mienne est de servir notre Noble Juge.

— On m'a donc bien dit la vérité, constata le gros homme d'un ton funèbre. Ah, frère aîné, mon affection pour toi s'envole! Va... laisse un honnête citoyen à ses méditations solitaires sur la petitesse des portions qu'ose servir l'avide pro-priétaire de cette infâme gargote.

— A propos de petites portions, répondit jovia-lement Ma Jong, si tu es prêt à déguster une autre douzaine de ces crabes succulents, mes amis et moi serions ravis de te voir partager notre repas!

Son interlocuteur essuya consciencieusement ses doigts à sa barbe, et après avoir réfléchi quelques instants, déclara :

— Il ne sera pas dit que Cheng Pa manque de magnanimité. Frère aîné, ce sera pour moi un honneur de faire la connaissance de tes amis.

Il se leva. Ma Jong lui présenta cérémonieuse-ment le Sergent Hong et Tao Gan, puis ayant choisi une table carrée, il insista pour que son invité s'assît à la place d'honneur, le dos au mur. Le Sergent et Tao Gan s'installèrent l'un à sa droite, l'autre à sa gauche, et Ma Jong se mit en face de lui, criant à l'hôte d'envoyer d'autres crabes et davantage de vin.

Le serveur redescendu et la première cruche vidée, Ma Jong s'écria :

— Je vois avec plaisir, frère cadet, que tu as trouvé un joli surtout! Il doit t'avoir coûté les yeux de la tête, car les gens n'ont pas l'habitude de faire de si mirifiques cadeaux. Aurais-tu fait fortune depuis notre dernière rencontre?

Cheng Pa murmura quelques mots embarrassés sur l'hiver qui approchait et fourra son nez dans une coupe de vin.

Ma Jong se leva d'un bond, lui arracha la coupe, et poussant la table sur le pauvre diable, se mit à hurler :

— Parle, coquin! D'où te vient ce surtout?

Cheng Pa jeta un coup d'œil à sa droite, un autre à sa gauche : le Sergent et Tao Gan l'encadraient fermement. Le bord de la table s'enfonçait dans sa monstrueuse bedaine et le clouait au mur. Pas moyen de s'échapper. Avec un soupir mélancolique, il se mit à défaire le surtout et grommela :

— J'aurais dû me douter qu'il me serait impossible de finir un repas en paix avec des chiens courants du tribunal à ma table. Tiens, prends-le, ce maudit vêtement! Le pauvre vieil homme que je suis va geler cet hiver... il va mourir de froid... et pas l'un d'entre vous ne versera une larme sur son malheureux sort!

Voyant Cheng Pa si docile, Ma Jong se rassit, emplit une tasse de vin et la poussa vers lui.

— Loin de moi l'idée de livrer ton corps douillet aux morsures du froid, frère-né-après-moi. Mais je veux savoir comment tu es entré en possession de cette belle veste noire.

Grattant d'un doigt dubitatif son torse velu, Cheng Pa semblait indécis. Le Sergent Hong prit la parole :

— Tu as beaucoup vécu, tu es un homme d'expérience, dit-il d'un ton affable. Tu dois savoir combien il est important, pour les gens dans ta position, de vivre en bons termes avec le tribunal. Et pourquoi n'en serait-il pas ainsi? En tant que Conseiller de la Guilde des Mendiants, tu fais presque partie des fonctionnaires de la ville! Personnellement, je te considère comme un collègue.

Cheng Pa vida sa tasse, que Tao Gan s'empressa d'emplir à nouveau.

— Quand la menace et la flatterie soufflent alternativement sur lui, constata d'un ton mélancolique l'énorme truand, que peut faire un pauvre vieillard sans défense sinon dire l'exacte vérité? Il vida sa tasse d'un trait, et poursuivit : Hier soir, le Surveillant du quartier est venu nous intimer l'ordre de déguerpir sur-le-champ. Il aurait pu nous expliquer pourquoi nous devions abandonner nos gîtes... il ne s'en est pas donné la peine! Mais nous autres, honnêtes citoyens respectueux des lois, nous sommes habitués à obéir sans murmure.

« Je suis revenu un peu plus tard, car j'avais enterré une ligature de sapèques dans un petit coin, et naturellement je ne pouvais pas la laisser derrière moi!

« Je connais les alentours du Temple de la Sagesse Transcendante comme ma main, aussi je n'ai pas eu besoin de lumière pour retrouver ma cachette. Au moment où je glissais les sapèques dans ma ceinture, un homme sortit par la petite porte du temple. Voilà certainement un fripon, me dis-je, car quel honnête citoyen voudrait courir les rues au milieu de la nuit?

Cheng Pa regarda les trois amis, attendant un commentaire approbatif qui ne vint pas. D'une voix résignée, il reprit : « Quand l'homme descendit les degrés, je lui fis donc un petit croc-en-jambe. Auguste Ciel, le misérable gredin! Voilà-t-il pas qu'en se relevant il me menace d'un

273

couteau! Je l'assomme... en légitime défense. Allais-je ensuite le dépouiller de tout ce qu'il possédait? Non, non! Cheng Pa a des principes! Je lui prends donc simplement son surtout ouatiné... avec l'intention de l'apporter au Surveillant général cet après-midi, en venant déposer une plainte contre mon agresseur. Voilà la pure vérité! »

Le Sergent hocha approbativement la tête.

— Tu as agi en bon citoyen, collègue! Aussi ne parlerons-nous pas de l'argent qui était dans ce surtout! Entre personnes honorables, ce sont des choses auxquelles on ne fait même pas allusion! Mais les objets personnels que tu as trouvés dans les manches, qu'en as-tu fait?

Cheng Pa leur tendit aussitôt le vêtement.

— Tout ce que vous trouverez dedans est à vous! dit-il avec générosité.

Le Sergent Hong examina les deux manches. Elles ne contenaient absolument rien. Mais en passant ses doigts le long de la couture, il sentit quelque chose de dur. Il plongea sa main dans l'étoffe de soie et en sortit un petit sceau carré, en jade, qu'il montra à ses compagnons. Les caractères gravés disaient : « *Sceau authentique de Lin Fan* ».

Le Sergent l'enfouit dans sa manche et rendit le surtout à Cheng Pa.

— Garde-le. Comme tu l'as remarqué, celui à qui tu l'as pris est un misérable gredin. Nous allons t'emmener avec nous au tribunal en qualité de témoin, mais tu n'as rien à craindre. Et maintenant, expédions ces crabes avant qu'ils ne soient complètement froids!

Tout le monde suivit ce sage conseil, et les carapaces couvrirent bientôt toute la table.

Le repas terminé, le Sergent Hong paya le restaurateur, et Cheng Pa obtint sans peine que

celui-ci lui versât une ristourne de dix pour cent.
Les propriétaires de restaurants traitent toujours
les membres de la Guilde des Mendiants avec une
considération spéciale... sans quoi une foule de
loqueteux répugnants viendraient s'assembler
devant leur porte, et alors, adieu la clientèle!

De retour au tribunal, le Sergent conduisit
Cheng Pa dans le cabinet du juge. En apercevant
le magistrat, le truand leva les bras au ciel.

– Que les Pouvoirs d'En-Haut protègent les
habitants de Pou-yang! s'exclama-t-il horrifié.
Voilà qu'un diseur de bonne aventure a été
nommé juge de notre ville!

La vérité lui fut expliquée, et il se hâta de faire
trois fois le ko-téou.

Quand le juge Ti eut entendu le rapport du
Sergent, il examina le sceau de Lin Fan avec
satisfaction.

– A présent, constata-t-il, nous savons où notre
coquin de Cantonais s'est fait fendre le front!
L'ami de Ma Jong l'a attaqué juste après qu'il
nous eut coiffé de la cloche de bronze! S'adress-
sant au truand, il ajouta : « Tu viens de te rendre
très utile. A présent, écoute-moi avec attention.
Tu vas assister à l'audience de cet après-midi. Un
certain individu sera amené devant le tribunal et
je le confronterai avec toi. Tu nous diras si c'est
l'homme avec qui tu t'es battu cette nuit. Maintenant, va te reposer au corps de garde. »

Lorsque Cheng Pa fut sorti, le juge expliqua :
« Avec ce témoin supplémentaire, je vais pouvoir tendre un piège à Lin Fan. Comme c'est un
dangereux adversaire, je vais le placer dans la
position la plus humiliante possible. Il n'est pas
habitué à être traité en vulgaire criminel... si je
réussis à le faire mettre en colère, il se laissera
prendre plus facilement!

Cette tactique ne sembla pas plaire complètement au Sergent Hong.

— Ne ferions-nous pas mieux de forcer d'abord le coffre de sa chambre, Noble Juge? demanda-t-il. Et nous pourrions aussi interroger le capitaine de la jonque.

Le juge secoua la tête.

— Je sais ce que je fais, répliqua-t-il. Pour cette audience, j'aurai seulement besoin de quelques-unes des nattes de son entrepôt. Une demi-douzaine suffira. Dis au Chef des sbires d'aller les chercher dans la troisième cour du temple.

Les trois lieutenants se regardèrent, surpris. Mais le juge ne s'expliqua pas davantage. Après un petit silence gêné, Tao Gan demanda :

— Et l'accusation d'assassinat, Votre Excellence? Nous pourrions lui mettre sous le nez le médaillon qu'il a perdu. On verrait sa réaction.

Le visage du juge s'assombrit. Fronçant ses épais sourcils, il resta un instant pensif, puis il déclara lentement :

— A dire vrai, ce médaillon m'embarrasse. Attendons les résultats du premier interrogatoire.

Il prit un document sur son bureau, le déroula et se mit à lire. Le Sergent fit signe à Ma Jong et à Tao Gan, et les trois hommes s'en allèrent sur la pointe des pieds.

XXIV

Un criminel retors tombe dans un piège astucieusement tendu; quatre hommes d'État parlent de choses et d'autres après dîner

Cet après-midi-là, il y eut foule dans la grande salle du tribunal. La nouvelle de l'étrange aventure nocturne du juge Ti et celle de l'arrestation du riche négociant cantonais venaient de se répandre dans la ville, et tous les citoyens de Pou-yang brûlaient d'en savoir davantage.

Dès que le juge fut installé sur l'estrade, il déclara l'audience ouverte et prit son pinceau rouge pour remplir une formule. Celle-ci fut immédiatement portée au geôlier-chef; quelques instants plus tard, Lin Fan, le front couvert d'un emplâtre, arrivait entre deux sbires.

Lançant un regard vindicatif au magistrat, il voulut parler sans se mettre à genoux. Le Chef des sbires lui asséna un coup de matraque et deux de ses hommes le firent brutalement agenouiller.

— Dites au tribunal votre nom et votre profession, ordonna le juge.

— J'exige... Lin Fan n'alla pas plus loin, car le Chef des sbires le frappa du manche de son fouet.

— Parle respectueusement, lui cria-t-il, et réponds aux questions de Son Excellence!

La violence du coup avait décollé l'emplâtre; le sang commençait à inonder le visage de Lin Fan. Bouillonnant de rage, il dit :

– La personne qui est au pied du tribunal s'appelle Lin Fan et appartient à l'honorable classe des négociants cantonais. Maintenant, j'exige qu'on m'explique pourquoi je suis arrêté!

Le Chef des sbires leva son fouet, mais le juge secoua la tête et répliqua d'un ton froid :

– Vous le saurez bientôt. Commencez par me dire si vous avez déjà vu cet objet?

Tout en parlant, le magistrat poussa du doigt le médaillon trouvé sous la grande cloche. Le bijou tomba et vint rouler devant Lin Fan.

Le Cantonais lui jeta d'abord un regard indifférent, mais soudain son attitude se modifia; il se mit à l'examiner avec une émotion visible et le serra sur sa poitrine en criant :

– Ce médaillon appartient à... Il s'interrompit et, se reprenant, continua : Ce médaillon m'appartient! Qui vous l'a donné?

– Poser des questions est le privilège du tribunal, répliqua le juge en faisant signe au Chef des sbires. Celui-ci arracha le bijou à Lin Fan et le replaça sur la table. Le prisonnier bondit sur ses pieds et, pâle de fureur, hurla :

– Rendez-le-moi!

– A genoux, Lin Fan! commanda le juge, et quand le négociant eut repris sa première position, il poursuivit : Vous avez demandé la raison de votre présence ici. Moi, Magistrat de ce district, je vous accuse d'avoir porté préjudice à un monopole d'État en vous livrant au commerce du sel de contrebande.

– Mensonge! répondit dédaigneusement Lin Fan, beaucoup plus calme.

– Ceci est un outrage à la Cour! cria le juge. Qu'on lui donne dix coups de gros fouet!

Deux sbires arrachèrent la robe du Cantonais et le jetèrent sur le sol, face en avant.

Le fouet siffla. Lin Fan n'avait jamais subi de châtiments corporels, aussi poussa-t-il un hurlement lorsque la lourde lanière lui déchira la peau. Quand le Chef des sbires l'eut brutalement remis debout il respirait avec peine et son visage avait pris une teinte grise.

Le juge attendit qu'il cessât de gémir et continua :

– Un témoin digne de foi va dévoiler votre trafic clandestin. Nous aurons peut-être du mal à obtenir son témoignage, mais quelques coups de fouet bien appliqués lui feront révéler la vérité, j'en suis certain!

A demi hébété, Lin Fan regarda le magistrat avec des yeux injectés de sang. Le Sergent Hong jeta un coup d'œil interrogateur à Ma Jong et Tsiao Taï. Ils secouèrent la tête, aucun d'eux n'ayant la plus légère idée de ce que voulait dire leur maître. Quant à Toa Gan, il était l'image même de la stupéfaction.

Le juge fit signe au Chef des sbires. Celui-ci sortit aussitôt, suivi par deux de ses hommes.

Un profond silence régnait dans la salle. Tous les yeux étaient fixés sur la petite porte qu'ils venaient de franchir.

Quand ils revinrent, le Chef portait un gros rouleau de papier noir et ses deux acolytes ployaient sous une pile de nattes en jonc. Un mumure étonné monta de la foule.

Le Chef des sbires déroula son papier par terre, devant la table du juge. Ses hommes posèrent les nattes dessus, et dès que le magistrat eut incliné la tête, tous trois prirent des fouets et se mirent à frapper les nattes de toute leur force.

Le juge Ti observait flegmatiquement la scène, caressant sa barbe d'un geste machinal. Lorsque enfin il leva la main, les trois hommes s'arrêtèrent et, avec ensemble, essuyèrent la sueur qui dégoulinait de leur front.

– Ces nattes, annonça le juge, couvraient le plancher d'un entrepôt clandestin appartenant à Lin Fan. Nous allons examiner leur témoignage!

Le Chef des sbires roula les nattes, puis il saisit l'une des extrémités de la grande feuille de papier, faisant signe à ses hommes de prendre l'autre bout. Quand ils l'eurent secouée quelques instants, un petit tas de poudre grise se trouva rassemblé au centre. Le Chef des sbires en ramassa la valeur d'une pincée sur la lame de son sabre qu'il présenta au juge.

Le magistrat posa son doigt humecté de salive sur la poudre grisâtre et le porta à ses lèvres, puis il inclina la tête d'un air satisfait.

– Vous pensiez avoir fait disparaître toute trace de vos opérations de contrebande, Lin Fan, dit-il. Mais vous ne vous êtes pas rendu compte que cela ne servait à rien de balayer la surface des nattes, car un peu de sel avait pénétré entre leurs fibres. Très peu, je l'accorde, mais suffisamment pour prouver votre culpabilité.

Des acclamations montèrent de la salle.

– Silence! cria le juge, puis continuant à s'adresser au négociant, il ajouta : De plus, Lin Fan, vous avez à répondre d'un second chef d'accusation. Hier soir, vous avez tenté de nous assassiner, mes lieutenants et moi, pendant que nous nous livrions à une enquête dans le Temple de la Sagesse Transcendante. Avouez votre crime, Lin Fan!

– Hier soir, je me trouvais chez moi, répliqua

le prisonnier d'un air morne, je m'étais blessé en tombant dans ma cour et me soignais de mon mieux. Je ne vois donc pas du tout ce que Votre Excellence veut dire!

— Faites avancer le témoin Cheng Pa! ordonna le juge.

Deux sbires poussèrent le Conseiller de la Guilde des Mendiants devant l'estrade.

Quand Lin Fan le vit approcher, vêtu de son surtout de soie noire, il détourna vivement la tête.

— Connais-tu cet homme? demanda le juge à Cheng Pa.

Celui-ci regarda le Cantonais de haut en bas, en lissant sa barbe graisseuse. Puis, d'un air important, il répondit:

— Seigneur Juge, c'est le misérable chien qui m'a attaqué devant le temple hier soir.

— Mensonge! cria Lin Fan, furieux. C'est *lui* qui m'a attaqué!

— Ce témoin, répliqua le juge Ti, était caché dans la première cour du temple. Il a observé votre manège, et quand vous vous êtes servi de la pique pour déloger le cylindre en pierre afin de nous emprisonner sous la cloche, il n'a pas perdu un seul de vos gestes.

Sur un signe du magistrat, le Chef des sbires fit sortir Cheng Pa. Se carrant dans son fauteuil, le juge continua sur le ton de la conversation:

— Vous ne pouvez plus nier, Lin Fan, vous le voyez bien. Quand je vous aurai châtié pour ce crime, je vous enverrai devant la Cour Provinciale pour y répondre de vos opérations de contrebande.

En entendant ces dernières paroles, une lueur d'espoir parut dans les yeux de Lin Fan. Il humecta ses lèvres sanglantes, puis, après avoir poussé un profond soupir, commença d'une voix sourde :

– Excellence, je me rends compte à présent que cela ne servirait à rien de nier ma faute. J'avoue donc m'être livré à une stupide plaisanterie sur la personne de Votre Excellence et la prie très sincèrement de m'excuser. Mais il faut dire à ma décharge que les mesures vexatoires prises ces derniers jours contre moi m'avaient un peu agacé. Aussi quand j'ai entendu parler dans la cour du temple au milieu de la nuit, et que, m'y étant rendu pour voir ce qui se passait, j'ai aperçu Votre Excellence et ses hommes à quatre pattes sous la grande choche, je n'ai pu résister à la tentation de donner à Votre Excellence une petite leçon. J'ai fait tomber le fût en pierre qui soutenait le bord de la cloche. Mais ensuite je me suis précipité chez moi pour dire à mes serviteurs de venir vous délivrer. Mon intention était de vous présenter mes excuses, Noble Juge, en vous expliquant que je vous avais pris pour un cambrioleur! Hélas, en arrivant à la porte de fer qui conduit chez moi, je me suis aperçu qu'elle s'était refermée toute seule. Très inquiet à la pensée que Votre Excellence risquait l'asphyxie, j'ai couru vers le portail du temple pour regagner ma demeure en passant par la rue. A peine sortais-je de la porte que ce misérable m'a assommé. Dès que j'eus repris connaissance je suis entré chez moi le plus rapidement possible et j'ai commandé à mon intendant d'aller libérer Votre Excellence. Avant de le suivre, j'ai voulu soigner ma blessure, et j'étais en train d'y mettre un emplâtre quand Votre Excellence est apparue dans ma chambre... assez curieusement vêtue. C'est ce qui m'a fait prendre Votre Excellence, je regrette de le dire, pour un autre malfaiteur venu avec de mauvaises intentions.

« Ma déposition représente l'absolue vérité, et je répète encore une fois combien je regrette d'avoir fait à Votre Excellence cette farce puérile qui aurait pu se transformer si facilement en tragédie! Je suis prêt à subir de bon cœur le châtiment prescrit par la loi.

— Très bien, dit le juge Ti, sans paraître attacher beaucoup d'importance à cette affaire. Je suis heureux que vous ayez fini par avouer. A présent, vous allez écouter la lecture de votre déposition.

Pendant que le scribe lisait à haute voix la confession de l'accusé, le juge s'allongea dans son fauteuil et se mit à lisser sa barbe. On eût dit que ce qui se passait dans le tribunal ne l'intéressait plus. Quand le scribe eut terminé sa lecture, il posa cependant la question habituelle :

— Vous reconnaissez que vos aveux ont été fidèlement enregistrés?

— Je le reconnais! répondit Lin Fan d'une voix ferme, et le Chef des sbires lui ayant présenté le document, il y apposa l'empreinte de son pouce.

Le juge Ti se dressa alors de toute sa hauteur.

— Lin Fan! Lin Fan! cria-t-il d'une voix terrible, tu t'es moqué de la justice pendant de nombreuses années, mais maintenant c'est au tour de la justice de triompher. Lin Fan, tu viens de signer ton arrêt de mort!

« Tu sais très bien que la peine encourue pour des voies de fait est de quatre-vingts coups de bambou, et tu comptais graisser la patte de mes sbires pour leur rendre la main légère. Tu savais qu'ensuite tes puissants amis feraient pression sur la Cour Provinciale et que tu t'en tirerais avec une simple amende.

« Eh bien, Lin Fan, tu ne paraîtras jamais devant la Cour Provinciale car ta tête va tomber sur le terrain d'exécution de Pou-yang. C'est moi, ton magistrat, qui te le dis! »

Lin Fan lui jeta un regard incrédule, mais le juge continua : « Le Code déclare que les crimes de haute trahison, le parricide et les crimes contre l'État seront punis de la peine capitale appliquée sous l'une des formes les plus sévères. Note bien ces mots, Lin Fan : *crime contre l'État*. Car, dans un autre passage, le Code dit expressément que les voies de fait contre un personnage officiel dans l'exercice de ses fonctions rentrent dans la catégorie des crimes contre l'État. Y avait-il un rapport entre ces deux passages dans l'esprit du législateur, j'admets que le point est discutable. Mais dans le cas dont nous nous occupons, moi, Magistrat de ce district, je choisis d'appliquer la loi à la lettre.

« L'accusation de crime contre l'État est la plus grave qui puisse être portée, et la Cour Métropolitaine doit en être informée par courrier spécial. Personne ne pourra intervenir en ta faveur. La justice suivra son cours et tout se terminera pour toi par une mort ignominieuse. »

Le martelet du juge descendit sur la table.

« Lin Fan, tu as librement avoué t'être livré à des voies de fait sur la personne de ton Magistrat. Je te déclare coupable de crime contre l'État et je demande pour toi la peine capitale! »

Le négociant cantonais se leva en titubant. Le Chef des sbires plaça vite une robe sur son dos ensanglanté, car il est d'usage de traiter avec courtoisie celui que la mort attend.

Une voix, douce mais nette, s'éleva tout près de l'estrade :

– Lin Fan, regarde-moi!

284

Le juge se pencha et aperçut Mme Liang, bien droite et l'air soudain plus jeune. On eût dit que le fardeau des années s'envolait de ses épaules.

Un long frisson secoua Lin Fan. Quand il eut essuyé le sang qui l'empêchai de voir celle qui venait de parler, ses yeux à la fixité étrange s'ouvrirent tout grands. Il voulut dire quelque chose, mais aucun son ne sortit de ses lèvres.

Mme Liang leva lentement la main et le désigna d'un doigt accusateur. « Tu as tué... tu as tué ton... » Sa voix mourut brusquement, et le visage inondé de larmes, elle chancela.

Lin Fan tenta de s'élancer vers elle, mais le Chef des sbires le tira violemment en arrière, et, tandis que deux de ses hommes emmenaient le condamné, Mme Liang s'écroula évanouie.

*\
* *

Dix jours après ces événements, le Grand Secrétaire d'État offrait, dans son palais de la capitale, un petit dîner intime à trois invités de marque.

L'automne venait de faire place à l'hiver. La triple porte de la vaste salle était ouverte et chacun pouvait admirer le magnifique jardin où un lac parsemé de lotus reflétait les rayons de la lune. Des braseros en bronze remplis de charbons ardents réchauffaient un peu l'atmosphère.

La table d'ébène sculptée était couverte de mets rares présentés dans la plus délicate porcelaine. Une douzaine de domestiques s'affairaient autour d'elle, et l'intendant dirigeait lui-même le service, veillant à ce que les tasses d'or massif ne fussent jamais vides.

Les convives étaient tous quatre des hommes

d'une soixantaine d'années et tous quatre de vieux serviteurs de l'État. Le Grand Secrétaire avait réservé la place d'honneur au Président de la Cour Métropolitaine, imposant personnage aux longs favoris grisonnants. De l'autre côté de lui se trouvait le Ministre des Rites et Cérémonies, mince et un peu voûté (effet de l'Impériale Présence sur ceux qui passent leur vie devant Elle). L'homme de haute taille, à la barbe grise et au regard perçant, était le Censeur Impérial Kouang, redouté dans tout l'Empire pour son intransigeante honnêteté et son fougueux amour de la justice [1].

Le dîner s'achevait. Les affaires officielles dont le Grand Secrétaire désirait s'entretenir avec ses amis étaient maintenant expédiées, et la conversation prenait un tour plus général tandis que les quatre hommes savouraient leur dernière tasse de vin.

Le Grand Secrétaire passa ses doigts dans sa barbe argentée et dit au Président de la Cour Métropolitaine :

– La scandaleuse affaire du Temple bouddhiste de Pou-yang a profondément ému Sa Majesté Impériale. Pendant quatre jours Sa Sainteté le Grand Abbé a plaidé en vain devant le Trône la cause de son Eglise.

« Demain – je vous dis cela en confidence – le Trône annoncera que le Grand Abbé est relevé de ses fonctions de membre du Grand Conseil, et qu'à l'avenir les institutions bouddhistes paieront

---

1. Les Censeurs Impériaux délibéraient sur certaines affaires d'État, faisaient partie de la Cour d'appel, et contrôlaient généralement tous les fonctionnaires de l'Empire. Il entrait dans leurs attributions de faire parfois des remontrances à l'Empereur lui-même... ce qui n'était pas sans risque et exigeait une fermeté d'âme peu commune. (*N.d.T.*)

l'impôt comme tout le monde. Ceci, mes chers amis, signifie que cette clique ne pourra plus se mêler des affaires nationales! »

Le Président hocha la tête.

— Il arrive parfois, dit-il, qu'un heureux hasard permette à un petit fonctionnaire de rendre sans le savoir un grand service à l'État. Le magistrat local, un certain juge Ti, s'est montré d'une témérité folle en attaquant ce riche et puissant monastère. En temps normal, tous les bouddhistes de l'Empire se seraient levés comme un seul homme contre lui. Mais il se trouve que ce jour-là, il n'y avait pas de garnison dans la ville, ce qui permit à la populace irritée de massacrer les moines. Ti ne se rend sûrement pas compte que cette coïncidence imprévue a sauvé sa carrière... et peut-être même sa vie!

— Je suis heureux de vous entendre parler de ce Ti, intervint le Censeur Impérial, cela me rappelle quelque chose. J'ai sur mon bureau les rapports concernant deux autres affaires jugées par lui. Dans l'une, il s'agit d'un viol suivi de meurtre commis par un vagabond. Mais l'autre concerne un riche négociant de Canton, et là je ne suis absolument pas d'accord avec lui. Son verdict est un véritable tour de passe-passe légal. Cependant, comme le rapport a été visé par vous et par mes autres collègues, je suppose qu'il avait une raison spéciale pour agir ainsi. Mais je vous serais reconnaissant de bien vouloir m'éclairer!

Le Président de la Cour Métropolitaine posa sur la table sa tasse vide et dit avec un petit sourire :

— Ceci, cher ami, est une histoire qui remonte loin! Il y a bien des années, quand j'étais un jeune magistrat attaché à la Cour Provinciale de

Kouang-tong, notre Président se trouvait être ce méprisable juge Fang qui fut, plus tard, décapité pour détournement des fonds de l'État. J'ai vu le négociant dont il est question aujourd'hui – un certain Lin Fan – échapper à la punition d'un crime atroce en versant une grosse somme au juge Fang. Par la suite, ce misérable a commis bien d'autres méfaits, y compris un nonuple assassinat!

« Le magistrat de Pou-yang n'ignorait pas qu'il lui fallait agir vite, en raison de l'influence dont ces riches marchands cantonais jouissent dans la capitale. Au lieu d'une grave accusation nécessitant de longs débats, il s'est donc contenté d'un délit mineur. Mais lorsqu'il eut obtenu les aveux du coupable, il décida que ce délit mineur pouvait être considéré comme un crime contre l'État!

« Qu'un homme ayant passé plus de vingt ans de sa vie à tourner subtilement la loi fût enfin condamné grâce à ce que vous appelez si justement "un tour de passe-passe légal", nous a semblé d'une merveilleuse justice. Et c'est pourquoi nous avons décidé, à l'unanimité, de contresigner le verdict du juge Ti.

– Très joli! admira le Censeur. A présent, je comprends, et mon premier soin, demain, sera d'approuver ce rapport!

Le Ministre des Rites et Cérémonies avait jusqu'ici écouté sans rien dire. Il prit la parole à son tour :

– Je ne suis pas un expert en matière juridique, mais je comprends que ce fameux juge Ti s'est tiré à son honneur de deux affaires d'importance nationale. L'une a servi à battre en brèche le pouvoir de la clique bouddhiste, l'autre à renforcer le pouvoir du Gouvernement devant ces arrogants négociants cantonais. Ne serait-il pas bon d'accorder de l'avancement à ce magistrat afin qu'il ait un champ plus vaste pour exercer ses talents?

Le Grand Secrétaire secoua la tête.

– Non, dit-il. Cet homme n'a certainement pas quarante ans. Une longue carrière l'attend, et les occcasions de montrer son zèle et ses capacités ne lui manqueront pas dans les années à venir. Si l'avancement vient trop tard, il rend amer; s'il arrive trop tôt, il fait naître des ambitions démesurées. Dans l'intérêt même de notre Administration, il faut éviter ces deux extrêmes.

– Je suis tout à fait de votre avis, répliqua le Président. D'un autre côté, il ne serait pas mauvais d'accorder une marque d'approbation à ce magistrat, simplement pour l'encourager! Notre Ministre des Rites et Cérémonies est bien placé pour nous suggérer le geste convenable.

Le Ministre caressa pensivement sa barbe. Après quelques instants de réflexion, il déclara :

– Puisque Sa Majesté Impériale a gracieusement consenti à s'intéresser personnellement à l'affaire du Temple bouddhiste, je me ferai un plaisir de La supplier demain d'accorder à ce juge Ti quelques mots de circonstance. Oh, pas un autographe de Sa main auguste, naturellement! Mais la copie d'un texte approprié, fidèlement transcrit sur un panneau ornemental.

– C'est tout à fait ce qu'il faut! s'exclama le Grand Secrétaire. Avec quelle délicatesse vous jugez de ces choses!

Le Ministre permit à l'un de ses rares sourires de s'épanouir sur ses lèvres.

– Les Cérémonies et les Rites, observa-t-il, assurent le parfait équilibre de notre Administration. Depuis de nombreuses années je pèse l'éloge et le blâme, la censure et l'approbation, avec autant de soin que l'orfèvre son or. Une infime différence dans le poids posé sur l'un ou l'autre plateau suffit à tout fausser!

Les quatre hommes se levèrent.

Conduits par le Grand Secrétaire d'État, ils descendirent les larges degrés de pierre pour aller faire une petite promenade autour du lac aux lotus.

XXV

Double exécution capitale hors de la ville;
le juge Ti s'agenouille
devant un texte impérial.

Quand le verdict définitif arriva de la capitale, les lieutenants du juge Ti venaient de passer les quinze journées les plus mornes de toute leur existence.

Depuis la mémorable séance du tribunal qui avait vu la condamnation de Lin Fan, leur maître était de méchante humeur, retournant dans son esprit un problème dont il se refusait à dire même la nature. Après avoir obtenu les aveux du coupable, sa coutume était de revoir avec les quatre amis les points intéressants de l'affaire, mais cette fois il les avait simplement remerciés de leur loyaux services, et s'était aussitôt plongé dans ses dossiers administratifs.

Le courrier impérial arriva vers le milieu de l'après-midi. Tao Gan vérifiait à ce moment la comptabilité du tribunal; il abandonna son travail pour signer le reçu, et s'empressa de porter la volumineuse enveloppe dans le cabinet du juge.

Le Sergent Hong s'y trouvait déjà, attendant le magistrat pour soumettre quelques papiers à sa signature. Tsiao Taï et Ma Jong lui tenaient compagnie.

Avant de poser l'enveloppe sur le bureau, Tao

Gan leur montra le grand sceau de la Cour Métropolitaine. Avec un sourire radieux, il déclara triomphalement :

— Voici les verdicts définitifs, mes petits frères! Son Excellence va enfin se dérider!

— Je ne crois pas que ce soit la crainte d'être-désapprouvé qui tracasse notre maître, répliqua le Sergent. Il ne m'a rien dit, mais j'ai l'impression que son inquiétude est d'ordre personnel. Il s'agit sûrement d'un problème qu'il voudrait résoudre pour sa propre satisfaction.

— En tout cas, intervint Ma Jong, je sais qui va retrouver le sourire quand le juge annoncera la condamnation définitive de Lin Fan. C'est Mme Liang! Notre cher ministre des Finances va évidemment s'attribuer une bonne partie des biens de l'accusé, mais il en restera suffisamment pour faire de la vieille dame l'une des femmes les plus riches de l'Empire!

— Elle le mérite bien, remarqua Tsiao Taï. C'était vraiment triste de la voir perdre connaissance l'autre jour, à l'instant même de son triomphe. Les personnes âgées supportent mal ce genre d'émotion. Il paraît qu'elle n'a pas quitté son lit depuis.

Le juge Ti entra, et tous se levèrent aussitôt. Il leur souhaita le bonjour d'un air préoccupé, puis saisit l'enveloppe que le Sergent Hong lui offrait de ses deux mains.

Après un rapide coup d'œil à son contenu, il expliqua :

— Les Hautes Autorités approuvent mes décisions. Mais quel terrible sort est réservé à Lin Fan! A mon avis, il aurait suffi de lui trancher simplement la tête. Enfin, nous devons exécuter les ordres de l'Empereur!

Le juge lut alors la lettre du ministère des

Cérémonies et des Rites jointe aux autres documents, puis après avoir passé le tout au Sergent Hong, il s'inclina respectueusement dans la direction de la capitale.

— Un grand honneur nous échoit, dit-il. Sa Majesté l'Empereur a daigné faire don à ce tribunal d'un panneau décoratif portant la copie d'un texte original tracé par le Pinceau Vermillon. Sergent, dès que cette impériale faveur nous sera parvenue, vous veillerez à la faire immédiatement suspendre à la place d'honneur, au-dessus de l'estrade de la grande salle!

Coupant court aux félicitations de ses quatre lieutenants, le juge poursuivit :

— Je prononcerai les sentences demain, au cours d'une audience spéciale tenue, comme le veut la coutume, deux heures avant le lever du soleil. Donnez les instructions nécessaires au personnel, Sergent, et informez le Commandant de la garnison que j'aurai besoin de cavaliers pour escorter les condamnés jusqu'au terrain d'exécution.

Caressant sa barbe d'un air distrait, le juge faillit se perdre à nouveau dans ses pensées, mais il se reprit, et avec un soupir, se pencha sur les documents à signer.

Tao Gan tira le Sergent Hong par la manche... Ma Jong et Tsiao Taï lui firent un petit signe d'encouragement, sur quoi le Sergent toussa pour s'éclaircir la voix, et demanda :

— Seigneur Juge, le meurtre de Liang Ko-fa par Lin Fan n'a pas été éclairci. A présent que l'assassin est officiellement condamné, Votre Excellence daignera-t-Elle expliquer à ses serviteurs ce qui a dû se passer?

Le juge Ti leva les yeux.

— Demain, répondit-il laconiquement. Aussitôt

293

après l'exécution des criminels. Puis il se replongea dans sa lecture.

Le jour suivant, les citoyens de Pou-yang prirent le chemin du Yamen fort avant l'apparition de l'aube, et bientôt une foule compacte attendit patiemment devant le tribunal.

Enfin le grand portail s'ouvrit et les gens entrèrent dans la salle d'audience éclairée par une douzaine de grosses bougies placées le long des murs. Des conversations s'engagèrent à voix basse et des regards craintifs montèrent vers un homme de taille gigantesque, immobile derrière le Chef des sbires, une longue épée à deux mains sur l'épaule.

La plupart des spectateurs étaient venus poussés par la curiosité, mais parmi les plus âgés certains avaient le cœur lourd. Ils savaient que le Gouvernement ne prenait pas les émeutes à la légère; s'il considérait le massacre des moines comme un acte de désobéissance, il allait sans doute sévir contre le district.

Par trois fois le grand gong du tribunal résonna, puis l'écran s'ouvrit, et le juge Ti parut sur l'estrade, suivi de ses quatre lieutenants. Une simarre écarlate posée sur ses épaules annonçait que des condamnations à mort seraient prononcées.

Il s'assit derrière la grande table et déclara l'audience ouverte.

Houang San fut amené le premier. Ses blessures étaient cicatrisées; il venait de dévorer le rôti d'usage et semblait résigné à son sort.

Lorsqu'il se fut agenouillé, le juge déroula un long papier et lut à haute voix :

Houang San est reconnu coupable de viol et d'assassinat. Il aura la tête tranchée. Son corps sera coupé en morceaux, jeté aux chiens, et sa tête exposée à la porte Sud de la ville pendant trois jours à titre d'exemple.

Deux sbires attachèrent les bras du condamné derrière son dos et l'emmenèrent après lui avoir fixé sur les épaules une pancarte blanche portant, en gros caractères, son nom, la nature de son crime et celle du châtiment qui l'attendait.

Le Premier Scribe tendit un autre document au juge. En le déroulant, celui-ci commanda au Chef des sbires de faire appeler Sa Révérence Complète-Compréhension et les deux sœurs Yang.

Le vénérable religieux avança, vêtu de la robe pourpre galonnée de jaune qui indiquait son rang sacerdotal. Il posa la crosse laquée de rouge sur laquelle il s'appuyait et, lentement, s'agenouilla.

Mlle Abricot et Mlle Jade-Bleu se présentèrent ensuite, conduites par l'intendant du juge Ti. Elles portaient des robes vertes aux longues manches traînantes, et le bandeau de soie brodée des filles nubiles non encore mariées retenait leur chevelure soigneusement coiffée. Elles étaient si belles que la foule laissa échapper un murmure d'admiration.

Le juge reprit la parole :

— Je vais maintenant vous lire la décision prise par le Gouvernement Impérial au sujet du Temple de l'Infinie Miséricorde.

« Tous les biens dudit temple sont confisqués. A l'exception de la Grande Salle et d'un bâtiment réservé aux moines, le temple sera entièrement rasé dans les sept jours qui suivront l'annonce de ce jugement.

« Sa Révérence Complète-Compréhension continuera de servir la Déesse, assisté de quatre moines tout au plus.

« L'enquête du juge Ti ayant établi que deux des six pavillons ne possédaient pas d'entrées secrètes, il est déclaré par la présente qu'un enfant conçu lors d'un séjour de sa mère dans le temple ne pourra en aucun cas être considéré comme illégitime, sa venue au monde devant être attribuée à la bienveillance infinie de la Déesse Kouan-Yin.

« Quatre lingots d'or seront prélevés sur les biens du temple et remis à la demoiselle Yang dont le nom personnel est Abricot et à sa sœur Jade-Bleu. Il a été ordonné au magistrat de leur district natal de porter dans son registre la mention : «*A bien mérité de l'État* » devant le nom de la famille Yang. En conséquence de quoi ladite famille sera exemptée d'impôts pendant une période de cinquante années. »

Le juge Ti s'interrompit pour observer un instant l'auditoire en caressant sa barbe, puis il reprit en détachant bien chaque mot :

« Le Gouvernement Impérial note avec un profond déplaisir que les citoyens de Pou-yang ont massacré vingt moines, empiétant ainsi sur les prérogatives de l'État et empêchant la justice de suivre son cours normal. La ville tout entière est tenue pour responsable de cette action abominable. Le Gouvernement a envisagé de prendre de sévères mesures punitives. Toutefois, considérant les circonstances spéciales qui ont précédé le fait, et tenant compte des recommandations de clémence du magistrat de Pou-yang, le Gouvernement décide de faire prévaloir sa miséricorde sur sa justice – ceci de façon tout à fait exceptionnelle – et se contente d'adresser un blâme sévère à la population. »

Un murmure de gratitude monta de la foule. Quelques personnes commencèrent à acclamer le juge Ti, mais, d'une voix tonnante, celui-ci cria : « Silence! » et tandis qu'il roulait lentement le papier officiel, le vénérable religieux et les deux jeunes filles firent plusieurs fois le ko-téou pour lui témoigner leur reconnaissance.

Lorsque tous trois eurent regagné leur place, le juge fit un signe au Chef des sbires, et Lin Fan fut amené devant le tribunal.

Il avait considérablement vieilli pendant ces journées d'attente. Ses petits yeux disparaissaient au fond des orbites creuses et son visage était amaigri jusqu'à l'émaciation. Quand il vit la simarre écarlate sur les épaules du juge et la colossale silhouette du bourreau, il se mit à trembler si violemment que les sbires durent l'aider à se mettre à genoux.

Le juge croisa ses mains dans ses manches, et assis bien droit dans le grand fauteuil il commença la lecture du jugement :

« Lin Fan est reconnu coupable de crime contre l'État. La loi punit une telle faute de la peine de mort appliquée sous l'une de ses formes les plus sévères. En conséquence, ledit criminel Lin Fan est condamné à être écartelé vif. »

Le négociant cantonais poussa un cri rauque et s'écroula sur le sol. Tandis que le Chef des sbires brûlait du vinaigre sous ses narines pour lui faire reprendre connaissance, le juge poursuivit :

« Tous les biens meubles et immeubles dudit criminel Lin Fan ainsi que sa fortune placée ou en argent liquide, sont confisqués par l'État. La moitié desdits biens seront remis à Mme Liang, née Ngou-yang, en dédommagement du préjudice considérable porté à sa famille par le criminel Lin Fan. »

Le juge fit une nouvelle pause. Il chercha des yeux la vieille dame, mais ne la voyant pas dans l'assistance, il reprit :

« Ce verdict conclut le procès " État contre Lin

Fan " et puisque le prix du sang sera versé à la Maison Liang, il met également fin à l'affaire " Liang contre Lin ". »

Le juge frappa la table de son martelet; l'audience était close.

Quand il se leva, des acclamations enthousiastes montèrent de la foule, puis chacun s'efforça de gagner la sortie le plus rapidement possible afin d'être prêt à suivre les condamnés jusqu'au terrain d'exécution.

Devant le grand portail une charrette découverte attendait, entourée de hallebadiers à cheval choisis parmi les troupes de la garnison. Des sbires amenèrent Lin Fan et Houang San et les firent monter dans le véhicule. Les deux hommes restèrent debout, côte à côte.

– Place! place! crièrent les gardes. Le palanquin du magistrat parut, précédé et suivi de sbires marchant par rangs de quatre. La charrette à son tour s'ébranla, escortée par les soldats à cheval, et le cortège se dirigea vers la Porte du Sud.

Lorsque la chaise s'arrêta sur le terrain d'exécution, le Commandant de la garnison – magnifique dans son armure étincelante – vint chercher le juge et le conduisit à une estrade érigée pendant la nuit. Le magistrat s'assit, entouré de ses lieutenants.

Les aides du bourreau firent descendre les condamnés de la charrette. Les cavaliers sautèrent aussitôt à bas de leurs montures pour former un cordon autour d'eux tandis que les premiers rayons de l'aube mettaient un reflet sanglant sur le fer de leurs armes.

La foule se massa dans l'espace libre, jetant à la dérobée des regards craintifs aux quatre gros buffles de labour qui, non loin de là, mangeaient paisiblement l'herbe apportée par un vieux paysan.

Sur un signe du magistrat, les deux aides firent mettre Houang San à genoux. Ils le débarrassèrent de la pancarte et dégagèrent son encolure. Le bourreau leva sa grande épée et regarda le juge. Celui-ci inclina la tête... la lourde lame s'abattit sur le cou du condamné.

La violence du choc précipita le malheureux face contre terre, mais sa tête ne fut pas complètement séparée du tronc. Peut-être cela était-il dû à la grosseur exceptionnel de ses os, ou bien, tout simplement, le bourreau avait-il mal calculé son coup.

Un murmure réprobateur s'éleva de la foule. Ma Jong se pencha vers le Sergent et lui dit tout bas :

– Le pauvre diable avait raison, la malchance l'aura suivi jusqu'au bout!

Les aides remirent le supplicié à genoux, et le bourreau frappa cette fois si sauvagement que la tête vola en l'air et alla rouler loin du corps.

Il ramassa le chef tout sanglant et vint l'apporter au juge afin que celui-ci en marquât le front de son pinceau vermillon. Puis le macabre débris fut jeté dans un panier en attendant d'être suspendu par les cheveux à une porte de la ville.

Lin Fan fut à son tour amené au centre du terrain d'exécution et les aides coupèrent les cordes qui liaient ses mains. Quand il aperçut les quatre buffles il poussa un cri strident et se débattit de toutes ses forces, mais le bourreau le saisit par le cou et le jeta par terre. Les aides lui attachèrent aussitôt de grosses cordes aux poignets et aux chevilles.

L'exécuteur des hautes œuvres fit signe au vieux paysan d'amener ses bêtes. Le juge se pencha vers le Commandant de la garnison et lui murmura quelques mots à l'oreille; le Commandant lança alors un ordre à ses hommes et ceux-ci formèrent un carré compact autour du groupe afin d'épargner à la foule la vue de l'horrible spectacle qui allait se dérouler.

Le chant lointain d'un coq troubla un instant le profond silence. Tous les regards étaient fixés sur le magistrat. Il inclina la tête.

Lin Fan poussa un cri sauvage, vite transformé en une longue, une pitoyable plainte. On entendit le doux sifflement avec lequel les paysans encouragent les bêtes de labour. Ce son évocateur de paisibles tableaux champêtres fit frissonner d'horreur toute l'assistance, et l'air fut déchiré à nouveau par les hurlements de Lin Fan, entrecoupés d'une sorte de rire dément. Il y eut un bruit sec, semblable à celui d'un arbre qui se fend, et les soldats s'écartèrent.

Les spectateurs aperçurent alors le bourreau en train de séparer la tête de Lin Fan de son corps affreusement déchiré; il la présenta ensuite au juge qui la marqua de son pinceau vermillon. Plus tard, elle serait accrochée à une porte de la ville, à côté de celle de Houang San.

L'exécuteur des hautes œuvres tendit la pièce d'argent traditionnelle au vieux paysan. Bien que les gens de sa classe n'aient pas souvent l'occasion de voir le précieux métal, l'homme cracha par terre et repoussa le salaire maudit.

Des gongs se mirent à résonner. Les soldats présentèrent les armes tandis que le juge Ti quittait l'estrade, le visage couleur de cendre et de fines gouttelettes de sueur au front malgré la fraîcheur matinale.

Il monta dans son palanquin et se fit conduire au Temple du Dieu Tutélaire de la Cité, où il brûla un bâtonnet d'encens, et pria longuement avant de regagner le Yamen.

En pénétrant dans son bureau, il vit les quatre lieutenants qui l'attendaient. Il fit signe au Sergent de lui verser une tasse de thé bouillant. Il commençait à boire à petites gorgées quand la porte s'ouvrit brusquement pour laisser passer le Chef des sbires :

– Excellence! s'écria-t-il, on m'annonce que Mme Liang vient de se suicider en avalant du poison!

Le Sergent et les trois amis poussèrent des exclamations diverses, mais le juge ne montra aucune surprise.

– Allez tout de suite chez elle avec le Contrôleur des Décès, commanda-t-il au Chef des sbires. Qu'il rédige un certificat déclarant que la vieille dame s'est donné la mort dans un instant d'égarement. » Puis le juge Ti se renversa dans son fauteuil et constata d'une voix sans timbre : « Voici l'affaire " Liang contre Lin " enfin terminée. Le dernier membre de la famille Lin est mort sur le terrain d'exécution, la seule survivante de la famille Liang vient de se suicider. Pendant près de trente années les manifestations d'une haine abominable se sont succédé, formant une longue chaîne dont la basse tromperie, le viol, l'assassinat, l'incendie volontaire ont été les tragiques maillons. Nous venons d'assister à la fin du dernier acte, tous les personnages sont morts. »

Le regard perdu, il resta un moment silencieux. Ses lieutenants fixaient sur lui des yeux agrandis par la curiosité, mais aucun d'eux n'osait poser de question.

Brusquement, le magistrat sembla sortir de transe. Il croisa ses mains dans ses longues manches, et d'un ton à nouveau normal, il expliqua :

– Quand j'entrepris d'étudier cette affaire, une

étrange contradiction dans la conduite de Lin Fan m'a frappé. Criminel impitoyable, il avait pour principal adversaire Mme Liang. Pendant longtemps il essaya de se débarrasser d'elle par tous les moyens. Puis elle arrive à Pou-yang, et alors il change d'attitude. Pourtant, il avait encore des hommes de main à sa disposition; il pouvait facilement faire assassiner cette femme et donner à sa mort l'apparence d'un accident. Il n'a pas hésité quand il s'est agi de tuer Ko-fa. Il n'a pas hésité non plus quand il a cru pouvoir nous tuer tous les cinq. Mais à partir du moment où Mme Liang a choisi d'habiter Pou-yang, il ne fait plus un geste contre elle. Comment expliquer cela?

« Le médaillon ramassé sous la grande cloche me fournit un premier indice. Le nom « Lin » gravé à l'intérieur vous a tous fait croire qu'il appartenait à Lin Fan. Mais ce genre de bijou se porte à même la peau suspendu au cou par un cordon, et si le cordon vient à se rompre, il reste pris sous les vêtements. Lin Fan ne pouvait donc pas l'avoir perdu. Comme nous avons trouvé ce médaillon près des vertèbres cervicales du squelette, j'en ai déduit qu'il appartenait à l'assassiné. Lin Fan ne l'a pas aperçu parce que, au moment du crime, ce bijou était sous la robe de la victime. C'est seulement après que les fourmis eurent dévoré l'étoffe qu'il est devenu visible. Ceci m'a fait supposer que le squelette n'était pas celui de Liang Ko-fa, mais plutôt celui d'une personne ayant le même nom de famille que l'assassin. »

Le juge s'arrêta pour vider sa tasse, puis il reprit :

« Je relus mes notes, et un autre détail me prouva que la victime ne pouvait pas être Liang Ko-fa. Celui-ci aurait eu trente ans à son arrivée à Pou-yang (et c'est bien l'âge indiqué par

302

Mme Liang au Surveillant du quartier), mais selon ce Surveillant le jeune homme paraissait avoir vingt ans au plus.

« Je me demandai alors si cette vieille dame était bien Mme Liang. N'avait-on pas affaire à une autre femme? Une autre femme qui ressemblerait à la vraie Mme Liang; une femme qui haïrait aussi Lin Fan, mais à laquelle ce dernier n'osait pas – ou ne voulait pas – faire de mal? Je me remis à parcourir le dossier, cherchant deux personnes capables de se faire passer pour la vieille dame et son petit-fils. C'est alors qu'il me vint une idée absolument fantastique, mais dont l'exactitude fut peu à peu confirmée par les faits.

« Vous vous souvenez peut-être que, aussitôt après le viol de Mme Liang Hong par Lin Fan, la propre épouse de ce dernier disparut. A l'époque, on supposa que Lin Fan l'avait tuée, mais on ne retrouva pas le cadavre et aucune preuve du meurtre ne fut jamais apportée devant les tribunaux. Je *savais,* à présent, que la femme de Lin Fan n'avait pas été assassinée. Elle était tout simplement partie.

« Nous savons que Mme Lin Fan adorait son mari; au point, peut-être, de lui pardonner la mort de son frère et celle de son père. Mais quand cet époux devint amoureux de Mme Liang Hong, ne peut-on supposer que l'ardent amour de la femme trompée se transforma en une non moins ardente haine?

« Résolue à se venger, n'était-il pas naturel qu'elle allât trouver secrètement sa mère – la vieille Mme Liang – et lui offrit son alliance? En abandonnant son mari, elle venait déjà de lui porter un coup terrible, car aussi étrange que cela puisse paraître, Lin Fan était très attaché à sa

303

femme. Son caprice pour Mme Liang Hong n'avait été qu'une fantaisie de libertin, et ne diminuait en rien l'amour qu'il éprouvait pour son épouse, seul sentiment qui l'eût tant soit peu retenu sur la voie du mal.

« Cet abandon acheva de libérer les forces mauvaises tapies en lui. Il se mit à persécuter la famille Liang avec une violence accrue et finit par faire massacrer ses derniers membres dans l'ancienne redoute. Toux ceux qui se trouvaient là périrent, y compris la vieille Mme Liang et son petit-fils Liang Ko-fa. »

Tao Gan voulut dire un mot. Le juge leva la main et continua :

« Mme Lin reprit la lutte à la place de sa mère. Confidente de celle-ci et parfaitement au courant des affaires de sa famille, il ne lui fut pas difficile de se faire passer pour Mme Liang. Il y avait probablement une ressemblance de famille entre la mère et la fille et elle dut se vieillir pour l'accentuer. De plus, s'attendant à une nouvelle attaque de Lin Fan, sa mère avait dû lui remettre tous les documents relatifs à la vieille querelle avant de s'enfermer dans la redoute.

« C'est probablement après le nonuple assassinat que Mme Lin dévoila sa véritable identité à son mari. Ce coup dut être pour lui encore plus dur que le premier. Non seulement sa femme l'avait abandonné, mais voilà qu'elle se révélait son ennemie jurée. Et impossible de dénoncer l'usurpation de personnalité, car ce serait avouer publiquement que sa propre épouse s'était tournée contre lui, chose qu'un homme doué de quelque fierté n'admettra jamais. Et puis surtout... il l'aimait toujours. Une seule solution restait donc : la fuite. Voilà pourquoi il est venu se cacher à Pou-yang, voilà pourquoi il se préparait à fuir plus loin quand elle est venue l'y rejoindre.

« Mais si Mme Lin lui avait appris sa véritable identité, elle lui mentit au sujet de son jeune compagnon. Elle prétendit que c'était Liang Ko-fa, ce qui m'amène à la partie la plus incroyable et la plus inhumaine de cette tragique histoire. Ce mensonge faisait partie d'un plan diabolique, un plan d'une cruauté plus subtile que le plus atroce des crimes commis par son mari. En réalité, cet adolescent était le propre fils de Mme Lin, et son père était Lin Fan lui-même!

« Quand le négociant cantonais abusa de Mme Liang Hong dans le temple abandonné, il ne savait pas que sa femme, après des années d'inquiète attente, caressait enfin l'espoir d'être mère. Je ne me prétends pas capable de sonder les profondeurs de l'âme féminine, mais j'imagine que c'est le fait d'avoir vu son mari rejoindre une rivale au moment même où leur amour promettait de donner ce fruit tant désiré qui fit germer dans son cœur une haine si folle, si dénaturée. J'ajoute « dénaturée » parce que cette femme sacrifia son enfant de propos délibéré afin de porter, le moment venu, le coup final à son mari. Lorsqu'il serait définitivement ruiné par ses soins, elle pourrait parachever son œuvre en lui révélant qu'il avait assassiné son propre fils!

« Elle s'arrangea sans doute pour faire croire au jeune garçon qu'il était Liang Ko-fa, lui racontant, par exemple, qu'elle avait échangé les deux enfants afin de le mettre à l'abri des attaques de Lin Fan. *Mais elle fit porter à l'adolescent le médaillon que son mari lui avait donné le soir de leur mariage.*

« C'est seulement au cours de l'interrogatoire du négociant cantonais que j'ai commencé à y voir clair. Jusque-là, il ne s'agissait que d'une hypothèse assez vague. Le premier fait qui vint la préciser fut la violente réaction de Lin Fan lorsque je lui montrai le médaillon. Il faillit dire que le bijou appartenait à sa femme. Et quand les deux époux se trouvèrent face à face pendant une pathétique minute, ma théorie se trouva définitivement confirmée. Mme Lin triomphait enfin. Son mari était ruiné et condamné à mourir de la main du bourreau, elle avait atteint le but poursuivi depuis si longtemps! Le moment pour elle de porter le dernier coup arrivait. Levant la main d'un geste accusateur, elle cria : « Tu as tué ton... » Mais elle dut s'arrêter, incapable de prononcer entièrement la terrible phrase : « Tu as tué ton propre fils! » La vue de son mari couvert de sang et à jamais vaincu avait fait soudain s'évanouir toute sa haine.

« Quand elle chancela, brisée par l'émotion, si Lin Fan s'est précipité vers elle, ce n'était pas pour la frapper (comme chacun parut le croire). Non. J'ai vu le regard de cet homme, il voulait la soutenir... la prendre dans ses bras pour l'empêcher de se faire mal.

« A présent, mes amis, vous savez tout, et vous comprenez la difficulté de ma tâche. J'avais fait arrêter Lin Fan et il me fallait prouver sa culpabilité au plus vite sans pourtant me servir de l'assassinat de son fils. Des mois auraient été nécessaires pour établir l'usurpation d'identité de Mme Lin! Je décidai donc de tendre un piège à mon prisonnier pour obtenir l'aveu de sa tentative de meurtre sur ma personne.

« Je réussis à le faire parler, mais le problème ne se trouva pas complètement résolu pour cela. Le Gouvernement allait sans doute allouer une partie de ses biens à la prétendue Mme Liang, et je ne pouvais pas laisser cette femme mettre la main sur ce qui revenait légitimement à l'État. J'attendis sa visite, car mes questions sur sa fuite supposée de la redoute lui avaient montré que j'entrevoyais la vérité. Devant son manque d'empressement à venir me voir, je craignis d'être obligé d'entamer des poursuites contre elle, mais à présent ce problème là aussi est résolu. Mme Lin attendait le jour de l'exécution pour se tuer afin de mourir en même temps que son mari. Maintenant, c'est aux Pouvoirs d'En-Haut qu'il appartient de la juger. »

Il y eut un profond silence. Le juge frissonna. Serrant frileusement sa robe autour de son corps, il murmura :

« L'hiver arrive, il commence à faire froid! En passant dans le bureau des sbires, Sergent, demande-leur donc de me préparer un brasero. »

Quand ses lieutenants eurent quitté la pièce, le juge se dirigea vers la petite table sur laquelle reposait le miroir à coiffure et retira son bonnet de cérémonie. Le miroir lui renvoya l'image de son expression torturée; d'un geste automatique, il plia le bonnet aux larges ailes et le rangea dans le tiroir.

Se coiffant d'une petite calotte d'intérieur, il se mit à marcher de long en large, les mains derrière le dos.

Il faisait de grands efforts pour recouvrer sa sérénité habituelle, mais s'il réussissait à chasser de son esprit l'affreuse histoire qu'il venait de raconter, c'était pour revoir les cadavres piétinés des moines bouddhistes ou pour entendre le rire dément de Lin Fan écartelé vif. Il se demandait avec désespoir comment Auguste Ciel pouvait vou'oir de telles souffrances et de tels révoltants carnages

Déchiré par le doute, il s'arrêta devant sa table de travail et enfouit son visage entre ses mains. Quand il écarta ses doigts, son regard tomba sur la lettre du ministère des Rites et Cérémonies. Son devoir lui commandait de vérifier si les scribes avaient accroché le panneau à l'endroit convenable. Avec un morne soupir, il écarta l'écran qui séparait son bureau du tribunal, descendit dans la salle d'audience et se retourna.

Il vit la grande table couverte de son tapis rouge, le fauteuil vide derrière elle, et, au fond, l'écran sur lequel était brodée la licorne, symbole de perspicacité. Levant les yeux plus haut encore, il aperçut le Texte Impérial qui dominait l'estrade.

Une profonde émotion l'envahit. Tombant à genoux sur les dalles de pierre, il se mit à prier avec une humble ferveur. Il resta longtemps ainsi, seul dans la salle vide et froide, tandis que passant au-dessus de lui un rayon de soleil venait illuminer les grands caractères dorés dont l'empeccable calligraphie proclamait :

« L'HOMME EST PEU DE CHOSE.
LA JUSTICE EST TOUT. »

POSTFACE

(1962)

Tous les récits policiers de la Chine ancienne ont un trait commun : le rôle du détective est tenu par le magistrat du district dans lequel le crime a été commis.

Ce fonctionnaire s'occupe de l'entière administration du territoire dont il a la charge, et qui comprend, en général, une ville entourée d'une muraille et quatre-vingts kilomètres de campagne environnante. Ses devoirs sont multiples : il est responsable de la perception des impôts; de l'enregistrement des naissances, mariages et décès; du cadastre; du maintien de l'ordre public, etc. Il préside également le tribunal du lieu, fait arrêter et punir les délinquants, et s'occupe des affaires civiles aussi bien que criminelles. Pratiquement, aucun détail de la vie quotidienne de ses administrés ne lui échappe, aussi l'appelle-t-on souvent : « le-magistrat-père-et-mère-de-tous ».

C'est un homme perpétuellement surmené. Il habite le Yamen avec sa famille et, sauf les quelques heures accordées chaque nuit au sommeil, il consacre la totalité de son temps à sa tâche officielle.

Les magistrats de district forment la base de la

colossale pyramide qu'était l'ancien gouvernement chinois. Ce sont des sortes de sous-préfets qui font leur rapport au préfet, ce dernier ayant la charge d'une vingtaine de districts, parfois davantage. Le préfet est lui-même sous les ordres du Gouverneur de la Province, responsable d'une douzaine de préfectures. Le Gouverneur, à son tour, rend compte aux hautes autorités de la capitale, et au sommet se trouve l'Empereur.

Tout citoyen de l'Empire, riche ou pauvre et quelle que fût sa classe sociale, pouvait entrer dans cette hiérarchie de fonctionnaires en débutant comme magistrat de district. Pour cela, il lui fallait seulement être reçu aux Examens Littéraires. A cet égard, le système chinois était déjà fort démocratique à une époque où l'Europe obéissait encore à la loi féodale.

Un magistrat dirigeait habituellement son district pendant trois années. Après quoi on le transférait dans un autre, et plus tard il devenait préfet. Cette promotion se faisait au choix, dépendant uniquement de la façon dont il s'était acquitté de sa tâche, et les moins doués restaient magistrats de district toute leur vie.

Il était assisté, dans l'exercice général de ses fonctions, par le personnel permanent du tribunal : scribes, sbires, contrôleur des décès, gardes, geôliers et recors. Mais tout ce monde se bornait à remplir les devoirs propres à sa charge particulière et ne prenait jamais part aux enquêtes criminelles.

Cette tâche revenait au magistrat lui-même, aidé par trois ou quatre hommes de confiance. Ces lieutenants, choisis par lui au début de sa carrière, l'accompagnaient dans tous les postes qu'il lui arrivait d'occuper. Hiérarchiquement, ils se trouvaient placés au-dessus du personnel ordinaire, et n'ayant pas de liens familiaux avec les habitants du lieu, ils risquaient moins d'être influencés par des considérations personnelles. Pour la même raison, aucun fonctionnaire n'était nommé magistrat de son district natal.

Le présent roman donne une idée générale de la façon dont les choses se passaient dans un tribunal de la Chine ancienne. Quand le tribunal siège, le juge est assis derrière une grande table, et ses lieutenants, ainsi que les scribes, sont debout à ses côtés. La table, assez haute, est recouverte d'un tapis rouge qui descend jusqu'au plancher.

Sur cette table, on voit toujours les mêmes objets : une pierre pour délayer les tablettes d'encres noire et rouge, deux pinceaux, et un certain nombre de minces baguettes de bambou dans un récipient tubulaire. Ces baguettes servent à marquer les coups de fouet reçus par le coupable. Si, par exemple, il est condamné à en recevoir dix, le juge jette dix baguettes sur le sol, devant l'estrade, et le Chef des sbires en pousse une de côté après chaque coup de fouet.

Le grand sceau carré du tribunal se trouve aussi sur cette table, ainsi que le martelet. Celui-ci n'a pas la forme d'un marteau comme en Occident. C'est un morceau de bois très dur, de forme oblongue, et long d'une trentaine de centimètres. On l'appelle *tching-t'ang-mou* : « le-bois-qui-met-la-crainte-dans-la-salle ».

Les sbires se plaçaient au pied de l'estrade, sur deux rangs se faisant face. Plaignant et accusé s'agenouillaient sur le pavé nu, entre les deux rangs de sbires, et demeuraient ainsi tout le temps de l'audience. Aucun avocat ne les assistait, ils ne pouvaient pas amener de témoins, et leur situation n'était guère enviable. En fait, chaque détail était calculé pour dissuader le public d'avoir recours à la loi et faisait pleinement ressortir les terribles conséquences d'un tel acte. D'ordinaire le tribunal siégeait trois fois par jour, le matin, à midi et le soir.

Selon un principe fondamental de la loi chinoise, personne ne peut être déclaré coupable s'il n'a pas avoué être l'auteur de la faute dont on l'accuse. Pour éviter que les criminels endurcis n'échappent au châtiment en refusant – même devant les preuves irréfutables de leur culpabilité – de passer aux aveux, la loi permet les coups de fouet, la bastonnade, l'emploi des poucettes et du carcan. Dans le cas où ces moyens de coercition officiellement autorisés ne suffisent pas, le patient est parfois soumis à des tortures plus sévères. Cependant, si l'accusé reste infirme ou bien meurt à la suite de ce traitement, le magistrat et tout le personnel du tribunal sont très rigoureusement punis. La plupart des juges préfèrent donc utiliser leur perspicacité et leur connaissance du cœur humain pour arriver à la vérité.

Et, dans le fond, cet ancien système ne donnait pas de trop mauvais résultats. Le scrupuleux contrôle venu d'en haut empêchait les excès, et la pression de l'opinion publique agissait comme un autre frein sur les magistrats insouciants ou corrompus. Les condamnations à mort devaient être ratifiées par le Trône, et chaque accusé pouvait en appeler d'un tribunal supérieur à un autre jusqu'à l'Empereur lui-même. De plus, il n'était pas permis au magistrat d'interroger l'accusé en privé; y compris l'interrogatoire préliminaire, toute l'affaire devait être instruite au cours des audiences publiques du tribunal. Les débats étaient soigneusement enregistrés et ces procès-verbaux adressés aux supérieurs du juge pour être examinés par eux.

312

Le lecteur se demandera peut-être comment les scribes pouvaient tout noter sans avoir recours à la sténographie. La réponse est que la langue chinoise littéraire est elle-même une sorte de sténographie. Il est possible, par exemple, de réduire à quatre idéogrammes une phrase de chinois populaire comprenant une vingtaine de mots. De plus, il existe plusieurs systèmes d'écriture courante permettant de tracer d'un seul coup de pinceau un caractère comportant dix traits ou même davantage. Au cours de ma carrière en Chine, j'ai maintes fois fait noter par des scribes du pays des conversations assez compliquées tenues devant moi en langue chinoise, et j'ai toujours admiré l'étonnante exactitude de leurs comptes rendus.

Notons en passant que la vieille langue écrite ne comportait pas habituellement de ponctuation et que les majuscules n'existent pas en Chine. Le truquage dont il est question au chapitre xiv serait impossible avec la plupart des systèmes alphabétiques d'écriture.

Le juge Ti est l'un des grands détectives de l'ancienne Chine. C'est un personnage historique, un homme d'État bien connu de la dynastie T'ang. Son nom complet est Ti Jen-tsié, et il a vécu de l'an 630 à l'an 700 de notre ère. Au début de sa carrière, lorsqu'il n'était encore qu'un jeune magistrat provincial, il acquit une grande célébrité en débrouillant de difficiles affaires criminelles. C'est surtout à cause de cette réputation qu'au cours des siècles les écrivains chinois ont fait de lui le héros de nombreux romans policiers. Romans qui, il faut bien l'avouer, n'ont qu'un rapport très léger (quand ils en ont un) avec la vérité historique!

Plus tard, il devint Ministre de la Cour Impériale et son influence sur les affaires de l'État fut bénéfique; c'est son énergique protestation qui fit abandonner à l'Impératrice Wou le projet d'appeler sur le trône son favori au lieu et place de l'héritier légitime.

Dans la plupart des romans policiers chinois, le magistrat s'occupe en même temps de trois ou quatre affaires différentes. J'ai retenu ce trait intéressant dans le présent volume, faisant de trois histoires un récit continu. A mon avis, ces romans sont, de ce fait, plus près de la réalité que les nôtres; la population d'un district est nombreuse et il est logique que le juge ait à s'occuper de plusieurs affaires à la fois.

J'ai suivi la tradition chinoise en insérant vers la fin du livre (chapitre XXIV) une sorte d'analyse des événements par des observateurs désintéressés, et j'ai aussi décrit l'exécution des condamnés. Le sens de la justice des Chinois exige que le châtiment infligé au criminel soit dépeint dans ses moindres détails. En même temps, le lecteur chinois veut voir les bons récompensés et désire que le magistrat habile et intègre reçoive l'avancement mérité. Je me suis plus ou moins conformé à cet usage : le juge Ti reçoit un encouragement officiel sous la forme d'un autographe impérial et on remet aux deux sœurs Yang une petite somme d'argent.

Les écrivains de l'époque Ming décrivent dans leurs romans les hommes et les mœurs du XVIe siècle, même si l'histoire se passe plusieurs centaines d'années plus tôt. J'ai adopté cette coutume, et mes illustrations reproduisent également les costumes de l'époque Ming plutôt que ceux de la dynastie T'ang. Il est à noter qu'en ce temps-là les Chinois ne fumaient ni le tabac ni l'opium. Et ils ne portaient pas la natte, qui leur fut imposée seulement à partir de l'an 1644 par les conquérants mandchous. Les hommes gardaient leurs cheveux longs, ramenés en un petit chignon sur le sommet de la tête. A l'intérieur de la maison aussi bien qu'au-dehors, ils portaient des calottes ou des bonnets.

Le mariage posthume dont il est question au cours du chapitre XIII était chose assez commune. On avait recours à ce genre de cérémonie dans les cas de *tchih-fou,* ou mariage d'enfants à naître. Deux amis décidaient, par exemple, que leurs enfants se marieraient plus tard; si (comme cela arrivait fréquemment) l'un des deux « fiancés » mourait avant d'avoir atteint l'âge nubile, on procédait à un mariage posthume. Si c'était le garçon qui survivait, l'affaire était de pure forme; la polygamie en usage lui permettait de se remarier une ou plusieurs fois, mais l'épouse posthume restait officiellement la Première Épouse.

Mon livre ne montre pas le clergé bouddhiste sous un jour très favorable. Là aussi, j'ai suivi la tradition chinoise. Les auteurs de romans appartenaient pour la plupart à la classe des lettrés, et, disciples orthodoxes de Confucius, ils n'aimaient pas le bouddhisme. Dans beaucoup de vieilles histoires criminelles chinoises, le traître est un moine appartenant à cette religion.

J'ai également adopté la coutume chinoise de commencer ce genre de romans par une brève introduction dans laquelle il est fait allusion en termes voilés aux principaux événements qui vont se dérouler dans le livre. Je me suis conformé aussi aux règles littéraires qui veulent que les titres de chapitres soient composés de deux phrases parallèles.

L'intrigue du « *Viol suivi d'assassinat dans la rue de la Demi-Lune* » est empruntée à l'une des

plus fameuses aventures attribuées à Pao-koung,
« le juge Pao », homme d'État connu de la période
Song. Son nom complet est Pao Tch'eng; il est né
en 999 et mort en 1062. Beaucoup plus tard –
sous la Dynastie Ming – un auteur anonyme en fit
le héros de récits policiers qui figurent dans un
recueil appelé *Loung-t'ou-koung-an* (ou, dans
d'autres éditions : *Pao koung-an*). L'affaire utili-
sée ici est intitulée dans l'original : *O-mi-t'o-
fo-tchiang-ho*. C'est un bref récit, peu détaillé, et
la façon dont le juge arrive à la vérité n'est pas
très satisfaisante : ses hommes se déguisent en
fantômes pour obliger le criminel à confesser son
forfait. Ce procédé est très en honneur dans les
romans policiers chinois, mais je lui ai substitué
une solution plus logique, donnant au juge Ti
l'occasion de montrer ses talents dans l'art de la
déduction.

   « *Le Secret du Temple bouddhiste* » est basé
sur un récit appelé *Wang-ta-yin houo-fen Pao-
lien-sseu*, « Le Magistrat Wang brûle le Temple
Paolien. » C'est le trente-neuvième récit d'un
recueil d'histoires d'assassinats et d'événements
mystérieux publié sous le titre de *Hsing-chih-
heng-yen*, « Paroles de Toujours pour Réveiller le
Monde. » Ce recueil fut composé par un lettré de
l'époque Ming : Feng Mengloung (mort en 1646);
c'était un écrivain prolifique qui, outre deux
recueils du même genre, publia un certain nombre de pièces de théâtre, des romans et quelques
savants traités. J'ai conservé les traits principaux
de son histoire, y compris les deux courtisanes.
Mais le récit original se termine par l'exécution
sommaire des moines. Ceci et l'ordre donné par le
magistrat de brûler le monastère sont des exem-
ples d'arbitraire que l'ancien Code pénal chinois
eût réprouvés. J'ai remplacé cette conclusion par

une fin un peu plus compliquée, utilisant les tentatives faites par l'église bouddhiste pour dominer le gouvernement central (sérieux problème qui, à un moment donné, se posa aux empereurs de la dynastie T'ang). Le juge Ti était tout indiqué pour jouer un rôle dans cette histoire, car c'est un fait historique qu'au cours de sa carrière un grand nombre de temples où la corruption régnait furent fermés par ses ordres.

« *L'affaire du squelette sous la cloche* » me fut suggérée par la lecture d'un roman policier aussi fameux qu'ancien, intitulé : *Tchiou-ming-tch'i-youan*, « Neuf Assassinats dans une Étrange Querelle de Famille. » Ce roman est basé sur une histoire réellement arrivée à Canton, vers 1725, et qui fit neuf victimes. Dans l'original, l'affaire est débrouillée de façon régulière, au cours des audiences publiques du tribunal. Pour préparer une conclusion un peu plus dramatique, j'ai emprunté à la littérature policière chinoise l'épisode de la grande cloche qui figure au moins une fois dans chacun des recueils d'histoires mystérieuses et criminelles des périodes Ming et Ts'ing.

Pour l'épisode des nattes battues du chapitre XXIV, je me suis inspiré de l'histoire suivante : « Pendant que Li Houi était préfet de Yoeng-tchaou (sous la dynastie Wei, entre 386 et 534), un porteur de sel et un porteur de bois se prirent de querelle à propos d'une peau d'agneau, chacun des deux hommes prétendant que cette peau était celle qu'il portait habituellement sur son dos. Li Houi dit à l'un de ses officiers : « Soumettez cette peau à la torture, elle vous révélera le nom de son propriétaire. » Tous les officiers se regardèrent éberlués. Li Houi fit alors placer la peau d'agneau sur un tapis et la fit battre avec un bâton. Des grains de sel en sortirent. Il les montra aux deux plaignants, et le porteur de bois dut avouer que la peau ne lui appartenait pas. (cf. R. H. van Gulik, *T'ang-yin-pi-shih* « Parallel Cases From under the Pear-tree », a thirteenth century manual of Jurisprudence and Detection, Sinica Leidensia, Vol. X, Leiden, 1956).

J'ai pensé que le récit assez détaillé d'une querelle entre deux familles, donné dans le chapitre XIII du présent volume, intéresserait peut-être le lecteur occidental. Les Chinois sont fort patients de nature et la plupart des litiges se règlent à l'amiable sans que les parties adverses aient recours aux tribunaux. De temps à autre, cependant, une violente querelle divise deux maisons ou deux groupes sociaux, et la lutte se poursuit de façon implacable jusqu'à la défaite complète de l'un des deux adversaires. L'affaire Liang contre Lin est un parfait exemple de la chose. Des faits semblables se sont parfois produits dans les communautés chinoises établies à l'étranger. Je mentionnerai la « Guerre des Tong », aux États-Unis, et les luttes d'extermination réciproque des « Kongsi » ou Sociétés Secrètes Chinoises des anciennes Indes Néerlandaises vers la fin du XIXᵉ siècle et au début du XXᵉ.

R. H. v. G.

TABLES DES MATIÈRES

AVANT-PROPOS   7

LES PERSONNAGES   9

CHAPITRE I

Un amateur d'antiquités est victime d'une étrange aventure; le juge Ti commence à remplir ses devoirs de magistrat à Pou-yang.   13

CHAPITRE II

Le Sergent Hong expose l'affaire de la rue de la Demi-Lune au juge Ti; celui-ci prononce des paroles surprenantes.   27

CHAPITRE III

Le juge Ti préside pour la première fois le tribunal de Pou-yang; Tao Gan rapporte les bruits qui courent sur un temple bouddhiste.   41

CHAPITRE IV

Un candidat aux examens littéraires est entendu par le tribunal; le juge Ti charge Ma Jong d'une dangereuse mission.   51

CHAPITRE V

Tao Gan fait ses dévotions dans un temple bouddhiste; trois moines sont victimes d'un adroit filou.   64

CHAPITRE VI

*Une vieille dame raconte ses malheurs; le juge Ti
apprend au Sergent une déplaisante nouvelle.*   76

CHAPITRE VII

*Ma Jong découvre un temple taoïste abandonné;
violent pugilat devant un sanctuaire.*   86

CHAPITRE VIII

*Le juge Ti décide de rendre visite à ses collègues; il
explique au Sergent ce qui s'est passé rue de la
Demi-Lune.*   94

CHAPITRE IX

*Deux moines apportent un important message au
juge Ti; il récite une ballade ancienne au cours d'un
souper donné par le juge Lo.*   102

CHAPITRE X

*Tao Gan interroge le surveillant du quartier sud au
sujet d'une vieille affaire; il passe un moment
désagréable dans les ruines peu éclairées.*   117

CHAPITRE XI

*Un troisième compère prend part au combat; les
lieutenants du juge Ti tiennent conseil*   128

CHAPITRE XII

*Deux taoïstes discutent des finesses de la doctrine
dans une maison de thé; Ma Jong accomplit sa
mission avec succès.*   135

CHAPITRE XIII

*Le juge Ti oblige le meurtrier de Pureté-du-Jade à
confesser son crime; un candidat aux examens littéraires gémit sur sa propre infortune.*   146

CHAPITRE XIV

*Un être haineux commet des crimes abominables; le
juge Ti expose son plan pour démasquer le coupable.*   158

CHAPITRE XV

Le juge Ti rend visite à un négociant cantonais; deux jeunes femmes font une arrivée inattendue. 174

CHAPITRE XVI

Le négociant cantonais rend sa visite au juge Ti; un grave magistrat se déguise en diseur de bonne aventure. 186

CHAPITRE XVII

L'aube voit d'étranges visiteurs se diriger vers un temple; le tribunal siège de façon extraordinaire devant la salle du Bouddha. 200

CHAPITRE XVIII

Une jolie pèlerine fait de surprenantes révélations; le juge Ti donne des explications confidentielles à ses lieutenants. 210

CHAPITRE XIX

Le juge Ti rédige le texte d'une admonestation aux citoyens de Pou-yang; il décide de visiter le temple de la sagesse transcendante. 223

CHAPITRE XX

Un temple abandonné pose d'embarrassants problèmes; une cour déserte révèle son macabre secret. ... 235

CHAPITRE XXI

Le juge et ses hommes tombent dans un piège singulier; un dangereux criminel est pris dans sa propre demeure. 246

CHAPITRE XXII

L'archiviste principal rend compte de faits passés; le juge Ti expose trois chefs d'accusation. 255

CHAPITRE XXIII

Les lieutenants du juge Ti fouillent une belle bibliothèque; ils trouvent un précieux indice dans une modeste auberge 267

CHAPITRE XXIV

*Un criminel retors tombe dans un piège astucieuse-
ment tendu; quatre hommes d'État parlent de choses
et d'autres après dîner.*   277

CHAPITRE XXV

*Double exécution capitale hors de la ville; le juge Ti
s'agenouille devant un texte impérial.*   291

POSTFACE   309

LA COMPOSITION, L'IMPRESSION ET LE BROCHAGE DE CE LIVRE
ONT ÉTÉ EFFECTUÉS PAR LA SOCIÉTÉ NOUVELLE FIRMIN-DIDOT
POUR LE COMPTE DES ÉDITIONS U.G.E.

ACHEVÉ D'IMPRIMER LE 6 JUIN 1985

Imprimé en France
Dépôt légal : mars 1984
Nº d'édition : 1503 – Nº d'impression : 2596
Nouveau tirage 1985